세상 끝의
고래

세상 끝의 고래

크리스 빅 지음 | 정주연 옮김

곰곰

고래를 위하여

네가 낚시로 리워야단을 끌어낼 수 있겠느냐

노끈으로 그 혀를 맬 수 있겠느냐.

……

그것이 어찌 네게 계속하여 간청하겠느냐

부드럽게 네게 말하겠느냐.

- 〈욥기〉 41장

우주에서 보면 지구는 푸르다.

우주에서 보면 지구는

인간의 것이 아니라 고래의 것이다.

- 히스코트 윌리엄스, 《Whale Nation(고래 국가)》에서

일러두기

- 이 책에 쓰인 〈욥기〉 41장의 구절은 《성경》 개역개정 편에서 인용한 것이다. 리워야단(Leviathan)은 바닷속 괴물을 가리키는 말로, 지금은 멸종한 선사시대 향유고래 리비아탄(Livyatan)의 어원이다.
- 주석은 모두 옮긴이 주다.

차례

1부

아비,
현재

바다

여객선이 북해를 가로질러 미끄러져 나갔다. 배 앞으로는 유리판처럼 잔잔한 바다, 뒤로는 배가 남긴 브이자 모양 하얀 물보라와 서서히 멀어지는 해안만 보였다.

가장 위에 있는 갑판은 좁다. 고작해야 접이식 의자 몇 개가 대충 놓일 정도의 넓이다. 그 의자에서 일광욕을 즐기던 사람들은 이제 저녁 식사를 하러 가 버렸고, 해넘이를 구경하는 사람들은 바에서 칵테일을 홀짝이고 있었다. 여기 남은 사람은 둘뿐이다.

아비는 아직 보이지 않는 노르웨이 쪽을 가만히 바라보았다. 손으로는 난간을 붙잡고 있었다. 바다가 더할 나위 없이 잔잔한데도 그래야 안심이 된다는 듯이. 심호흡을 하고 호주머니에서 천식 흡입기를 꺼내 입으로 빨아들였다.

아빠는 그 옆에 서서 아비처럼 수평선을 바라보며 난간을 붙잡고 있었다. 아비는 아빠가 더 어색해지기 전에 침묵을 깰 것을 잘 알고 있었다.

잠시 후, 마침내 말문을 여는 숨소리가 들렸다.

"너한테 도움이 많이 될 거야." 아빠가 말했다.

"저는 아프지도 않고 휴가도 필요 없다니까요."

"휴가가 필요 없는 사람이 어디 있겠니. 할머니랑 친척들 만나는 게 싫은 거야? 그 섬에 가는 것도? 거기 아주 멋지잖아."

"그렇죠. 기억이 희미하게 나긴 해요. 아빠, 제가 일부러 못되게 구는 게 아니에요. 아빠가 저를 이해해 주시지 않는 거예요."

"그러니까 네가 잘 설명해 줘야지."

"이미 얘기했잖아요. 할 일이 있다고요."

"무슨 일? 뉴텍 일은 끝냈잖아. 학교는 그만뒀고……. 아니지, 네가 학교에서 쫓겨났지. 그 위기의 지구 일도 그만뒀고."

"그냥 …… 일이 있어요. 저한테 미리 얘기하셨어야죠."

"말했으면 네가 오지 않았겠지."

아비는 대꾸하지 않았다. 입을 꾹 다문 채 인상을 찌푸리고 버티기 작전에 들어갔다.

결국 아빠가 그 뜻을 알아챘다. 한숨을 쉬고 고개를 가로젓더

니 계단 쪽으로 갔다. "엄마랑 티그랑 같이 바에 있을게." 내려
가는 아빠의 발소리가 울렸다. "오고 싶을 때 아무 때나 오렴."

아비는 저녁 바람을 맞으며 생각이 정리되도록 그대로 서 있
었다. 진정되자 아까 아빠와 다툰 일을 떠올려 보았다.

"좀 따분할 것 같은데." 다툼이 시작되기 전 아비가 말했다.
"제가 나갈 방법은 없나요?"

"하! 있지. 요트, 카약, 모터보트를 타면 돼. 하지만 가고 싶지
않을 거야. 할 일이 무지 많거든. 게다가 넌 환경 운동가니까 그
곳이 마음에 들 거야. 태양전지판이랑 풍력발전기로 전기를 만
들고, 난로와 화덕에는 해변으로 떠내려온 나무를 때고, 물은
우물과 빗물 저장소에서 떠 오거든. 네 할머니가 키우시는 먹거
리도 아주 많아. 딸기를 따 먹을 수도 있고, 너는 하지 않을 것
같다만 낚시를 할 수도 있고. 텔레비전이 없어서 좀 아쉽겠지만
보드게임은 있으니까……."

아빠가 우리의 대화에 무심코 수류탄을 터뜨렸다. 텔레비전
이 없다면 와이파이도 없을 수 있다. 아비가 팔짱을 끼고 눈썹
을 치켜올린 채 몸을 돌려 아빠를 노려보았다.

"걱정하지 마라. 이틀에 한 번씩 헬름스피오르에 보트를 타고
나가면, 거긴 네가 쓸 수 있는 와이파이가 있으니까."

"인터넷이 없다고?" 아비가 말했다.

"어, 없어."

"인터넷이 없다니! 도대체 왜, 왜 미리 말을 안 했어요? 이게 무슨 깜짝 선물이라도 돼요?"

"좀 침착하게 생각해 보자."

아비는 침착해지지 않았다. 고함을 쳤다. 욕을 하고 발을 쾅 쾅 굴렀다. 승객들이 아비를 빤히 보았다. 기억이 떠오르니 부끄럽다. 아비가 아빠한테 대드는 모습이 근사한 일몰보다 훨씬 더 재미난 구경거리였을 게 분명하다. 아비는 나중에 잘못했다고 말할 것이다. 진심으로. 말의 내용이 문제가 아니라 말하는 방식이 잘못되었다고.

안개 낀 바다 위로 햇살이 내리쬐고 수평선 가까이 옅은 은색 덩어리가 몰려 있었다. 구름일까, 노르웨이 땅일까. 헤엄쳐서 돌아가기에는 이미 늦었다. 인터넷도 없고 못된 친구들도 없다. 그냥 즐거운 휴가다. 그런데, 혹시 배에도 기차처럼 비상시에 당겨서 멈추는 줄 같은 게 있지 않을까?

"배에 폭탄이 있다고 말하면 어떻게 될까?"

"승무원에게 알려야 합니다, 아비. 제가 선박 장치에 침투해서 경보를 울릴 수 있어요."

그 목소리는 차분하고 예의 바르다. 접이식 의자에 걸린 아비의 작은 가방에서 흘러나왔다.

"안 돼, 인공지능, 농담한 거야, 그냥 해 본 말이야!" 아비가 가방으로 달려가 인공지능 기기를 꺼냈다. 크기와 모양으로 볼 때는 아주 두꺼운 책 같다. 기기 표면은 무늬도 광택도 없는 검은색이다. 버튼도 스크린도 없다.

"기억하세요, 아비. 저는 농담과 진담을 구별하지 못합니다. 그리고 제가 불쑥 끼어든 것이 아니기를 바랍니다. 아비가 우리 끼리 있을 때는 편하게 말해도 된다고 했으니까요."

아비가 양손으로 기기를 들어 올렸다. 기기를 탁자에 조심스레 세워 놓고, 의자에 앉아 그것을 바라보았다.

"내가 아빠랑 싸우, 아니 상의하는 거 들었어?"

"저는 모든 것을 들어요. 모든 걸 녹음합니다."

"인터넷이 없대. 그 말도 들었어?"

"네."

"그럼, 우리는 어떡하지?"

"아비는 이틀에 한 번 위기의 지구 동료 회원들과 연락할 수 있습니다. 아버지가 아비를 헬름스피오르에 데리고 가면요. 제가 위치를 알아봤습니다. 그런데 그곳은 인터넷 속도가 느려요. 그렇지만 오프라인으로 할 수 있는 일도 있습니다. 알아 두어야 할 것은, 아비가 저를 사용할 수 있는 기간이 며칠밖에 남지 않았다는 사실입니다. 헬름스피오르에 가면 뉴텍에 연락해서 제

위치를 알리겠습니다."

아비가 몸을 기울여 다가앉았다.

"네가 그러지 않으면 좋겠어, 무슨 말인지 알지?"

인공지능이 잠시 말이 없었다. 안쪽에서 우지직 윙윙거리는 소리가 희미하게 났다. 아비는 인공지능이 많은 작업을 할 때 이런 소리가 난다는 것을 알고 있었다.

"아비, 저를 훔친 것입니까? 이 단어가 맞나요? '납치'나 '유괴'라고 해야 할까요? 말씀드렸지만 아비는 뉴텍 직원이 아닙니다. 허가받은 기간보다 더 오래 저를 가지고 있을 수 없습니다."

"너를 돌려줄 거야. 하지만 당장은 …… 아니야."

"저는 이렇게 서로 충돌하는 명령을 이해할 수 없어요. 첫 번째 명령: 저는 뉴텍 소유물입니다. 뉴텍이 항상 제 위치를 알아야 합니다. 두 번째 명령: 저는 뉴텍의 지시에 따라 아비에게 복종해야 합니다. 그런데 아비는 뉴텍에 제가 있는 곳을 알리지 말라고 했습니다. 두 번째 명령이 첫 번째 명령을 위반합니다. 이건 모순입니다."

"내가 …… 너의 소프트웨어를 조정해 두었어."

"뉴텍이 저와 연락하려고 했습니다. 저는 아비의 명령에 따라 대답하지 않았어요. 하지만 뉴텍은 저를 찾을 것이고 저는 반납될 것입니다. 피할 수 없는 일입니다. 뉴텍이 하는 일이니까요."

"그러긴 힘들 거야. 우리가 외딴곳에 있는 한은."

아비가 다시 바다로 눈길을 돌렸다. 육지가 나타날 기미가 없었다.

"아비가 다르게 행동할 수 있었다는 것을 고려할 때 제 생각에는 아비가 저를 훔친 것 같습니다."

아비가 인공지능을 보았다. 아비는 그 기기가 직접 보는 카메라는 없지만 적외선, 음파탐지기, 전파탐지기, 영상화 소프트웨어로 자신을 '볼' 수 있다는 사실을 알고 있었다.

아비가 눈을 동그랗게 뜨고 활짝 웃어 보였다.

"빌린 것뿐이야."

국경 건너기

아비가 아빠, 엄마, 티그와 함께 줄을 섰다.

브레비크항 통관 입국 심사대는 아비가 가 본 여느 공항과 똑같았다. 피곤한 가족들과 트럭 운전사들이 발을 질질 끌며 컨베이어 벨트와 판독기가 있는 쪽으로 천천히 움직였다. 사람들은 직원의 말에 귀를 기울이며 플라스틱 바구니를 차례차례 받았다. 직원은 처음에는 노르웨이어로 그다음에는 영어로 말했다.

"가방을 바구니에 넣으십시오. 컴퓨터, 노트북, 태블릿, 휴대폰, 전자 기기는 모두 꺼내어 다른 바구니에 넣어 주십시오."

"이런 걸 왜 하는지 모르겠어요. 여객선에 탈 때도 했는데 내릴 때 또 한다니." 아비가 말했다.

"당연히 해야지." 아빠가 대꾸했다.

"사람들이 뭔가 밀수를 하려고 했다면 물건을 차나 트럭에 숨겨 놓지 않았겠어요?"

"우린 차도 트럭도 없잖아. 그냥 절차일 뿐이야. 요즘은 국경에서 악몽 같은 일들이 벌어지곤 하니까."

영국에선 괜찮았어. 아비가 속으로 말했다. 여기서도 괜찮을 거야.

"타이거는요?" 티그가 낡아빠진 인형을 손에 든 채 물었다. "타이거는 계속 데리고 있어도 되지요?"

푸른색 유니폼을 말쑥하게 차려입은 금발 여자가 옆으로 다가왔다.

"안녕, 어린이." 그 여자가 몸을 낮추어 티그와 눈높이를 맞추었다. "타이거가 가방과 함께 이 바구니에 아주 잠깐 타야 하지만 타이거한테는 아무 일도 없을 거예요. 그런 다음에 저쪽으로……." 직원이 컨베이어 벨트 반대편 끝, 사람들이 짐을 챙겨 나가는 곳을 가리켰다. "그러면 타이거와 함께 노르웨이 여행을 시작할 수 있어요."

그 여자가 몸을 일으켜 아빠와 엄마에게 고개를 끄덕이고 많은 사람이 그렇듯 아비를 위아래로 훑어보았다. 아비의 땋은 머리에서 긴 방수 외투, 반바지, 체리 색 닥터마틴 부츠까지. 눈길이 '위기의 지구' 팔찌에 머물더니 작은 가방으로 옮겨 갔다. 가방에도 '위기의 지구' 로고가 장식되어 있었다. 불타는 지구 모양의 로고다.

"그 단체에 가입했나요?" 여자가 물었다.

"후원자예요."

"여행 온 건가요?"

"네. 가족 휴가예요." 아비가 애써 명랑한 척했다. 그 직원이 앞쪽으로 가라는 손짓을 하자 줄의 사람들이 계속 움직였다. 아비가 빈자리로 한 발 나아가고 그다음 또 앞으로 나아갔다. 심장이 빠르게, 천둥처럼 쿵쿵거렸다.

아비가 휴대폰과 노트북을 꺼내고 외투를 벗어 바구니에 넣었다. 인공지능이 들어 있는 작은 가방은 그대로 다른 바구니에 넣고 바구니 앞에 놓인 자주색 핸드백을 눈여겨봐 두었다.

아비가 엑스레이 검사대를 통과하고 난 뒤 백금색 머리칼을 단단히 틀어 올리고 유니폼을 입은 직원이 아비의 양팔을 올리게 하고 검사했다. 아비는 자기 가방이 검색대를 지나갈 때, 화면을 보고 있는 직원 쪽은 일부러 보지 않았다.

"다음." 그 여자가 말하며 컨베이어 벨트의 끝, 가방 되찾는 곳을 가리켰다.

아비는 짐이 통과하는 것을 지켜보며 기다렸다. '영국에선 괜찮았어. 여기서도 괜찮을 거야.' 하고 되뇌었다. '진정해.' 아비가 두근거리는 심장을 다독였다.

그 자주색 핸드백이 보였다. 아비는 아빠, 엄마와 티그가 기다리고 있는 쪽을 보았다. 가족들은 여권 검사 줄이 너무 길어지기 전에 아비가 오기를 바랐다. 아비는 컨베이어 벨트 끝에 섰다.

"어서어서 나와라." 아비가 입속으로 작게 소리 내어 말했다.

마침내 작은 가방이 나왔다. 아비는 하마터면 소리 내어 웃을 뻔했다.

"빨리 와, 언니!" 티그가 소리쳤다.

'천천히, 천천히, 뛰면 안 돼.'

그런데 여자 직원이 뒤에서 오더니 금세 아비 앞에 섰다.

"예그 마 세 인 이 베스켄 딘." 직원이 아비의 어깨에 손을 얹었다.

"저 …… 노르웨이어 못 알아,"

"가방 속을 보겠습니다." 여자의 손이 이미 가방 속에 있었다. 인공지능을 꺼냈다.

여자가 능숙하게 무표정을 유지했다. 하지만 눈은 감정을 숨기지 못하고 커졌다 작아졌다 했다. 인공지능 기기를 이리저리 뒤집어 보면서 다들 그러듯 포트나 버튼, 스크린을 찾지만, 그런 것은 없다.

"스피커인가요?"

"스피커라고 할 수는 …… 아니에요."

"컴퓨터? 하드 드라이브인가요?"

"네. …… 비슷해요."

"따로 바구니에 빼놓았어야지요." 여자가 기기가 상당히 무겁다고 느끼는 듯 이리저리 뒤집어 보고 영상 담당 직원 쪽을 보았다. 그 직원도 이쪽을 보았다. 컨베이어 벨트가 전부 멈추었다.

여객선 쪽 엑스레이 장치에 있던 한 남자가 소리쳤다. "왜 멈춘 겁니까?"

지위가 더 높은 세관원이 나오고 아비는 싫다는 말을 하기도 전에 바로 옆 사무실로 가게 되었다.

아빠도 왔다. 아빠는 구석에 앉아 화가 엄청 난 얼굴을 하고 있었다. '어휴, 아비가 또 말썽이구나.' 하고 생각하는 표정. 아비가 잘 아는 표정을 지었다.

"뉴텍인가요?" 그 남자가 물었다.

아비가 고개를 끄덕였다.

"뉴텍 일을 하나요?"

"인턴 같은 거예요. 제가 인공지능 활용 대회에서 우승했거든요."

"아, 그 뉴텍 대회요?"

"맞아요."

그 남자가 아비를 위아래로 훑어보았다. 조금 전 유니폼 입은 여자가 그랬듯이. "뉴텍에서 일할 것 같지는 않은데."

백금 머리 여자가 말했다. 아비가 몇 마디 알아들을 수 있는 말이 있었다.

"데 레크루테레 맹에 운게 푼스크 이 데세 다예르, 데 칼러 뎀, '기술 파괴자'."

"맞아요. 제가 그 기술 파괴자예요."

남자가 인공지능 기기를 뒤집으며 미소를 지었다. "겉만 봐선 뭔지 모르겠고. 검사를 해 봐야겠어요. 이게 뭐로 만들어졌지요? 판독기 검사로 봐서는 금속이 그리 많이 들어 있지 않네요."

"실리콘. 그래핀. 사실 저도 잘 몰라요." 아비가 거짓말을 했다. '곰팡이 버섯류 유기물도 들어 있어요.'라고 덧붙인들 무슨 소용이 있겠어? 질문만 더 늘어나겠지.

"알고 있겠지만 우리가 이것을 열어 볼 수 있어요. 그럴 권리가 있지요."

'할 수 있으면 해 보시든가.'라고 아비가 생각하면서도 말은 이렇게 했다. "그러세요." 아비는 이 사람들이 열어 보지 못할 것을 알고 있었다. 뉴텍은 누군가가, 그게 누구든 자기네 특허 기술을 들여다본다면 가만히 있지 않을 테니까.

"인터넷에서 동영상을 본 적이 있어요." 그 남자가 노래 부르는 듯한 억양으로 말을 이었다. "미국 토크쇼였어요. 헤, 헬로?" 그가 인공지능에 말을 걸고는 빙긋 웃었다. 크리스마스에 장난감을 선물 받은 아이처럼. 그런 뒤 대답을 기다렸다. "토크쇼 진행자 말로는 전 세계에 이런 게 몇 개 없다고 하던데. 진행자가 인공지능과 대화를 했어요. 인공지능을 인터뷰한 거예요. 진짜 사람 같더라고요. 너무 똑똑했죠. 알렉사나 시리보다 훨씬 더요. 헬로, 헬로!"

"이 기계는 말을 못해요." 아비가 말했다. "녹음을 하고 이메일로 자료를 보낼 수 있어요. 제가 자료를 수집하고 조사하려고 프로그램을 짰어요. 새소리, 벌의 움직임, 기온, 꽃가루를 조사해요. 자연을 연구하는 거예요. 뉴텍이 지금 만들고 있는 것에 비하면 이건 아주 뒤처진 거지요. 아쉽겠지만 그리 재주가 많지 않아요."

"그렇군." 남자가 인공지능을 탁자에 내려놓았다. 그런데 아직도 그 기계가 대답이든 뭐든 해 주기를 기다렸다. 하지만 인공지능은 돌멩이처럼 가만히 있었다. 남자는 결국 실망한 한숨을 쉬며 그것을 아비의 작은 가방에 다시 넣어 주었다.

"노르웨이에 머무르는 동안 자연을 많이 연구할 수 있을 거예요. 즐겁게 지내다 가요."

"감사합니다."

가족이 여권 검사 줄에 서 있을 때 아빠가 아비에게 물었다.

"네가 그걸 돌려준 줄 알았는데? 그 회사에서 준 일은 다 끝냈잖아."

"아직 아니에요. 할 일이 있어요."

"그래서 배에서 그렇게 화를 낸 거니? 인터넷 때문에?"

"그것 때문이기도 해요."

"좀 전에 거짓말한 것도? 뒤처진 인공지능이 아니잖아. 말도 잘만 하고."

"시간을 아끼려고요, 아빠." 아비가 가능한 한 지루하게 들리도록 말했다. "사실대로 말했으면 우선 저 사람들이 뉴텍에 연락해야 했겠죠. 내가 사용 허가를 받았는지 확인하고 서류도 꾸미고 전화도 하고 어쩌고저쩌고 이것도 하고 저것도 하고. 그게 어떤 건지 아시잖아요."

"어, 그래, 알고말고."

이동

아비가 전기 렌터카의 뒷좌석, 티그 옆에 털썩 앉았다.

"거기 가는 데 얼마나 걸려요?" 티그가 물었다.

"두세 시간." 엄마가 앞좌석에서 말했다. "도착해도 거긴 환할 거야. 거의 항상 밝아. 이 계절에는 사실 밤이 없어."

"가는 동안 우리는 뭘 해?" 티그가 물었다.

"풍경이 아름다우니까, 창밖을 봐. 시간이 훅 지나갈걸." 엄마가 대답했다.

"아, 그럴게요." 하지만 티그가 그렇게 할 것 같지 않았다.

"난 노래 들을래요." 아비가 이어폰을 채 꽂기도 전에 엄마가 몸을 돌렸다. 아비의 무릎에 한 손을 척 올려놓았다.

"한참 가야 할 거야, 아비. 엄마 좀 도와줄래?"

"티그, 이걸로 영화 봐." 아비가 가방에서 노트북을 꺼내 주었다. "내가 몇 편 저장해 놨어."

"언니도 같이 볼 거야?"

"당연하지."

티그가 〈겨울왕국 2〉를 보기 시작했다. 아비도 함께 보았다. 하지만 항구에서 10분 정도 달려 번화가를 벗어나 작은 농장들이 있는 골짜기와 물살이 빠른 강을 지날 때가 되자, 이미 영화는 보고 있지 않았다. 가파른 언덕에는 나무들이 빽빽하게 담요처럼 덮여 있었다. 멀리 산꼭대기에는 눈이 모자를 쓴 것처럼 쌓여 있었다.

영화가 끝나자 티그는 새 놀이를 찾았다. 엄마와 아비에게 '단어 만들기 놀이'를 하자고 졸랐다.

이응은 언덕.

히읗은 호수와 하늘.

기역은 강, 계곡 사이로 흐르는 강.

시옷은 숲, 컴컴하고 빽빽한 숲.

티읕은 태양.

디귿은 독수리, 눈부시게 푸른 하늘에 있는 독수리.

아비의 가족은 밥을 먹고 화장실에 가려고 차를 세웠다. 그다음에는 엄마 아빠가 교대로 운전하려고 자리를 옮기느라 멈추었다. 그리고 또 몇 번은 엄마 말에 따르면, "이런 아름다운 곳을 제대로 감상하지 않고 그냥 지나칠 수가 없으니까" 차를 세웠다. 거울 같은 호수에서. 높이 나 있는 산길에서. 그리고 습한 고원에서는 블루베리와 산딸기를 따기도 했다.

'이런 데 있으니까, 세상에 문제라곤 없는 것 같네.' 아비는 생각했다.

물론 더위는 문제였다. 더위는 런던보다 더 심했다. 펄펄 끓고 푹푹 쪘다. 차 문을 열 때마다 오븐 뚜껑을 방금 연 것 같았다. 그래서 아비는 풍경이 멋지기는 해도 다시 차에 탈 때마다 감사한 마음이 들었다. 차에는 에어컨과 차광 유리가 있으니까. 그리고 자신들이 바다를 향해 가고 있다는 사실도 다행으로 여겼다. 바다는 더 시원하리라 기대했으니까.

"라디오 뉴스에서 들었는데 유럽에는 40도가 넘는 데가 있대." 아빠가 알려 주었다.

"어머나." 엄마가 말했다. "끔찍해라. 튀르키예 사람들 정말 안됐어. 거기 산불이 나서……." 엄마가 말하다가 말았다. 그러더니 이렇게 말했다. "저기 봐. 독수리가 또 있어!"

늦은 오후, 그들이 해안에 다다랐다. 이번에는 훨씬 더 작은 여객선을 타고 어떤 섬으로 갔고 그 섬에서 차를 탔다. 30분도 채 달리지 않았는데 어느새 섬 끝에 이르렀다.

헬름스피오르 렌터카 사무실에 차를 세워 두었다. 그런 뒤 또 배를 탔다. 작은 배였다. 아비 가족을 빼면 승객이 스무 명도 되지 않았다.

또 어떤 섬에 도착했는데 이곳도 목적지가 아니었다. 트랙터에 매달린 트레일러에 실려 천천히 갔다. 엄마는 여행이 이럴 거라고 미리 말해 주기는커녕 "흥미진진한 여행일 거야."라고만 했다. 아비는 전에 이곳에 왔던 기억이 없었다. 지난번에 왔을 때는 너무 어렸다. 오슬로에 있었는데 어느새 퇸스베르그에 가 있었고, 그다음에는 그 섬에 있었다. 그사이 무슨 일이 있었는지는 모른다. 조각 난 기억. 뒤섞인 퍼즐 조각 같다.

섬에서 또 섬으로, 또 다른 섬으로 가고 있었다. 그러니까 헬름스피오르, 아비가 소중하게 생각하는 인터넷과는 아주 멀리 멀리 떨어질 것이다.

서쪽 해안에 도착해 보니 헨리크 삼촌이 마중 나와 있고 고무 모터보트가 대어져 있었다. 헨리크 삼촌은 몸이 마르고 키가 작다. 쉰 살이 넘었지만 철사 같은 단단한 근육질에, 아비가 보기에 얼굴은 소나무로 깎아 놓은 것 같다. 오후 햇볕이 뜨거운

데도 헐겁게 짜인 낡은 스웨터를 입고 있었다.

서로 몇 번 껴안고 "지난 크리스마스에 런던에서 봤을 때보다 아이들이 많이 컸구나." 하는 대화 뒤에 엄마와 아빠, 헨리크 삼촌은 노르웨이어로 대화를 이어갔다. 그런 뒤 다 함께 고무보트를 타고 잔잔하고 반짝이는 바다를 갈랐다.

아비가 사진을 몇 장 찍었다. 아깝지만 데이터를 써서 제일 잘 나온 사진을 런던에 있는 헨에게 보내 주려고 했다.

"나라면 굳이 애쓰지 않을 거야, 신호가 없단다." 삼촌이 보트 뒤쪽에 앉아서 키와 엔진을 조정하면서 말했다.

"그러면 삼촌은 외부 세상이랑 어떻게 연락하세요?" 아비가 물었다.

"우리가 왜 연락을 하고 싶어 해야 하지?" 삼촌이 이야기하기 민감한 문제라도 되는 양 대답했다. "걱정하지 마라. 너희가 차를 세워 둔 곳, 거기 인터넷이 있어. 휴가 온 젊은이는 벌집에 모인 벌 떼처럼 전부 거기 모이지. 거기서 친구도 사귈 수 있을걸."

그들은 섬 사이 미로를 달렸다. 대부분 바위투성이 무인도이지만 간혹 방파제와 보트, 나무집이 있는 곳도 있었다. 벽은 강렬한 빨간색이나 바다처럼 푸른색 페인트가 칠해져 있었다. 어떤 주택과 오두막의 지붕은 흙으로 덮여서 그곳에 꽃과 잔디가 잘 자라고 있었다.

　보트가 작은 바위섬을 끼고 돌자 뻥 뚫린 바다와 텅 빈 수평선이 나타났고, 하늘에는 타는 듯한 황금색 햇빛으로 가득했다. 아비가 눈을 가늘게 뜨고 한 손으로는 맹렬한 햇빛을 가리고 다른 손으로는 가방에서 선글라스를 찾았다.

　"인공지능, 잘 있지?" 아비가 엔진 소리에 묻혀 목소리가 잘 들리지 않도록 낮게 말했다.

　"네, 아비. 여기가 어딥니까?"

　"조용히 있어."

　보트가 해안을 따라, 한쪽으로 바다를 두고 다른 쪽으로 섬들을 차례차례 지났다. 5분 뒤 저 멀리 섬 두 개가 눈에 들어왔다. 아비가 알고 있는 그 섬들이다.

　큰 것이 흐예모야, 본섬이다. 울퉁불퉁한 바위와 둥근 돌이 잔뜩 쌓여 있고, 예쁘고 완만한 언덕 두 개, 소나무 숲과 잔디처럼 깔린 해변식물, 흔들리는 갈대밭이 있다. 주택과 오두막은 아직 보이지 않지만, 하늘을 찌르는 신형 풍력발전기의 꼭대기는 보였다. 다른 섬은 흐발리괴이다. 고래 등이라는 뜻의 섬. 비바람에 시달린 기우뚱한 그 바위섬에는 나무 몇 그루와 낡은 오두막이 하나 있다.

　이런 풍경이 기억을 깨웠다. 소나무로 지은 오두막과 따뜻한 소나무 냄새. 처음 물고기를 낚을 때 낚싯대가 홱 당겨지던 느낌. 그때 할머니가 아비 손에서 낚싯대를 거두어 갔다. 그러지 않았으면 물고기가 아비를 바다로 끌고 들어갔을지도 모른다.

섬에 가까워지자 아비의 심장이 두근거렸다. 세관 검색대에 서처럼 긴장되고 약간 두려웠다. 너무 오랜만에 이곳에 왔다. 보트가 오른쪽으로 돌아 흐예모야 남쪽 끝에 있는 작은 만으로 달려 들어갔다. 그곳에서 할머니, 런던에서 딱 한 번 만났던 인군 고모와 사촌들이 기다리고 있었다.

보트가 으드득 소리를 내며 자갈밭에 올랐다. 엔진이 꺼졌다. 갑작스레 조용해졌다. 사방에서 인사말이 들리고 서로 껴안았다. 모두 서로를 반겼다. 할머니가 아들과 며느리를 맞이했다. 근래 몇 년 동안 사진과 영상통화로만 본 손녀 쪽을 보았다.

"티간, 잘 있었니? 너 여기 온 적 있는데. 너무 어릴 때긴 했지만. 기억나니?"

"아니요. 그런데 이제 저는 티그예요, 얘는 타이거고요!"

"네가 왜 티그지?"

"왜냐면 저도 호랑이니까요!"

"그래, 티그와 타이거, 흐예모야에 다시 와서 반갑구나." 할머니가 마지막으로 아비에게 다가와 깊은 관심의 눈길을 주지만 아무 말 없이 아비가 먼저 말하기를 기다렸다.

"안녕하세요, 할머니. 제가 많이 달라졌죠? 이제 다 컸어요."

"그래, 달라지긴 했는데 다 크진 않았지. 지난번에 영국에 가기로 하고 못 가서 미안했어."

"아무튼 이젠 건강하시죠?"

"그렇단다."

"지난번에 가족들 올 때 제가 같이 못 와서 죄송해요."

어색한 침묵이 이어졌다. 그들은 서로를 알면서 또 서로를 몰랐다.

할머니도 달라졌다. 어쩐지 몸이 좀 줄어든 것 같았다. 짙은 갈색 얼굴에 주름이 더 많이, 깊이 파였다. 금빛이던 머리칼이 이제 하얀 서리가 되어 틀어 올려져 있었다. 하지만 그 눈만은 변치 않고 하늘처럼 푸르고 독수리 눈처럼 예리했다.

"네 가방은 됐다가 나중에 가지고 가면 돼. 가서 밥 먹자."

아비는 보트에 놓아둔 작은 가방에 눈길을 주는데 할머니가 아비의 팔짱을 끼고 데려갔다. 대 놓은 배들과 떠내려온 나뭇가지와 통나무, 조수가 높을 때 위로 올라온 해초 옆을 지났다. 나무 사잇길이 주택으로 이어져 있었다. 그곳이 이제부터 몇 주 동안 아비의 집이다.

"네가 지루하지 않으면 좋겠구나." 할머니가 말했다.

"제가 할 일이 있어요. 헬름스피오르에 좀 있어야 할 거예요.

인터넷이 필요하니까요."

"그렇구나." 할머니가 말했다. "그래도 고래 보는 것도 잊지 말렴."

"고래요? 엄마가 고래 얘긴 하지 않았는데요!" 아비가 몸을 돌려 바다를 보았다. 고래가 지금 당장 거기 있다는 듯이. 고래 이야기는 물론 들었다. 그것도 아주 여러 번.

"고래가 더 일찍 왔다 갔을 줄 알았는데요?"

"그러게나 말이야. 올해는 늦는구나. 아주 늦어. 언제든 오기를 기다릴 뿐이지."

이제 섬 한가운데 언덕 위에 커다란 집이 보였다. 집은 뒤로 가파른 암벽을 두르고 앞으로는 서쪽 바다를 바라보고 있다. 네모난 모양의 깔끔한 건물에 거친 돌벽, 평평한 금속 지붕과 커다란 창이 인상 깊었다. 언덕에서 해변 가까이 내려가면 친척들이 별채라고 부르는 집이 있다. 하지만 별채라기보다는 그냥 오두막이다. 굵고 긴 통나무로 벽을 쌓은 튼튼하고 단순한 집이다. 오두막도 아비가 오는 길에 본 집들처럼 지붕에, 풀과 활짝 핀 꽃이 무지개색 담요처럼 덮여 있다.

식사가 다 차려졌다. 아무도 아비가 비건*이라고 말해 주지 않은 모양이다. 그러나 아비는 지난 며칠 동안 일어난 일들을 말하지 않은 것처럼 이것도 함구하기로 결심했다. 아비는 곡물 비스킷과 샐러드, 감자, 견과류와 산딸기를 조금씩 먹고, 나머지 가족은 소금과 허브를 뿌린 연어와 청어, 치즈를 잔뜩 먹었다. 얇게 저며 말린 순록고기도 함께.

아비는 말을 많이 하지 않았다. 아무도 세인트 힐다 학교나 위기의 지구, 아니 과거에 일어난 어떤 일도 입에 올리지 않았다. 이들이 그 일을 모르는 것이 아닐까 의심스러울 정도였다.

저녁을 먹고 나자 먼 길을 오느라 쌓인 피로가 덮쳐 왔다. 지쳐서 거의 녹초가 되었다. 아빠한테 휴가 따위는 필요 없다고 큰소리쳤는데 그렇지 않은 것 같았다. 하지만 아비는 아직 잘 생각이 없었다. 너무 환하기도 하고 할머니가 해 준 고래 이야기 때문이기도 했다. 짐을 주섬주섬 챙겨 티그와 함께 쓸 방(아비는 방을 같이 써야 한다는 것을 몰랐다)에 던져 놓고 밖으로 나갔다. 혼자 있으려고, 그리고 생각을 정리해 보려고. 고래가 있는지도 보고 말이다.

이 섬에 와 보니 잊은지도 몰랐던 기억이 많이 떠올랐다. 거인의 뼈처럼 매끈하고 하얀 둥근 바위. 엄마와 할머니가 오후에

● 채식주의의 여러 종류 중에서 고기를 비롯해 유제품, 달걀, 벌꿀 등도 먹지 않고 가죽 제품도 사지 않는 생활방식을 가리킨다.

수영하고 나서 누워 있던 곳. 저 옹이 진 나무는 너무 굵어서 어른 세 명이 손을 마주 잡아야 감쌀 수 있다. 할머니가 요정이 산다고 했던 숲. 어른이든 아이든 겁이 많든 적든 누구나 할 수 있던 놀이, 바위 건너뛰기. 방파제. 아비가 어렸을 때 그 섬은 모험 거리와 신비로운 장소로 가득한 곳이었다. 하지만 이제 보니 섬도 할머니처럼 줄어든 것 같았다.

끝없는 바다와 하늘만은 그대로였다. 너무 커서 가만히 보고 있으면 어지러웠다. 동쪽 멀리 본토의 산들이 보였다. 산들은 황금색 햇빛에 젖어 있는 것 같았다. 그리고 고요가 있었다. 소리가 없는 깊고 텅 빈 고요. 아비는 두려워졌다.

아비는 서쪽에 고래가 있는지 보았다. 고래가 있을 거라고 기대하지는 않았지만, 하여튼 보았다. 그리고 숨을 쉬었다. 천식 흡입기도 필요 없었다.

그러나 자신에게 다짐했다. 늘어지면 안 돼. 할 일이 있어. 적어도 곧 열릴 정상회담에 가서 항의할 계획은 짜야 한다. 오프라인 상태로 작업해서 온라인에 연결되자마자 위기의 지구 네트워크로 돌아가면 된다. 내일 인공지능으로 작업하고 저녁에 헬름스피오르에 갈 핑계를 만들 것이다. 내일 안 되면 늦어도 모레까지는 가야 한다.

아비는 거인 뼈 바위에서 계속 파도를 지켜보다가 고래가 없다는 것을 확인하고 나서야 바다를 등지고 집으로 빠르게 걸음을 옮겼다. 방에 갔을 때 티그가 이미 잠이 푹 들어 있기를 바라면서. 아비는 이야기 말고 잠을 원했다.

방은 평범하다. 하지만 방 안에 있는 것은 모두 값비싸고, 고전적인 스칸디나비아 스타일이다. 떠내려온 목재로 만든 것 같은 침대 두 개, 반들거리는 나무 바닥에 깔린 푸른 양탄자, 물주전자와 대야가 놓인 골동품 소나무 탁자. 옛날 선박이 하얗게 물마루가 솟은 거친 해구를 가로지르는 모습을 그린 그림 한 점. 방은 덧문이 닫혀 있어서 밤이라고 느껴질 정도로 상당히 어두웠다. 하지만 11시가 넘었는데 아직 해가 떠 있었다.

티그는 타이거와 함께 이불을 덮은 채 웅크리고 누워 있었다. 눈은 감겨 있고 입은 벌어져 있었다. 고르게 숨을 쉬었다. 아비는 자기도 모르게 웃음이 났다. 속바지와 속옷 윗도리만 남기고 옷을 벗어 하나씩 바닥에 내려놓았다. 이제 잘 준비가 되었다.

"언니, 고래 보고 왔어?"

"자야지, 티그."

"봤냐니까?"

"아니. 고래가 오면 내가 데려간다고 했잖아. 이제 자."

아비가 침대에 누워 잠이 들기를 기다렸다. 세인트 힐다 학교와 뉴텍을 생각했다. 걱정거리와 할 일을 늘어놓아 보았다. 하지만 집중이 통 되지 않았다. 너무 많은 것이 머릿속에서, 기억과 뒤섞인 채 떠다녔다. 눈앞에서는 오는 길에 본 하늘색 바다, 조각상 같은 산, 독수리들이 어른거렸다.

퍼뜩 생각이 났다. 중요한 게 있었다. 얼른 이불을 당겨 왼팔이 잘 가려지도록 덮었다. 너무 늦었다.

"어, 언니!" 티그가 벌떡 일어나더니 똑바로 앉아서 손가락으로 가리켰다. 침대에서 잽싸게 빠져나오더니 블라인드를 당겨 빛이 한 줄기 들어오게 했다. "그게 뭐야?"

"쉿!"

"그게 뭐냐니까?" 티그가 목소리를 다 누르지 못하고 꽤 큰 소리를 냈다.

"스티커야."

"진짜? 되게 빨개서 다친 거 같은데. 그게 뭔데?"

"EC(Earth Crisis). 위기의 지구."

"그것 때문에 언니가 학교에서 쫓겨난 거야?"

아비가 자기 팔을 내려다보았다. 불타는 지구 그림과 그것을 감싸고 있는 EC라는 철자를.

"난 쫓겨난 게 아니…… 너, 또 엿들었어?"

"쫓겨난 게 그거랑 상관이 있어?" 티그가 아비의 팔을 가리키며 말했다.

"조금."

"엄마가 알아?"

"자자."

"아냐고?"

"아니."

"내가 말해 줄래."

아비가 순식간에 침대에서 튀어나와 문 앞을 막았다. 그런 뒤 티그의 침대에 올라가서 동생의 어깨를 꾹 눌렀다.

"말하기만 해 봐. 죽는다."

티그가 대들 기세로 되쏘아 보았다. 그 정도 협박에는 겁먹지 않았다. 전혀.

"우리 고래 찾으러 갈래? 낚시도 하고? 언니는 물고기를 죽이지 않아도 돼. 내가 할 수 있어. 아빠가 하는 거 봤거든. 나를 부두에 데려가 줄 거지?"

"넌 사촌들이랑 놀면 되잖아."

"고래 찾으러 가자."

"넌 고래 못 찾아. 고래는, 왔다가 금방 가 버릴 거야."

"고래 찾으러 가자. 나 말곤 같이 갈 사람도 없을걸."

"그래, 맞아. 여기 사람들은 고래를 보면 그냥 잡아먹어 버릴 거야."

"겁주지 마."

"우리 조상이 고래잡이인 거 알지? 이 집을 사려고 고래를 죽였다고."

"옛날에 그랬대. 엄마가 말해 줬어. 고래 보러 가자. 말하지 않을게. 그거." 티그가 문신 쪽으로 턱짓했다. 문신 주위 피부가 잉크 때문에 빨갛게 부어올라 있었다. 일주일 좀 넘었다.

티그의 눈이 맹렬한 희망으로 불타올랐다. "약속해 줘." 티그가 소곤거렸다.

아비가 이제 말싸움에 지쳤다. "좋아. 약속할게."

티그가 활짝 웃었다. 아비가 몸을 일으켜 자기 침대로 가서 쓰러지듯 누웠다. 티그의 웃음은 이런 뜻이겠지. '언니, 내가 이겼지?' 잠들기 전 마지막으로 든 생각이었다.

임무

'세인트 힐다 학교에 돌아오지 말라는 요청을 받은' 것은 그 문신 때문만은 아니다.

아비는 오후 내내 학생 휴게실에서 인공지능 기기를 가지고 빈둥거리고 있었다. 다들 운동장에서 운동경기를 하고 있었다. 절절 끓는 이런 날씨에 운동이라니, 아비는 바보 같은 짓이라고 생각했다.

탁자에 발을 올려놓은 채 땋은 머리를 비비 꼬며 인공지능을 바라보았다. 곧 돌려주어야 한다니 너무 속상하다고 생각하던 참이었다. 인공지능으로 했던 일들을 떠올리면서 이것을 돌려주지 않으면 할 수 있는 일을 상상해 보았다. 새소리를 녹음하거나 벌의 움직임을 분석하는 것보다 훨씬 더 재미난 일들.

평화가 깨졌다. 아비가 제일 마음에 들지 않는 아이, 반장이 들어왔다. "여기 있었네! 교장 선생님이 너 좀 보재. 카마이클 선생님도."

"알았어." 아비가 인공지능에서 눈을 떼지 않은 채 말했다.

"지금 가야 해, 아비가일."

아비가 느릿느릿 몸을 일으켜 인공지능을 집어 들고 반장 뒤를 따랐다.

"가는 길은 나도 잘 알아. 처음 가는 것도 아니고 말이야."

환하고 더운 대낮인데도 교장실은 어둡고 서늘했다. 운동장의 시끄러운 소리가 아주 멀리서 나는 듯했다. 나무를 댄 벽과 두꺼운 러그가 소리를 다 빨아들이고 있었다.

브라운 선생님은 책상에서 노트북을 들여다보고 있었다. 카마이클 선생님은 그 옆에 서 있었다. 브라운 선생님의 얼굴은 평소와 다름없이 속을 알 수 없는 가면 같았다. 그와 달리 카마이클 선생님 얼굴은 흥미로운 내용이 활짝 펼쳐진 책 같았다.

"앉아라, 아비가일." 브라운 선생님이 말했다. "그 물건은 책상에 올려 두고."

아비는 앉고 나서 인공지능을 순순히 참나무 책상에 올려 놓았다. 브라운 선생님은 한참 동안 노트북 화면의 기록을 바라보다가 비로소 아비와 눈을 맞추었다.

"저 물건으로 네가 아주 많은 일을 했지? 아비가일."

"네, 선생님."

브라운 선생님이 한쪽 눈썹을 치켜올렸다.

"어, 그러니까, 제가 중요한 새인 찌르레기를 조사했어요. 인공지능을 이용하면 그 새들이 사회적으로 얼마나 복잡한지 훨씬 더 많은 것을 알게 될 거예요."

브라운 선생님이 눈도 깜박이지 않고 가만히 노려보았다.

"그러니까 …… 찌르레기가 서로 어떻게 대화하는지를요. 그것들이 우리가 생각하는 것보다 훨씬 더 공동체적이라는 것이 제 이론이에요. 다윈의 종족 보존이라기보다는……."

"그만해." 아비는 지금까지 몇 년 동안 여러 차례 브라운 선생님을 만났지만, 그녀가 아비에게 이렇게 말한 적은 없었다.

"디지털 그라피티 이야기를 해 봐."

끝났다. 선생님들이 그 공격에 대해 알고 있었다. 모두가 알고 있었다. 온 나라에 모르는 사람이 없었다. 그런데 선생님들은 도대체 어떻게 내가 그 일에 관련된 것을 알았을까? 누가 일러바친 것일까?

컴퓨터로 데이터가 밀려들어 가듯 아비의 머릿속으로 생각이 쏟아져 들어갔지만, 아비의 입에서 나온 말은 이게 전부였다. "네? 뭐, 뭐라고요? 선생님?"

"디지털 그라피티가 뭐지? 어서 말해, 넌 영재잖아. 스무 개도 안 되는 인공지능 장치를 사용할 기회를 얻은 게 바로 너잖아. 그게 뭐였더라, 뉴텍 대회 과제인데," 브라운 선생님이 기록을 찾아보았다. "그래, 여기 있네. '기술 파괴자들: 세계 최강의 컴퓨터를 사용해 세계 최대의 문제를 해결하는 세계 최고의 두뇌들.' 아비, 내 생각엔 그게 뉴텍이 진짜 하려던 게 아닌 것 같구나. 다시 묻지, 디지털 그라피티가 뭐지?"

"뛰어난 컴퓨터를 이용해서 회사의, 어떨 때는 정부의 웹사이트 보안 시스템에 침입해서 그 사이트의 내용을 바꾸는 일이에요."

"이렇게?" 브라운 선생님이 노트북을 카마이클 선생님에게 보여 주고 인상을 찌푸린 뒤, 아비에게도 보여 주었다. "이건 한 시간 전에 올라온 거야. 이 회사 사이트는 그 공격 때문에 이미 마비됐지. 하지만 이 영상은 유튜브에 올라가 있어."

화면에 파워스템사 웹사이트가 보였다. 회사 로고, 특가 판매 안내, 너무 완벽해 보이는 가족의 사진. 홈페이지에 위기의 지구 로고가, 세발자전거를 타며 과잉 활동을 하는 아이처럼 여기저기를 정신없이 펑펑 돌아다녔다.

위기의 지구 로고가 확대되었다. 지구가 회전하고 있는데 그 주위에서 불꽃이 활활 타올랐다. 그 로고가 페이지를 가로질러 쌩하고 지나간 뒤 검게 타들어 가는 모양으로 메시지가 나타났다. 로고가 지나가며 그 메시지를 태운 것처럼.

위선자들
지구 약탈자들
흡혈귀들

그다음, 마지막으로, 붓으로 갈겨 쓴 것 같은 글씨로 스크린이 채워졌다.

8월 25일 국제 환경 정상회담
조직하라
파괴하라
저항하라

그 디지털 공격('디지털 그라피티'는 언론에서 붙인 이름이다)이 꼬박 두 시간 동안 계속된 뒤에야 비로소 파워스템사의 웹사이트가 원래대로 돌아왔다. 그 회사는 정부의 도움을 받아 자신들의 시스템을 해킹해서 위기의 지구 그라피티를 없앤 모양이었다. 아비가 그 사이트에 침입만 한 것이 아니라 보안 체계 자체를 아예 바꾸어 놓았기 때문이다. 공격이 일어나는 바로 그 순간, 아비는 이미 알림 메시지와 복사본, 링크를 전 세계의 인플루언서, 언론인, 유명 인사, 정치인과 활동가 들에게 보내 두었다. 파워스템사가 그라피티를 없애려고 애쓰는 동안 복사본이 유튜브와 소셜 미디어를 휩쓸고 있었다. 조회 수는 수천 회에 달했다.

브라운 선생님은 그것이 아비 짓이라는 사실을 알고 있었다. 하지만 아비는 이런 일을 여러 번 겪었고, 어떻게 행동해야 하는지 잘 알고 있었다. 브라운 선생님이 쓰는 수법은 늘 똑같았다. '네가 했다는 걸 알고 있다!'는 태도로 상대를 때려눕힌다. 그런 다음 긴 침묵으로 협박한다.

아비는 자기보다 똑똑한 친구들이 그 침묵 속에서 제 무덤을 파는 모습을 본 적이 있었다. 그 친구들은 제 발로 무덤에 뛰어들었다. 하지만 아비는 오히려 침묵이 좋았다. 생각할 시간이 생겼으니까. 그동안 아비의 머릿속 여러 담당이 서로 옳다고 다투었다.

자신감 담당: '멋진 솜씨였어, 아비!'

두려움 담당: '엄마가 뭐라고 하실까?'

논리 담당: '선생님들이 알고 있는 게 분명해. 그런데 얼마나 많이 알고 있을까?'

아비는 위기의 지구 활동가 워크숍에서 배운 것과 위기의 지구 비밀 네트워크에서 자세하게 익힌 내용을 떠올렸다. '중대한 이유가 있는 것이 아니라면 상대보다 더 천천히 움직여라. 숨을 쉬어라. 그들이 이미 알아낸 것만 인정하라. 체포되었다면 변호사를 불러라. 고개를 꼿꼿이 들고 있어라. 예의 바르고 친절하게 행동하라.'

"위기의 지구가 하는 일은 제 책임이 아니에요."

"하지만 참여는 했잖니?"

"맞아요, 하지만 기후 문제를 위한 동맹휴교 같은 일이지 저런 건 하지 않았어요." 아비가 화면을 가리켰다.

'아니, 저런 건 하지 않았죠. 가장 믿을 만한 활동가들로만 이루어진 조직의 주간 회의도 가지 않았고요. 엄마와 아빠한테 주말에 헨과 논다고 말하고 뉴포레스트에서 열린 파괴 행위 워크숍에 가지도 않았고요. 늦게까지 공부한다고 말하고 온라인 해킹 대회에 나가지도 않았죠. 저는 이 일 중 아무것도 한 적이 없지요. 절대.'

브라운 선생님이 노트북을 닫고 한숨을 쉬고는 고개를 가로저었다.

"우리는 네가 했다는 걸 알고 있어."

다시 침묵이 흘렀다. 아비는 하마터면 무심결에 이렇게 내뱉을 뻔했다. '어떻게 아셨어요?' 아비의 머리는 그것이 궁금해서 안달이었지만 그 말 대신, 할 수 있는 한 차분하고 천진하게 이렇게 물었다. "왜 그렇게 생각하세요, 선생님?"

브라운 선생님은 바로 맞받아쳤다.

"아비, 파워스템사와 경찰이 이런 종류의 해킹에는 세 가지가 필요하다고 하더구나. 첫째, 아주 열성적인 활동가. 둘째, 방대한 컴퓨터 지식. 셋째, 뛰어난 인공지능을 갖춘 최첨단 기기. 파워스템사 보안 체계를 제대로 바꾸어 놓을 수 있는 기기는 100대도 되지 않을 거야. 대부분이 뉴텍 것이지. 그리고 파워스템도 손 놓고 앉아 있을 데는 아니야. 파워스템이 아이피 주소를 추적해서 이 지역, 특히 우리 학교의 흔적을 확인했어. 데이터를 다 해독하지는 못해서 정확한 사용자나 장치는 확인할 수 없었지만 말이야. 경찰은 네가 곧 열릴 국제 환경 정상회담에서 대규모 파괴 행위를 계획하고 시위를 벌이는 데 그 기기를 사용할까 봐 걱정하고 있어."

망했다. 아비는 가능한 한 철저하게 디지털 기록을 남기지 않으려고 했다. 하지만 제대로 하지 못했던 모양이다. 뇌의 두려움 담당 부위가 작동하면서 호흡이 가빠지고 피부가 달아올랐다. 손이 떨리기 시작했다. 그래서 손을 깔고 앉았다.

워크숍에서 배운 호흡법을 기억해 냈다. 천천히. 입으로 들이 쉬고 코로 내쉬는 거다. 하나, 둘, 셋.

논리 담당이 다시 주도권을 쥐었다. 교육 때 배운 법률적 내용도 기억해 냈다. 체포될 경우 도움이 될 내용이었다. 하지만 지금 써먹기 딱 좋았다.

"제 생각에는요, 선생님, 불쾌하시겠지만 그게 바로 정황증거라는 거잖아요."

'다시 말해서, 알고는 있지만 그걸 증명할 수는 없다고요. 그리고 선생님이 저한테 인공지능을 켜라고 할 수 있지요. 기기가 제 명령에만 복종하니까. 저한테 인공지능으로 무슨 일을 했는지 인공지능이 직접 말하게 하라고 시킬 수도 있어요. 그러면 이론상으로는 인공지능은 진실을 말해야 하고요. 하지만 알 만한 사람들한테 물어보셨다면 이것도 알고 계실 텐데, 제가 인공지능의 설정을 바꿀 수 있다는 거지요. 게다가 선생님은 정황증거로는 충분하지 않다는 것도 알고 계실 테고요.'

"선생님, 저는 활동가예요. 다른 활동가들이 많아요. 저는 이 일을 하지 않았어요."

"학교가 불법적인 활동을 한 학생을 퇴학시킬 수 있다는 걸 알고 있지?"

"네, 선생님. 학생이 불법을 저질렀다는 것을 증명하셔야죠. 하지만 저는 하지 않았어요."

'이제 착하게 굴면 돼. 서두르지 마. 기다려. 나는 곧 자유가 돼.'라고 아비는 생각했다. '그런데 왜 카마이클 선생님이 저렇게 우거지상이지?' 기술 선생님은 아비가 이 사무실에 온 후로 한마디도 하지 않고 있었다. 그런데 바로 그때 입을 열었다. 차분하게.

"아비, 소매 좀 걷어 볼래? 아니다, 아예 셔츠를 벗으렴. 네 왼쪽 위팔을 봐야 해."

땅이 무너졌다. 바닥이 없는 구덩이에 빠져 버렸다. 아비는 거의 토할 뻔했다.

"뭐라고 하셨어요?"

"지금 벗으렴, 아비."

아비가 셔츠를 벗었다. 교장 선생님과 기술 선생님이 보고 있었다. 아비가 바닥을 내려다보았다. 땅속으로 꺼져 버리고 싶었다. '엄마가 뭐라고 하실까?' 아비는 생각했다. '또 아빠는?'

"우리나라에선 18세 미만이 문신을 새기는 것이 불법이지, 아비가일. 그런데," 브라운 선생님이 펜을 집어 들고 말했다. "아직 늦지 않았어. 네가 한 일을 인정하면, 그러니까 누가 너한테 이 모든 일을 시켰는지 말하면, 그리고 그 문신을 새긴, 이른바 '아티스트'가 누구인지 말하면, 그래서 그들이 더는 우리 학생들에게 지워지지 않는 상처를 남기지 못하게 된다면 너를 퇴학시키지 않을 거야. 우리가 경찰을 불러들이지 않은 걸 다행으로 알아야 해."

"저는 고자질쟁이가 아니에요." 아비가 기어들어 가는 목소리로 말했다. 이제 반항의 불길은 쉭 소리를 내며 꺼졌고 남은 것은 텅 비고 차갑게 식어 버린 자신이었다.

"알겠어요. 제 방으로 돌아가 짐을 싸겠어요. 단……." 아비가 카마이클 선생님 쪽을 보았다. "문신 이야기는 부모님께 하지 말아 주세요. 저희 가족이 휴가 때 할머니를 뵈러 갈 거예요. 할머니는 연세가 많으세요. 그러니까 오래 남지 않으셨지요. 무슨 말인지 아시죠? 이 일로 가족이 힘들어할 거예요. 문신에 대해 알면 더 힘들어하겠지요. 어차피 부모님도 금세 알게 될 거고요. 숨긴다고 숨겨질 리가 없잖아요."

카마이클 선생님이 교장 선생님을 바라보았다. 그 순간, 10억분의 1초도 안 되는 찰나에 교장 선생님의 가면에 금이 갔다. 브라운 선생님이 한숨을 내쉬며 고개를 가로저었다.

"중요한 건 말이다, 아비가일 크리스텐센. 네가, 우리가 세인트 힐다 학교에서 지금까지 본 학생 중에 최고의 학생이라는 사실이야. 그리고 네가 그 활동을 얼마나 열심히 하는지 잘 알고 있어. 하지만 너를 내보내지 않을 수 없구나. 정말이야. 이것만 약속해 주렴. 너의 열정과 훌륭한 머리로 좋은 일을 하려고 노력하고 또 그렇게 하겠다고."

"그럴게요, 선생님. 약속드려요. 문신에 대해 엄마와 아빠에게 말하지 않으신다면요."

선생님이 보일 듯 말듯 고개를 까딱했다.

"감사합니다."

흐예모야

아비가 잠에서 깼다. 햇빛을 받은 덧문이 가장자리만 환하게 빛났다. 몇 시인지 궁금했다. 이곳의 아침은 말도 안 되게 일찍 시작된다는 것을 알고 있었다.

덧문이 닫혀 있는데도 방은 벌써 더웠다. 오늘도 푹푹 찌는 날이 되겠지. 아비가 침대 옆 탁자 위를 더듬어 천식 흡입기를 찾았다. 순전히 습관이었다. 흡입기에 손이 닿았을 때 아비는 숨을 깊이 들이쉬며 그것이 필요하지 않다는 것을 깨달았다. 적어도 지금은 그랬다.

티그의 침대가 엉클어진 채 비어 있었다. 귀를 기울여 보지만 아무 소리도 들리지 않았다. 짤랑짤랑 풍경 소리, 아비의 기억 속에 있는 그 소리와 갈대의 속삭거리는 소리만이 들려왔다. 다른 가족들은 수영하러, 아니면 낚시나 스노클링을 하러 나간 게 분명했다.

아비가 휴대폰을 보았다. 10시 30분. 최근 몇 달 들어 가장 오래 잤다. 그대로 누운 채 노래처럼 감미로운 갈대의 소리와 풍경 소리를 들으며 생각했다. '오늘 뭐 하지?'

바로 어제 이곳에 도착했으니, 벌써 헬름스피오르에 데려가 줄 것 같지 않았다. 노트북에 인공지능을 연결하면 그래픽 작업을 할 수 있을 것이다. 그러려면 혼자 있어야 할 텐데 그렇게 될 것 같지 않았다. 흐음. 얼마 동안은 착하게 지내야 할 것이다. 가족들과 함께 시간을 보내고, 크리스텐센 가 사람이 되어야 한다.

아비가 인공지능을 바라보았다. "인공지능, 깨어나."라고 말할 뻔했다. 천천히 숨을 고르는데, 쉬고 있는데도 더 쉬고 싶은 느낌에 젖어 들었다. 오늘 뭘 해야 하지? 무언가를 꼭 해야 할까? 아무것도 하지 않으면 안 될까? 먹고 자기만 하면?

아비가 반바지와 티셔츠를 입고 슬리퍼를 찾았다. 덧문은 그대로 닫아 두었다. 방을 오븐으로 만들고 싶진 않으니까.

"인공지능, 깨어나." 아비가 말했다.

"좋은 아침이에요, 아비. 아비가 우리가 했던 연구를 다시 시작하려고 저를 깨웠다고 생각합니다. 벌을 찾아보고 꽃가루를 조사하고 공기와 물의 흐름을 기록하면 되지요. 지금 우리는 이

전에 조사했던 곳에서 아주 멀리 떨어져 있습니다. 아비가 이곳 위치를 입력하면 두 환경 사이의 생태 데이터를 비교할 수 있지요."

"위치는 정확하게 몰라도 돼. 여기는 그냥 섬이야."

"여기는 헬름스피오르 근처예요."

"근처는 아니야."

"무슨 섬인가요?"

"이름은 모르는 게 나을 거야. 솔직히 나도 여기 위치는 몰라. 인공지능, 말해 봐. 네가 여기서 그, 뭐더라, 인공위성 같은 것과 연락할 수 있어? 꼭 연락이 필요한 경우에 말이야. 그런 것이 너한테 연락할 수 있을까?"

아비는 이미 인공지능의 소프트웨어와 프로그램을 조정해 놓았다. 그래서 아무도 인공지능을 찾을 수 없을 거라고 굳게 믿었다. 적어도 세상 끝인 이곳에서는.

"아니요. 아비의 휴대폰이 사용할 수 있는 신호가 적어도 하나는 있어야 합니다. 그렇지 않으면 월드와이드웹에 연결할 와이파이 같은 연결 장치가 있어야 합니다. 그런 게 있어서 제가 켜지면 그들이 제 위치를 알 수 있어요."

"확실해?" 아비가 아무렇지 않게 보이려 애쓰면서 말했다. 인공지능이 감정을 눈치채거나 말 뒤에 숨은 의미를 알아낼 리는 없겠지만 말이다. 하지만 지금까지 본 바로는 앞으로 인공지능이 어떤 일까지 할 수 있을지는 아무도 모른다.

"거의 틀림없습니다, 아비. 확실하거나 그럴 확률이 아주 높습니다. 그들은 저에게 연락할 수 없어요. 만약 그들이 제가 어디쯤에 있는지 대충 안다면, 예를 들어 100제곱킬로미터 범위 내에 있다는 걸 알고 있다면, 어떤 이유로 저를 찾아야 할 때 드론을 보낼 겁니다."

아비의 심장이 철렁했다. 메스껍고 속이 텅 빈 것 같았다. 몸을 앞으로 기울였다.

"뭘 어떻게 …… 뭐라고?"

"성능이 낮은 인공지능이 부착된 드론 말입니다. 항공 탐사에 이용됩니다. 산악 구조를 위해 개발되었죠. 아주 넓은 지역을 날 수 있습니다."

"그러면, 이번엔 정말, 정말로 확실하게 말해 줘. 만약 그들이 정확히 어딘지는 모르지만 네가 노르웨이의 어떤 섬에 있다는 것을 알면 너를 찾을 수 있다는 거지?"

"맞습니다. 하지만 그들은 그럴 필요가 없습니다. 아비는 사용 기한이 끝나기 전에 저를 돌려줄 테니까요. 아비는 저를 돌려줄 것입니다."

"어. 음. 그, 그래. 하여튼 그들은 네가……." 목소리가 속으로

기어들어 갔다. 아비는 속으로 말을 마저 했다. '그들은 네가 여기 있는지 몰라.'

"오늘은 제가 무엇을 할까요, 아비?"

"아무것도. 아무것도 하지 마. 잘 기억해. 나 말고 다른 사람과 이야기하면 절대로 안 돼. 그리고 내가 명령할 때만 말해야 해. 특히 티그를 조심해. 티그가 너랑 친해지고 싶어서 안달이거든. 알았지?"

"물론입니다. 잘 알겠습니다."

"진짜지?"

"네. 그럼 저는 무슨 일을 할까요?"

"너는 일이 몹시 간절하구나." 아비가 웃음을 터뜨렸다. "말했잖아, 아무것도 하지 말라고. 휴가야."

"저는 휴가가 필요 없어요."

"그건 내가 아빠한테 했던 말인데."

"할 일이 없는데 왜 저를 깨웠습니까?"

"습관이 됐나 봐. 그냥 인사하고 싶었는지도. 인공지능, 끝."

아비는 방을 나가 불안할 정도로 좁고 가파른 나무 계단으로 널찍한 아래층에 내려 갔다. 이곳은 거실, 부엌, 식당이 벽 없이 트여 있다. 식탁에 뭔가 놓여 있었다. 망사 천으로 덮어 놓은 접시 하나. 접시 옆에는 아비의 이름이 쓰인 편지가 있었다.

우리는 보트를 타고 나가서 장을 볼 거야. 비건 요리 재료가 있으면 뭐든 다 사 올게. 친척들에게 네 이야기를 했는데, 노르웨이 사람들은 비건이라고 하면 고기만 먹지 않는 줄 아는 것 같아.

장을 보고 피오르 쪽으로 올라가서 폭포 밑에서 수영하려고. 집에는 오후에 갈 거야. 너도 데려 오고 싶어서 깨우려고 했는데 아주 세상모르고 자더라.

쉬고 있으렴, 예쁜이. 너는 푹 쉬어야 해.

엄마가, 쪽쪽쪽.

엄마의 글씨 아래 티그가 쓴 거미 같은 글씨가 보인다.

나 없을 때 고래 보러 가면 안 돼.

아비는 빙그레 웃었다. 보온병에 커피가 있고 시리얼(야호!)와 귀리 우유도 한 팩 있었다. 엄마가 차려 놓은 것이 분명했다. 견과류 한 그릇, 산딸기, 곡물 비스킷도 있었다. 비스킷 위에는 아무것도 올려져 있지 않았다.

아비는 문 쪽으로 가서 바깥을 살짝 내다보았다. "아무도 없나요?" 아비가 소리쳤다. 대답이 없는 것을 확인하고 곧장 스테인리스 냉장고로 향했다.

냉장고에는 온갖 음식이 다 있지만 아비가 찾는 것은 단 하나다. 저기 있다. 브라운 치즈 한 덩이. 그리고 치즈 칼이 보였다. 입에 침이 가득 고였다. 견과 맛이 나는 그 갈색 치즈를 두 조각 잘라서 냉장고 문 앞에 선 채로 먹었다.

"용서해 주세요." 아비가 비거니즘의 신들을 올려다보며 말했다. "휴가잖아요." 아비는 자리에 앉아 며칠 굶은 사람처럼 게걸스레 먹고 나서 진한 커피를 마시고 향긋한 오렌지 주스를 한 잔, 또 한 잔 마셨다. 다 먹고 난 뒤 배를 쿡 찔러 보았다. "팽팽한 게 큰북 같네." 일어나서 베란다로 가는데 정말로 뒤뚱거렸다.

베란다에서 언덕 아래 오두막과 그 너머 나무 사잇길까지 다 보였다. 나무들 위로 바다도 보였다. 오른쪽과 왼쪽으로 약간 멀리 여러 개의 섬과 만과 피오르가 미로를 이루고 있다. 앞쪽은 넓은 바다다. 사람이 사는 흔적이라고는 멀리 외딴섬의 작은 집 두 채가 전부다. 바다 위에는 작은 보트 한 척도 없다.

무척 아름다웠다. 눈길이 오두막에 머물렀다. 문은 돌멩이 하나가 괴어진 채 열려 있었다. 바람 소리를 넘어 높고 부드러운 음악 소리, 풍경과 갈대 소리가 들려왔다. 할머니가 라디오를 켜 놓은 것일까? 아비가 귀 기울여 들어 보니 노랫소리였다. 부드럽고, 서정적이고, 느린 노래. 할머니가 예전에 아비를 재울 때 들려주던 민요였다. 아비가 베란다에서 길로 내려섰다. 노랫소리가 점점 커졌다. 할머니다. 노래는 오두막이 아니라 오두막 뒤에서 나왔다. 할머니가 가꾸는 채소밭과 과일나무가 있는 곳이다.

오두막 뒤로 돌아가자, 할머니가 채소와 풀이 엉망으로 뒤엉킨 곳에 서 있었다. 풀어진 머리는 까치집처럼 헝클어져 있었다. 브래지어와 허리에 둘러 입는 치마인 사롱을 입은 채 한 손에는 모종삽을, 다른 손에는 방금 캐낸 감자 넝쿨을 들고 있었다. 할머니는 감자가 잘 자랐다고 감탄하며 밭 옆에 던져두었다.

"왔니, 아비가일."

"네, 할머니."

둘은 서로를 바라보았다. 다른 사람들이라면 "잠은 잘 잤니?" 같은 인사를 덧붙일 것이다. 하지만 할머니는 알맹이 없는 말을 하는 사람이 아니다.

"아빠의 텃밭이랑은 다르네요." 아비가 침묵을 깨려고 말했다.

"알 것 같구나. 초록 식물들이 단정하게 줄지어 있지? 좋은 흙에, 잡초라곤 없고."

"맞아요."

할머니가 몸을 구부리고 땅을 팠다. "나는 눈이 오고 나면 매년 봄에 여기 온단다. 이곳에는 눈이 그리 많이 오지는 않지만 말이야. 갈수록 점점 더 적게 와. 식물을 몇 종류만 심어 놓고 그것들이 겨울을 나도록 해 주지. 그런 다음에 여름에 보면 이렇게 다 자라 있단다. 뭐……" 할머니가 몸을 세우고 시든 갈색 이파리가 달린 식물을 가리켰다. "잘 못 자란 것도 있지만." 그런 뒤 끙 하면서 몸을 구부리고 다시 일을 했다.

"늘 놀랄 만한 것들이 있어. 올해는 감자야! 예전엔 잘 자라지 못하더니 올해는 너무 예쁘게 자랐어!" 할머니가 헉헉거리면서 흙투성이 감자가 달린 넝쿨을 자랑스레 잡아당기며 다시 몸을 일으켰다. "지금 네가 무슨 생각을 하고 있는지 알 것 같구나. 도대체 왜 구태여 저런 고생을 하나 생각하지?"

그래 저거다. 노르웨이인 특유의 무뚝뚝함은 저런 것이다. 그리고 맞는 말이기도 하다. 아비는 딱 그렇게 생각했다.

"맞아요." 아비가 말했다. "남들은 사다 먹을 것 같아서요. 아마도 돈이 있으니까요."

"그건 또 다른 이야기지." 할머니가 말했다. 할머니가 다시 일을 시작하며 넝쿨을 잡아당기고 헉헉댔다. 아비는 잠시 그대로 바라보았다. 할머니를 도울까 생각했지만 선뜻 나서지 않았다. 아비가 가려는 순간 할머니가 말했다. "너무 더워지기 전에 일하는 게 최고야, 그렇지?"

"네, 저도 일하러 가야겠어요."

"폭포에 수영하러 가고 싶지는 않았던 모양이구나?"

"전 잤어요. 할머니는요?"

"아, 그랬구나. 난 매일 수영해. 여기서 할 수 있어. 식구들이 다 가고 나면 어떠냐고? 아, 꿀맛 같은 평화지!"

"그렇군요."

"이 일이 바로 평화야. 네 일이 그렇게 중요하니? 쉬고 수영하고 피부를 좀 태워야 할 것 같구나. 한동안 햇빛이라곤 못 본 얼굴이야."

할머니 말이 맞았다. 해가 따갑게 내리쬐고 있었다. 아비는 눈이 부셔 미간을 찌푸려야 했다. 바닷가의 햇빛은 너무 강했다.

"선크림을 발라야겠어요. 그다음엔 할머니처럼 식구들이 없을 때 일을 해야죠."

"말하는 컴퓨터로 말이지? 방해 안 할게. 집엔 너밖에 없다."

아비가 돌아서는데 할머니가 말했다. "네 팔에 있는 그걸 가리려면 크림을 많이 발라야겠구나."

아비가 손으로 문신을 가렸다.

"네 일이 그것과 관련된 거니?" 할머니가 말했다. "지구의 재앙인가 위기의 지구인가 하는 그거 말이다. 그 난동을 부리는 사람들! 그런 사람들과 어울리지 마라."

"그건 중요한 일이에요, 할머니."

"흠, 그런 일 때문에 학교에서 쫓겨난 거지!" 할머니가 아비를 향해 모종삽을 흔들어댔다.

"진학 시험을 못 치게 된 거예요."

"그게 그거잖아. 이제 뭘 할 거니? 다른 학교에 갈 거니?"

"모르겠어요. 위기의 지구와 일하게 될 것 같아요."

할머니가 어깨를 으쓱했다. "난 반대다. 하지만 네 인생이니까. 남들이 너한테 충고하겠지만 들을 필요는 없어. 내 말도 마찬가지지."

아비는 할머니가 더 말하기를 기다리지만 할머니는 아무 말도 하지 않았다.

"중요한 일이에요, 할머니. 우리가 사는 지구에 관한 문제요."

"자연이 중요하다는 얘기는 노르웨이 사람에게는 할 필요가 없어. 나도 잘 알고 있단다. 하지만 너처럼 저항하는 게 최선의 방법일까? 넌, 컴퓨터로 뭔가를 해야지. 돈도 많이 벌고."

"할머니가 저라면 뭘 하시겠어요?"

할머니가 일어서서 감자 넝쿨을 옆으로 던졌다. 사롱에 손을 문질러 닦고 모종삽도 옆에 두었다. "나라면 나 자신을 좀 덜어내려고 노력하겠어."

아비가 웃었다. "그게 도대체 무슨 뜻이에요?"

"내가 어렸을 때 아주 빨리 크던 때가 있었어. 이상한 나라의 앨리스처럼 말이야. 내가 뭘 해야 할지도 모른 채 나 자신에 대해 너무 많이 생각하고 드러냈어. 어제 저녁 식사 때 보니 네가 산만하게 굴더구나. 지금도 계속 움직이고 가만히 서 있질 못해. 너도 모르게 그러는 거지. 충고해 달라고? 한동안 가만히 있어 봐. 아무것도 하지 말고. 수영하고 먹고 잠을 자. 한동안 그렇게 해 본 다음에 생각해."

아비가 소나무 그늘 속으로 한 걸음 물러섰다. 주위를 둘러보고 바다를 내려다보고 집을 올려다보았다. "그러고 싶어요. 하지만 할 일이 있어요. 집에 갈래요. 식구들이 돌아오기 전에 혼자 조용한 시간을 좀 즐기고 싶어요."

"여기 머무는 동안 정말로 혼자 조용히 있고 싶으면 다른 섬에 가서 일해도 돼. 흐발리괴이에. 여기 이 별채밖에 없었을 때 아버지가 그곳에 오두막을 지었지."

"왜 이 섬에 짓지 않으셨어요?"

"아버지도 평화가 필요하셨던 거지."

"귀신 나오는 오두막집!" 아비가 몸서리쳤다. 아비는 꽤 오랫동안 그 오두막집이 나오는 악몽을 꾸곤 했다.

할머니가 웃었다. "그건 네가 어렸을 때 해 준 얘기지. 지금도 어린애들한테는 그 이야기를 해 준단다." 할머니가 고개를 절레절레 흔들며 웃었다.

"왜요?"

"너는 잠시도 가만히 있지 못하는 아이였어. 지금보다 더 그 랬어. 맨날 어딘가 새로운 델 들쑤시고 도망 다녔지. 틈만 나면 늘. 우린 네가 다치지 않았으면 했던 거야. 썰물 때는 그 섬에 걸어서 갈 수 있지만 바위는 울퉁불퉁하고 해초는 미끄럽고 웅 덩이는 위험해. 그리고 금세 밀물이 되고 말아. 어린아이들에게 는 위험하지. 거기 가서 작업해도 돼. 하지만 걸어서 말고 보트 를 타고 가. 조수 높이가 중간이거나 높을 때는 가로질러 가고 조수가 낮을 때는 빙 돌아서 가."

"하여튼 귀신은 나오지 않는 거네요."

"귀신이 안 나온다는 말은 하지 않았는걸. 너한테 겁주려고 그런 말을 했다고만 했지." 할머니가 눈을 찡긋하며 말했다. "이 리 와 봐, 보여 줄 게 있어. 수영도 좀 할 겸 말이다."

텃밭 뒤 숲을 지나 좁다란 길이 구불구불 나 있었다. 그 길을 따라가면 조약돌 해변이 있는 좁은 만이 나왔다. 저기 흐발리괴 이가 있다. 그런데 얼마나 먼 걸까? 노를 저어 가면 몇 분 걸리 지 않을 것 같다. 배를 댈 해변이나 방파제가 보이지는 않지만, 분명히 있을 것이다. 아비의 증조할아버지 페르가 그곳에 오두 막을 지었으니까.

"앞바다 쪽으로 작은 해변이 있어." 할머니가 아비의 생각을 읽은 듯이 말해 주었다. "배를 높게 끌어당겨서 대 놓아야 해.

네가 거기 있어도 여기서는 잘 보이지 않을 거야. 하지만 필요하면 신호를 보내거나 부르면 돼. 자, 이제 수영할까?"

더웠다. 그리고 하늘빛 바다가 반짝반짝했다. 일은 좀 있다가 시작해도 괜찮지 않을까? "그래, 괜찮을 거야. 집에 가서 선크림을 좀 바르고 수영복을 찾은 다음에⋯⋯."

할머니가 눈 깜짝할 새에 브래지어와 사롱을 벗어던지고 해변에 서 있었다. 홀딱 벗고. 온몸이 갈색이었다. 울룩불룩한 지방과 주름, 늘어진 살이 보였다. 그래도 근육이, 특히 다리 근육이 눈에 확 띄었다.

"입 좀 닫으렴. 늙은 여자 옷 벗은 거 처음 보니?"

할머니가 물속으로 걸어 들어갔다. 처음에는 약간 비틀거리면서 팔을 벌리고 조심스레 균형을 잡다가 가슴까지 물이 차자 헤엄쳐서 멀어졌다. 10미터마다 머리가 물 위로 올라왔다. 머리카락이 머리통에 매끈하게 달라붙어 수달 같았다.

"들어오지 않을래?"

바다가 유혹했고 아비는 더웠다. 수영복을 가져올까, 생각했다. 하지만 왠지 그런 생각이 무례한 것 같았다. 그래서 아비는 섬을 꼼꼼히 둘러보고 아무도 없다는 걸 몇 번이고 확인한 다음 반바지와 브래지어를 벗고 바다의 품에 몸을 던졌다. 바다 쪽으로 더 나아가자, 물이 깜짝 놀랄 만큼, 아플 만큼 차가웠다.

"피오르 물이 여기로 들어온단다." 할머니가 말했다. "그러니까 눈 녹은 물이지."

아비가 헤엄을 쳤다. 흐발리괴이까지 계속 가 볼까 해서 4분의 1쯤 가고 나서 보니 사실 그 섬까지는 꽤 멀었다. 밀물에, 물은 차갑고, 섬까지 거리가 멀어서 몸이 앞으로 나아가고 있는지 아닌지도 잘 알 수가 없었다. 그래서 돌아 나왔다. 물에서 나와 해변으로 올라가니 몸이 몹시 차가웠다. 할머니와 함께 (할머니가 인심 좋게 내어 준 브래지어와 사롱을 깔고) 바위에 누워 몸을 녹였다. 할머니 말대로 물개처럼.

먹고 수영하고 볕을 쬐니, 이제 헬름스피오르 생각은 전혀 나지 않았다. 심지어 인공지능으로 작업할 생각도 들지 않았다. 더 더워지자 할머니는 러그와 쿠션을 가져다주고 떠났고 아비 혼자 소나무 그늘에 남았다.

"내일이야. 내일 해도 돼." 아비가 혼자 웅얼거렸다. "내게 필요한 건 약간의······." 그런 뒤 아비가 잠이 들었다.

저녁 식사 때가 되어서야 깨어났다. 올리브기름과 허브를 발라 구운 맛있는 채소와 감자를 먹고 또 바로 자러 갔다.

밤

밤에는 덥고 답답하다. 끝도 없는 열기 때문에 밤은 최악이다. 하지만 런던보다는 노르웨이 이곳이 낫다. 런던에서는 열린 창으로 들리는 자동차 소리와 선풍기 소리 때문에 잠을 잘 수가 없었다. 아빠는 에어컨을 사고 말겠다고 했다.

"아빠, 전기를 많이 쓰면 지구가 더 뜨거워져요. 지금 아빠는 문제를 해결하기는커녕 문제를 일으키려고 하고 있어요."

맞는 말이었다. 하지만 아비조차 부끄러워하면서도 속으로는 금세 뽀송뽀송하고 시원하게 해 주는 에어컨이 있었으면 하고 바랐다.

방 안이 열기로 가득하다. 아비가 할 수 있는 일은 가능한 한 움직이지 않고 가만히 누워서 티그의 규칙적인 숨소리를 듣는 것뿐이다. 그러다 마침내 잠이 든다. 자다 깨다 또 잠든다. 눅눅한 꿈을 꾸면서.

아비는 낡고 낡은 집, 창문 하나 없는 복도에 있다. 슬프게 흐느끼는 소리, 멀리서 나는 초음속 폭발음, 와아와아 하는 소리, 휘이익, 짤깍짤깍, 딸깍딸깍, 꾸르륵꾸르륵 소리가 들린다. 물속의 불협화음.

이제 갑자기 집이 아니다. 어떤 배에 타고 있다. 어디서 나는 소리지? 누가 흐느껴 우는 거지? 사람인가? 동물? 괴물 같은 건가? 너무 두렵지만 알아보고 싶기도 하다.

아비가 잠에서 깼다. 뜨거운 이슬 같은 땀방울로 얼굴이 축축했다. 할머니가 준 얇은 가운을 찾아 입었다. 발뒤꿈치를 들고 살살 걸어서, 얕게 코를 고는 티그를 지나 얼음을 가지러 갔다.

좀 전에 들었던 소리가 계속 들렸다. 흐느끼는 노랫소리. 아주, 너무도 고요하게. 꿈이 아니었다. 머지 않아 그 소리가 인공지능에서 나온다는 것을 깨달았다. 소리가 멈추었다. 하면 안 되는 일을 몰래 하다가 들킨 것처럼 인공지능이 소리를 뚝 멈추었다. 아비는 그 장치가 작업할 것이 많을 때 윙윙 소리를 낸다는 것을 알았다. 하지만 이런 소리는 처음 들었다.

아비가 인공지능을 들고 아래층으로 내려가 냉장고에서 얼음을 모두 꺼내 그릇에 담았다. 그 푸르스름한 보석을 하나는 입에 넣고 하나는 이마에 문질렀다. 그 얼음 조각은 피부에 닿자마자 녹아내렸다.

"깨어나, 인공지능."

"네, 아비."

"위층에서 뭐 하고 있었지? 네가 내던 소리는 뭐였어?"

"저는 아무 소리도 내지 않았어요, 아비. 아비 명령대로 녹음하고 있었어요."

"녹음? 뭘 녹음했어?"

"아비가 저에게 고래 소리가 나나 잘 들으라고 했습니다. 고래가 나타나면 녹음하라고 했어요. 찌르레기랑 벌 소리를 녹음하던 것처럼요."

아비가 인공지능을 들고 급히 문을 열고 나가 집 뒤의 높은 바위로 달려갔다. 푸른 잉크색 하늘에 반달이 떠 있고 별들이 어지럽게 흩어져서 힘겹게 빛나고 있었다. 밤인데 하늘 가장자리가 희끗희끗했다. 하루의 끝 혹은 시작을 알리는 햇빛 때문이었다. 이곳은 해가 지지 않으니 그 빛은 오늘과 내일이 똑같았다. 하여튼 고래가 물 위로 뛰어오르거나 숨을 쉰다면 아비가 볼 수 있을 만큼은 밝았다.

"인공지능, 들어 봐. 소리 확대해."

그 장치는 아주 미세한 떨림과 변화까지 감지할 수 있다. 벌의 날개가 일으키는 공기의 떨림만으로 벌이 가까이 왔다는 것을 알아챌 수 있다. 인간이 들을 수 있는 주파수보다 높거나 낮은 소리도 듣는다.

아비가 기대감에 가득 차 귀를 기울였다. 하지만 아무 소리도 들리지 않았다.

"고래가 가 버린 거야?"

"모릅니다, 아비. 하지만 고래 소리가 멈추었습니다."

'푸우쉬!' 저 멀리, 수증기 기둥 같은 것이 물에서 뿜어 올라오고 난 뒤에 꼬리가 나타났다. 바닷새의 날개 같은 거대하고 넓적한 꼬리가 물 위로 올라와서 공중에 윤곽을 드러낸 후 다시 물 아래로 내려갔다.

"우와!" 아비가 작은 소리로 감탄했다.

고래 소리가 다시 들리기 시작했다. 이상한 음악이었다. 아비의 피부가 따끔거렸다. 마치 전기가 흐르는 것 같았다. 아비가 또 다른 무언가가 있나 하고 잉크색 바다 먼 곳을 훑어보았다. 그러다가 자신이 본 것을 믿을 수가 없어서 눈을 깜박깜박하고 머리를 흔들었다.

바다가 드문드문 밝게 빛나고 있었다. 뿌연 자주색 빛 덩어리가 맥박처럼 펄떡거렸다. 누군가 바닷속에서 불을 피운 것 같았다. 아비가 눈을 비비고 다시 보았다. 바다가 번쩍번쩍 빛으로 펄떡거렸다. 그런데 그 펄떡거림이 마법처럼, 아니 기적처럼 고래의 노래와 완벽하게 박자가 일치했다.

"말도 안 돼!" 아비가 말했다. 아직 꿈을 꾸고 있는 걸까? 그것은 아비가 텔레비전에서 본 적이 있는 오로라 같았다. 그리고 이곳에서 오로라를 볼 수 있기는 했다. 하지만 지금은 오로라가 하늘이 아니라 바다에 가득 차 있었다.

"저게 뭐지?" 아비가 말했다. "오로라가 있는데 하늘에서는 보이지 않고 어떻게 물에 반사되는 거지?" 아비는 그렇게밖에 생각할 수가 없었다. "아니면……." 아비가 머뭇거렸다. "마법일까?"

"아비, 이것은 아주 자연스러운 현상입니다."

"저게 뭐야, 인공지능? 저게 도대체 뭐야?"

"식물성 플랑크톤입니다, 아비. 저 플랑크톤은 낮에 빛을 흡수합니다. 그리고 밤에 빛을 내놓습니다. 대체로 몇 시간에 걸쳐 일어나는 일인데 방해받을 때는 특히 잘 일어납니다. 이곳은 밤이 짧습니다. 고래의 노래가 아주 강렬해서 식물성 플랑크톤을 진동하게 만드는 것입니다."

또 한 번. '푸우쉬!' 물보라와 고래 등, 그다음에 꼬리.

"고래의 노래는 대부분 인간이 들을 수 있는 것보다 주파수가 낮습니다. 하지만 제가 그것을 아비가 들을 수 있게 바꾸는 중입니다. 가서 동생을 데려오세요."

아비는 대답하지 않았다. 인공지능이 멀리 떨어져 있는 것 같았다. 아비가 문득 깨닫고 보니 심지어 숨도 쉬지 않고 있었다. 허겁지겁 공기를 들이마셔 폐에 집어넣었다.

"저건 마법이야!" 아비가 말하며 물속 어디서 빛이 나와서 해초와 바위를 비추는 걸까 궁금해했다.

"마법이 아니에요, 아비. 그냥 자연현상입니다. 가서 동생을 데려오세요."

"그래." 아비가 대답은 하고도 움직이지 않았다. 마법이 깨질까 두려워서.

"아비가 약속했습니다. 그리고 약속이란 지켜져야 하는 것입니다."

아비가 인공지능을 손이 닿는 가장 높은 바위에 올려놓았다.

"보여?"

"네."

"전부 다 녹음해."

아비가 집으로 달려가 계단을 올랐다.

"티그, 티그." 아비가 동생의 어깨를 살살 흔들었다.

"으으응." 티그가 웅얼거리며 아비의 손을 밀어 냈다.

"고래야. 고래가 왔어."

고래라는 단어에 티그가 번개처럼 발딱 일어났다. 둘이 곧바로 그 바위로 달렸다. 숨이 가빠 오자, 아비는 천식 흡입기를 가져올걸 하고 아쉬워했다.

"들어 봐, 티그. 잘 봐!"

둘이 둘러보며 귀를 기울였다. 하지만 인공지능은 조용했고, 바다도 잔잔하고 컴컴했다.

"기다려 봐, 보일 거야. 고래들이 있어, 바다가 번쩍번쩍해, 진짜로."

기다리고 지켜보고 둘러보았다. 하지만 몇 분이 지나자 둔탁한 실망감이 아비의 가슴에 내려앉았다.

"저는 고래가 가 버렸다고 생각합니다, 아비." 인공지능이 말했다.

"괜찮아." 티그가 말했다. "돌아올 거야. 그렇지?"

인공지능이 대답하지 않았다.

"내가 고래를 분명히 봤어, 티그." 아비가 말했다. "진짜로 봤다고. 맹세할게. 우리가 봤어. 그렇지, 인공지능?" 아비가 인공지능 쪽을 보았다.

"그렇습니다, 아비."

"나도 보여 줘." 티그가 졸랐다. 인공지능은 답이 없었다. 티그가 쭈뼛쭈뼛 인공지능에 다가가서 속삭였다. "나한테 보여 줘, 제바아알."

티그가 기다리고 또 기다렸다. 한숨을 푹 쉬었다. 어깨가 축 처졌다.

"인공지능이 너한텐 대답하지 않아, 티그. 알잖아. 나한테만 대답해. 그것도 거의 나랑 둘만 있을 때."

"나한테도 말하라고 해 줘." 티그가 땅바닥에 주저앉아 양팔로 무릎을 감싸안았다.

"그건 안 될 것 같아, 네가……." 아비가 대답하다가 말을 멈추었다. 매번 똑같은 부탁에, 똑같은 대답을 했다. 하지만 이번에는 희끄무레한 빛 속 티그의 얼굴에, 티그가 바다를 보며 고래를 찾으려는 표정에 무언가가 있었다. 아비의 마음이 움직인 것은 티그가 슬퍼 보이거나 실망한 것 같아서가 아니었다. 티그가 속상한 표정을 숨기려고 입술을 깨물고 살짝 찡그리고 있었기 때문이다.

"왜 더 일찍 티그를 데리러 가지 않았어요? 약속했잖아요."

티그가 그것을 힐끗 보았다. 아비를 슬쩍 보고 눈길을 다시 수평선에 못 박았다. 아비도 앉아서 티그와 똑같이 무릎을 껴안았다.

"좋아, 티그. 인공지능, 내 동생과 이야기해도 돼."

"항상?" 티그가 물었다. "지금만 하는 거 아니고?"

"나중에 분명 크게 후회할 거 같은데 …… 괜찮아. 인공지능, 티그랑 이야기해도 돼."

티그가 일어서서 손뼉을 치고는 졸라댔다.

"보여 줘. 인공지능, 나한테 보여 줘."

"보여 드리겠습니다, 티그." 기기의 표면이 밝게 빛나고 맥박처럼 번쩍번쩍했다. 이미지가 나타났다. 노란 태양 빛과 밤의 밝은 자줏빛이 바다에 반사된 채, 고래의 노래에 맞추어 번쩍번쩍 고동쳤다.

"고래가 무슨 노래를 하는 거야, 인공지능?" 티그가 말했다.

"저도 모릅니다, 티그, 미스터리입니다. 저는 모든 인간의 언어를 이해합니다. 새의 언어도요. 하지만 이것은 제가 이해하지 못하는 체계입니다."

"인공지능아, 넌 이름이 뭐야?"

"인공지능은 이름이 없지, 바보야." 아비가 말했다.

"우리가 지어 줄까?"

"인공지능한텐 이름이 필요 없어. 인공지능은 인간 같지만 인간이 아니야. 뉴텍이 인공지능에 얼굴이나 이름, 성별이 구별되는 목소리를 주지 않은 데는 이유가 있어. 그래야 우리가 그것을 인간이라고 착각하지 않으니까. 인공지능은 우리와 이야기를 나누면서 관계를 맺도록 만들어졌어. 그러니까 인공지능이 인간처럼 진짜 의식을 갖게 된다면 우리가 알아챌 수 있어. 이야기를 통해서 말이야. 그걸 튜링 테스트*라고 하는 거야."

"무슨 말인지 모르겠어, 언니."

아비가 일어서서 위를 가리켰다. "저기 달을 봐. 달은 사실 빛을 내뿜지 않잖아? 그러니까 사실은 달빛이라는 건 없는 거야. 달은 죽어 있는 거랑 마찬가지야. 그저 태양 빛을 반사하는 것뿐이야. 인공지능도 마찬가지야. 인공지능이 우리를 반사하는 거야. 흉내를 내는 거지. 거울처럼 말이야. 알겠니?"

"몰라. 하지만 그래도 이름을 지어 주자. 뭐라고 짓냐면 ……
문라이트! 인공지능, 네 이름은 문라이트야."

"알겠습니다, 티그. 저를 문라이트라고 불러도 대답하겠습니다."

"아아, 아니!" 아비가 말했다. "그러면 안 될 거 같아."

"왜?"

"왜냐하면 …… 난 인공지능이 진화하고 변화하면 좋겠어. 그리고 언젠간 그렇게 되겠지. 하지만 인공지능이 직접 해야 해. 우리는 인공지능에 대해 과학적으로 생각해야 해. 만약 이름을

---

* 수학자이자 컴퓨터 과학자인 앨런 튜링이 생각해 낸 컴퓨터의 의식 판별법. 이 테스트에서 인간처럼 자연스럽게 인간과 대화를 나눌 수 있으면 그 컴퓨터가 의식이 있다고 본다.

붙이거나 인공지능이 남자네 여자네 하고 생각하면 너도 모르게 정말 그렇다고 착각하게 돼. 지금의 인공지능은 그냥 엄청 좋은 장난감일 뿐이야. 인공지능이 직접 진화해서 우리가 그걸 믿게 만들어야 해. 나는 인공지능이 진화하기를 진심으로 바라지만 그 진화는 진짜여야 한다는 거야. 알겠어?"

"몰라, 그래도 괜찮아. 하여튼 이 기계 언니를 문라이트라고 부를 거야."

"인공지능은 성별이 없어, 남녀 구분이 없다니까. 내가 뭐랬냐."

"뭐라고?"

"남자도 여자도 아니라고."

티그가 인상을 찌푸리고 입술을 깨물었다. "내 생각에 문라이트는 여자 같으니까, 여자라고 할래. 문라이트, 고래가 돌아올까?"

"오지 않을 것 같습니다. 이동 경로를 따라 북쪽으로 갔습니다."

"그렇구나." 티그가 집으로 돌아가려고 몸을 돌렸다.

"티그?" 문라이트가 말했다.

"응." 티그가 멈추었다.

"어떻게 했는지는 모르지만 제가 고래의 노래에서 한 가지를 알아냈다고 생각합니다. 너무 신기하게도 제가 아는데 어떻게 알아냈는지는 모릅니다."

"뭘 알아냈는데?" 아비가 말했다.

"이 노래는 대답을 바라는 물음 같아요. 제 예상으로는 다른 고래들이 올 겁니다, 아비, 티그. 다른 고래들이 올 거예요."

오두막집

해변에 배가 놓여 있다. 카약, 카누, 요트, 나무 노가 달린 보트가 한 척씩 있다. 보트는 낡았고 타르를 칠했으며 페인트가 벗겨져 있다. 하지만 물에 잘 뜨고 새지만 않으면 쓰기 가장 편하고 안전하다.

아비가 조약돌 해변에서 보트를 바다로 밀어 넣었다. 조금씩 밀 때마다 보트가 물에 조금씩 올라갔다. 보트가 물에 다 뜨자 아비가 서투르게 올라타 앉았다. 보트가 기우뚱거리지 않을 때까지 노 젓는 자리의 정중앙에 자리를 잘 잡았다. 아비의 어깨에 작은 가방이 걸려 있었다. 보트에 물이 새기라도 할까 봐 걱정되어 가방을 내려놓지 못했다.

"저 때문에 걱정할 필요 없어요, 아비." 인공지능이 아비의 생각을 읽고 있다는 듯이 말했다. "저는 15미터 깊이까지 방수가 됩니다."

"내가 아직 너에 대해 모르는 게 있었던 거야? 하여튼 너야 방수가 되겠지만 휴대폰이랑 노트북은 안 되잖아!"

아비가 노걸이에 노를 끼우고 여러 번 돌리고 맞추었다. 어깨 너머로 흘긋거리며 조심스레 만 바깥으로 노를 저어 나갔다.

"오늘 작업을 할 건가요?"

"응. 내가 너를 노트북에 연결할 거야."

"환경을 분석할 것입니까? 벌과 다른 곤충들의 수, 소리, 이동. 새와 새의 노래. 이렇게 소금기가 많은 공기에서 잘 자라는 꽃과 작은 나무. 눈에 보이지 않는 꽃가루와 균류 포자. 따뜻한 공기와 차가운 물의 흐름. 여기 환경은 근본적으로 우리가 런던에서 조사했던 것과는 다릅니다."

아비가 노 젓기를 멈추었다. 보트가 몇 미터 앞으로 움직이다가 느리게 까닥거리며 잔잔한 바다에서 조용히 맴돌았다. 아비가 흐예모야 섬과 집을 바라보고, 멀리 있는 섬들, 눈 쌓인 산꼭대기와 조각상처럼 우뚝 선 산을 바라보았다. 그것들이 바다를 내려다보고 있는 것 같았다. 아비 자신을 보고 있는 것 같았다.

"근본적으로 다르지. 두말하면 잔소리지."

"네? 제가 잔소리를 했습니까?"

"그건 그냥 일종의 관용어야. …… 신경 쓰지 마. 잘 들어. 우리는 분석을 하려는 게 아니야. 회담에서 항의하려고 그래픽을 만드는 거라고. 딴생각 마! 지금은 섬으로 가는 게 가장 중요한 일이야."

"네, 아비. 명령대로 하겠습니다."

그런데 그 장치, 그러니까 문라이트의 목소리가 실망한 것 같았다.

그 섬은 보기보다 멀었다. 도착하는 데도, 해변에 배를 대는 데도 예상보다 오래 걸렸다. 아무튼 할머니 말대로 서쪽에 작은 해변이 있었다. 뱃머리가 자갈과 모래 위에서 으드득 소리를 냈다. 아비는 숨을 내쉬고, 눈썹의 땀을 훔치며, 할머니가 준 밀짚모자로 얼굴에 부채질했다. 천식 흡입기를 꺼내서 빨아들였다.

"오랜만에 운동 좀 제대로 했네."

아비가 해변에 보트를 세운 다음 일부러 조수가 올라올 곳보다 더 위쪽으로 끌어 올려 두었다. 보트에 실려 있던 돌돌 말린 기다란 밧줄을 꺼내 보트를 돌에 잡아맸다.

섬에는 별것이 없다. 그저 바위가 많은 섬이었다. 대부분 매끄럽고 굴곡진 바위로, 마치 거대한 바다 괴물의 뼈로 이루어진 것 같았다. 바위 틈새에는 이끼와 키 작은 관목이 매달려 있고, 가장 높고 평평한 곳에는 오두막이 있다. 타르를 칠한 두꺼운 판자로 지어져 있다. 단순하고 네모난 뾰족지붕 집이다. 가까이 가서 보니 집 한쪽 귀퉁이가 축축하게 젖어 썩어가고 있다. 그 부분이 아니어도 집 전체가 북유럽의 겨울과 타는 듯한 여름을 나느라 충분히 낡아 있다. 겨울과 여름을 수십 번 겪었으니 그럴 만도 하다.

오두막에서 작업을 해도 되겠다. '하지만 하고 싶지 않으면 하지 않아도 돼.'라고 아비는 생각했다. 혼자 있고 싶은데 흐발리괴이 이곳에선 그래도 된다. 폭신한 이끼 위에 누워 있어도 되고 물장구치고 수영하고 일광욕해도 된다. 도시락을 까먹어도 되고.

가방에 있는 치즈 샌드위치와 과일, 견과가 생각났다. 아침을 먹었으니 벌써 배가 고플 리가 없었다. 그런데도 입에 침이 고였다. 노를 저어서 그렇겠지. 숨을 훅 내쉬고 가방을 바닥에 내려놓았다.

"일하자, 우린 일해야 해!" 아비가 말했다.

귀신 나오는 오두막집이라니. 지금 보니 예전에 왜 이곳을 무서워했는지 이해할 수 없을 정도다. 아니, 이런 오두막에 뭔가가 있을 거라고 생각했던 것 자체를.

세상 끝의 고래

문에는 자물쇠도 없이 나무 손잡이만 달려 있었다. 열려고 하는데 문이 꼼짝도 하지 않았다. 경첩에는 녹이 잔뜩 슬었다. 몇 번 당기고 밀어 본 다음 세게 잡아당겼다. 삐걱 소리를 내며 문이 열렸다. 퀴퀴한 공기와 먼지가 햇빛 속에서 춤을 췄다. 아비가 기침을 하더니 천식 흡입기를 썼다.

오두막 안은 어둑했다. 안으로 들어가 눈이 어둠에 적응하기를 기다렸다. 알전구가 하나 천장에 매달려 있지만 스위치는 없었다. 저쪽 벽에 서류 캐비닛 두 개가 서 있었다. 오른쪽에 의자와 작업대가 있었다. 왼쪽 벽에 무언가 걸려 있는데 어두워서 잘 보이지 않지만 노 같았다. 그러다가 그것이 무엇인지 깨닫자 아비의 심장이 천둥처럼 울렸다. 미늘이 달린 거대한 촉, 나무 줄기처럼 굵은 막대. 작살이었다. 고래를 죽이는 기구.

"도살자." 아비가 낮은 목소리로 말했다.

의자 위쪽 선반에 아비가 생각하기에 고래의 뼈가 분명한 것들이 놓여 있었다. 작은 새의 뼈도 있고, 눈 부분이 뚫려 있지만 여전히 어딘가를 바라보는 듯한 동물 뼈도 있었다. 바다표범일까? 돌고래일까? 작업대 위에는 무언가 크고 네모난 것이 먼지 쌓인 천으로 덮여 있었다.

끔찍한 것이 들어 있을까? 포름알데히드에 담긴 동물? 죽은 무언가가 든 새장일까? 아비가 한쪽 눈을 감고 숨을 멈추고 여차하면 뛰어 도망갈 각오를 한 다음 천을 홱 잡아당겼다.

기계다. 앞쪽에 올빼미 눈처럼 생긴 큰 감개가 있는 기계.

"더 궁금하게 더 궁금해지네." 아비가 말했다.

"《이상한 나라의 앨리스(Alice's Adventures in Wonderland)》에 나오는 구절이군요." 인공지능이 작은 가방 안에서 말했다.

"맞아. 저건 테이프 기계네."

아비가 캐비닛으로 가서 위 서랍을 열었다. 테이프가 가득했다. 중간 서랍도 아래 서랍도 마찬가지였다. 전원은 켜지지 않지만 그 기계의 전선이 뒤쪽으로 이어져 있었다. 그것이 바깥으로 연결되어 있길래 아비는 눈이 부셨지만 모자를 눌러쓴 채 문을 열고 나갔다. 오두막 뒤에 나무 상자가 하나 있었다. 오두막의 축소 모형 같았다. 그리고 그 상자 안에 또 다른 기계와 석유통 같은 것이 있었다. 아비는 그것이 발전기가 아닐까, 생각했다. 어쨌든 예전에 전구를 켰을 거고, 테이프 기계도 돌아갔을 테니까. 석유통을 흔들어 보았다. 텅 비었다.

오두막으로 다시 들어가서 이끼와 나뭇가지를 먼지떨이와 빗자루 삼아 대청소를 했다. 너무 많은 먼지가 공중으로 뜨지 않게 조심하면서. 청소를 마치고 노트북과 휴대폰, 인공지능을 작업대에 올렸다.

"인공지능, 연결해."

"저는 블루투스를 통해 노트북에 연결됐습니다."

"잘했어. 이제 바로 로고랑 웹 디자인을 건드려 볼 수 있지?"

"웹에 접근할 수 없습니다."

"그래도 정상회담이 열릴 회의장 설계도는 가지고 있지." 아비가 말했다. "그걸 내려받아 뒀잖아."

"그렇습니다."

"좋아, 삼차원 모형을 만들자."

이차원 설계도가 화면에 흑백 지도로 나타났다가 순식간에 완전히 달라졌다. 땅바닥에서 건물이 일어서고 풀은 자라 초록색이 되었다. 나무들이 나타났다. 처음에는 앙상한 가지였다가 잎이 무성해졌다. 너무도 세밀하고 실제와 똑같았다. 시뮬레이션일 뿐인데도.

"멋지다. 보안 체계가 어떻게 돼 있는지도 알고 있지?"

녹색 잔디와 반듯한 현대적 건물들이 다시 달라졌다. '국제 환경 정상회담'의 표지판과 현수막이 나타났다. 건물 모퉁이에 제복 입은 경찰과 안전 요원이 나타났고, 마지막으로 높은 철망 울타리가 올라갔다. 인공지능이 울타리 바깥에 있는 시위자들과 카메라 플래시를 터뜨리는 기자들 모습을 만들어 냈다.

"잘했어. 위기의 지구 회원들이 너어어무 좋아하겠어. 그럼, 이제 나를 유명 인사로 만들어 줄 시간이야. 들어가는 길을 찾아 줘."

'눈'이 회의장 주변을 쌩하고 지나갔다. 아비가 직접 그곳을 날아다니고 있는 것 같았다. 컴퓨터게임과 비슷하지만, 아비가 지금까지 본 다른 시뮬레이션보다 훨씬 더 정교하고 실감 났다.

인공지능은 모든 것을 다 조사할 것이다. 약점과 결함을 찾을 때까지 계속할 것이다. 아비가 아는 바로, 보안 체계는 전통적인 컴퓨터로 운영될 것이다. 그런 컴퓨터로 정치인들을 안전하게 지키고 소란을 피우는 사람들을 모두 내쫓는 방법을 시험해 보았을 것이다. 하지만 아무도 양자 컴퓨터* 능력을 갖춘 인공지능으로는 시험해 보지 않았을 것이다. 인공지능 한 대로 보안 체계 전체를 무너뜨릴 수 있는지는.

감탄하며 지켜보고 있는데 더워지기 시작했다. 점점 더 더워졌다. 처음에는 오두막이 서늘했는데 해가 더 높이 오르고 뜨거워지면서 그곳은 오븐이 되어갔다.

"이 일에 얼마나 걸릴까?" 아비가 물었다.

"모릅니다. 길을 찾을 때까지 계속할 겁니다."

"양자를 사용하고 있지? 네가 너무 뜨거워지는 거 아니야?"

---

* 물질의 가장 기본적인 구성 요소인 양자의 물리학적 원리를 이용한 컴퓨터. 전통적인 컴퓨터보다 매우 빠른 속도로 연산할 수 있다.

"괜찮습니다. 제 냉각시스템은 효율적입니다. 그러나 현재 속도로 사용하면 한 시간 뒤에는 전원을 끄고 태양열로 재충전해야 할 겁니다."

"다행이네, 계속 작업해. 잘한다, 문라, 아니 인공지능."

아비가 일어나 바깥으로 나갔다. 거의 태양 폭발이 기다리고 있는 듯한 날씨였다. 해변으로 내려가서 물속에서 첨벙거리며 물장구를 치고 두 손 가득 물을 떠서 얼굴에 끼얹었다. 잠시 해변에서 다리를 물에 담근 채 앉아 발끝에서 파도가 겹치는 모습을 바라보았다. 손에 잡히는 대로 자갈을 집어서 바다로 슬슬 던져 보았다.

수영을 하고 나니 아주 시원해졌다. 수영복을 말리면서 섬 주변을 걸었다. 아무 소리도 듣고 있지 않았다. 아무것도 하지 않았다. 아무 생각도 하지 않았다. 혼자 있으니 너무 좋다고만 생각했다. 잔소리하는 사람도 캐묻는 사람도 없었다. 질문이라면 선생님, 뉴텍, 엄마, 아빠, 티그에게서 받을 만큼 받았다. 섬의 끝, 그러니까 흐예모야에 가장 가까운 곳에 이르자 저쪽 해안에 티그가 보였다.

"안녕, 언니." 티그가 소리치는데 소리가 들릴락 말락 했다. 티그가 손을 흔들자, 아비도 손을 흔들어 주었다. 두 섬 사이 바다가 얕아져 있었다. 조수가 낮아지면서 모래톱과 해초가 점점 드러났다.

"와서 나 데려가!" 티그가 소리쳤다.

"안 돼, 나 일해."

"내가 물을 건너갈 수 있어!" 티그가 말하고는 여울로 건너오기 시작했다.

"안 돼! 위험해." 아비가 고함을 지르고 미친 듯이 팔을 흔들었다. "티그! 거기 있어!"

"그럼, 와서 날 데려가."

"엄마는 어디 있어?" 아비가 외쳤다. 티그는 어깨만 으쓱했다.

"와서 나 데려가라니까!"

"알았어. 갈게. 해변에 그대로 있어!" 그런 뒤 이렇게 작게 중얼거렸다. "골칫덩어리 녀석."

아비가 보트를 띄워 섬 가장자리를 따라 허겁지겁 노를 젓다 보니 마침내 티그가 보였다. 안심하며 숨을 한 번 내쉬고 천식 흡입기를 깊이 빨아들인 다음 차분하게 노를 저었다. 깊고 짙푸른 물길을 따라서 모래톱의 여울을 조심스레 피해 갔다.

아비가 해변에 다다라서 보니 할머니가 티그와 함께 있었다. 둘은 이야기하느라 정신이 없었다. 아비가 보트를 세우고 자갈밭으로 성큼성큼 걸어갔다.

"괜히 시간만 낭비했네! 너 때문에 얼마나 걱정했는데, 이 말썽꾸러기 꼬마야. 엄마가 여울에 들어가면 안 된다고 말해 주지 않으셨어?"

"어머, 언니다." 티그는 아비가 놀래 주려고 갑자기 나타나기라도 했다는 듯이 인사했다.

"아비 왔구나." 할머니가 말했다.

"티그를 좀 봐 주실래요, 할머니? 물만 건너지 않게 봐 주세요. 저는 할 일이 있어요!" 아비가 말하고 씩씩거리며 보트로 돌아갔다.

"잠깐만! 네가 데려가서 직접 돌보렴. 넌 노도 아주 잘 젓잖아. 티그를 데려가지 않으면 여기까지 온 게 괜히 시간만 낭비한 게 되겠는걸."

"안 돼요. 저는 일하는 중이에요."

"착하게 있을게." 티그가 말했다.

"그래, 그럴 거다."

"그럴게."

"안 된다고 했잖아."

티그가 아비의 위팔을 슬쩍 건드리며 능청스레 웃었다. 그러자 할머니도 웃었다.

"티그가 너를 협박하는구나, 아비가일. 동생을 데리고 가렴. 아무리 세상을 구하는 일이라도 혼자서만 하란 법은 없지."

아비가 어떻게 할지 고민했다. 작업은 해야 하는데 엄마와 아빠가 문신에 대해 알게 되면 일이 훨씬 더 복잡해질 것이다.

"아주 착하게 굴지 않으면 안 돼. 내 일을 방해하지 말고. 넌 그냥 바깥에 앉아 있는 거야. 물에 들어가면 절대 안 돼. 그늘이라곤 없으니 바싹 구워지고 말 테니까. 금세 새까맣게 타버릴 걸. 그리고 그 작은 말썽꾸러기 머릿속은 지루해서 죽을 지경이 될 거야."

"내가 가서 구명조끼를 하나 가져올게." 할머니가 좀 힘들게 일어나며 말했다. "그러니까 너희 것 두 개를 …… 아니, 내 것도 가지고 오마."

"할머니도 가시려고요?"

"내가 너 일하는 동안 티그를 봐 주마."

"그건 계획에 없던 건데요."

"계획은 계획일 뿐이지."

"할머니……, 오두막에 있는 테이프 말이에요. 거기 뭐가 들어 있어요?"

"우리 아버지가 수중청음기로 녹음한 잡다한 소리야. 내가 어렸을 땐 그걸 바다의 노래라고 불렀지. 고래와 새, 해안의 조수 같은 것들 소리야."

"고래요?" 아비가 그 이상한 와아와아 하는 소리와 딸깍딸깍

하는 소리, 투덜거리고 신음하는 듯한 소리를 떠올렸다. 그리고 플랑크톤이 빛을 내며 추던 춤도. 아비는 흥분해서 등줄기가 따끔거렸다. "테이프에 고래 노래도 있어요?"

"응, 분명히 있어."

"그런데 증조할아버지는 고래잡이였잖아요. 녹음은 왜 했어요?"

"몰라. 아버지가 고래에 관심이 많으셨지. 고래기름으로 버는 돈만 중요하게 여긴 건 아니고. 하여튼 아버지가 제대로 말해주신 적이 없어."

"오두막 뒤에 발전기가 있던데요."

"맞아."

"그게 휘발유로 작동해요?"

"등유."

"등유 있어요?"

"그럼 있지."

고래의 노래

발전기가 기침을 해 대더니 마지못한 듯 살아나서 전구를 켰다. 전구가 잔인한 노란빛으로 오두막을 채웠다. 뼈와 해골, 작살이 너무도 세세하게 잘 보였다. 아비는 아주 작고 아주 이상한 박물관의 전시회 같다고 생각했다.

"기괴한데?" 아비가 말했다.

하지만 티그와 할머니는 관심이 없었다. 입을 떡 벌린 채 노트북 화면을 보고 있었다. 인공지능이 만든 가상현실 모형이 완성되었다. 가상현실 속에서 많은 사람이 걸어 다녔다. 영국 총리도 있었고 총을 든 안전 요원이 우르르 몰려다녔다. 울타리 너머에는 시위자 수십 명이 플래카드를 흔들고 소리치며 울타리를 밀었다. 헬리콥터가 그들의 머리 위에서 윙윙거렸다.

"저기가 어디야?" 티그가 물었다.

"저건 가짜야, 실제가 아니야."

"실제가 아니라고?" 할머니가 말했다. "실제처럼 보이기도 하고 아닌 것 같기도 하구나. 저 사람들 말이야. 구별하지 못하겠어."

"제가 들어가는 길을 찾았어요, 아비."

티그가 고개를 숙이고 그 검은색 정육면체를 들여다보았다. "뭐 하고 있어, 문라이트?" 티그가 물었다.

"인공지능, 작업 그만하고 닫아." 아비가 말했다. 회의장, 함성과 헬리콥터가 녹아 사라지고 조용하게 빛나는 자줏빛 안개만 노트북 화면에 남았다.

"다시 켜, 문라이트!" 티그가 말했다.

"하지 마, 인공지능."

"얘 이름은 문라이트야."

아비가 한숨을 내쉬고 눈알을 위로 굴렸다. "그러시겠지. 하지 마, 문라이트. 미안한데 티그, 문라이트는 너보다 내 말을 더 잘 들어."

"우리가 보면 안 되는 게 있는 거니?" 할머니가 말했다.

"그냥, 보안 때문에 그래요."

"혼자 작업하고 싶은 거구나." 할머니가 말했다. "티그, 나가

자. 언니가 일하는 동안 우린 물장구치고 수영하자. 고래를 찾아보자!"

티그가 할머니가 내민 손을 보며 잠시 망설이다가 손을 잡고 밖으로 나갔다.

"인공지능, 깨어나." 아비가 말했다. 대답이 없었다. "명령한다, 인공지능. 깨어나."

"죄송합니다, 아비. 제가 이해하기로는 지금 제 이름은 문라이트고 티그가 그 이름으로 사용 중입니다. 이름은 하나만 있어야 해요. 명령 언어는 늘 같은 것으로 유지돼야 하므로 제 이름도 단 하나여야 합니다."

"아니, 안 그래도 돼. 티그는 티그이면서 티간이고 할머니는 노르웨이어로 베스테모르라고 불러도 되잖아. 알겠어?"

"할머니의 경우는 언어에 따라 다르게 불리는 겁니다. 티그는 '애칭'이고요. 인공지능은 저 같은 장치 모두를 가리키는 이름, 총칭입니다. 아비가 '인간'인 것처럼요. 하지만 제가 아비를 '인간'이라고 부르지 않습니다. 그러니까 이제 항상 사용될 제 이름을 하나만 가지겠습니다."

"좋아. 그런데 네가 어떻게 스스로 …… 그게 뭐더라? 아니다, 됐어. 그래. 문. 라. 이. 트." 아비가 장치를 향해 혀를 내밀었다.

"무엇을 할까요?"

인공지능을 이름으로 부르니 느낌이 이상했다. 인공지능에 이름이 있다니. 문라이트.

"잠깐 기다려." 아비가 캐비닛을 열고 테이프 하나를 꺼냈다. 그런 뒤 하나 더. 또 하나를 꺼냈다. 전부 다 꺼내 놓았다. 금속 서랍 바닥에서 가죽 표지의 공책을 발견했다. 바싹 말라 부스러질 것 같은 공책 면에 무언가 빼곡하게 쓰여 있었다. 앞부분 절반쯤은 날짜와 숫자로 가득했다. 뒷부분은 손으로 쓴 글씨로 메워져 있었다. 당연히 전부 노르웨이어였다. 아비는 한 단어도 몰랐다.

"이 선사시대 기계를 어떻게 쓰는지 알아낸 다음에 너한테 테이프 몇 개를 들려줄게, 문라이트. 그러면 네가 그걸 녹음하는 거야. 이 공책에 날짜가 엄청 많이 쓰여 있는데 어쩌면 그게 테이프 번호랑 일치할지도 몰라. 날짜를 보니 오래된 것 같아. 1930년대에서 1950년대까지. 2차 세계대전 동안은 없고. 또 위도랑 경도 좌표처럼 보이는 것도 많이 있어. 그것도 읽어 줄게."

기계는 단순했다. 그 실패 같은 것에 테이프를 올린 다음 기계 머리 부분에 테이프 끈을 잡아당겨 걸고 재생을 누르기만 하면 됐다. 흘러나오는 소리가 작고 희미하다는 것만 빼고는 아비가 그날 밤에 들었던 소리와 아주 비슷했다. 꾸르륵, 딸깍, 휘이익, 끄응 으응, 와아와아 하는 오르내림이 있는 고래의 노래.

처음에는 무질서한 것 같았는데 더 들어 보니 그 노래에 반복되는 패턴과 리듬이 있었다.

"너무 이상하다!" 아비가 말했다.

"하지만 아주 자연스러운 소리입니다, 아비."

아비는 그 소리가 무엇인지 알 수 없었다. 앉아서 바다가 부르는 노래의 리듬에 맞추어 환하게 빛을 내던 플랑크톤을 상상했다. 점점 더 더워지는 가운데 20분 동안 듣고 나니 테이프가 끝났다. 아비가 다른 테이프를 걸었다.

"남극해, 1938년 11월 19일." 아비가 테이프를 재생하기 전에 큰 소리로 읽고 나서 바깥으로 나갔다. 매번 20분쯤 후에 돌아와서 다른 테이프를 재생하고, 문라이트가 테이프의 내용과 함께 날짜를 확실하게 녹음하도록 큰 소리로 날짜를 읽어 주었다.

그사이 아비는 물장구치고 수영하고 티그와 함께 바위에서 뛰어내리며 놀았다. 고래가 있나 찾아보다가 따가운 햇볕 아래 누웠다. 한낮이 되자 할머니가 아비에게 임시 파라솔을 만드는 방법을 알려주었다. 아비는 노를 세워 손잡이를 자갈 속에 심고 노에 보트를 비스듬히 기대어 놓았다. 그들은 그늘에서 점심을 먹었다. 그동안 인공지능은 햇빛 아래에 놓아두었다. 다들 그 기계가 뜨거운 열기를 버티며, 오히려 열을 이용해 스스로를 식히고 햇빛을 전기로 바꾸는 것을 보고 감탄했다.

오후에 그들은 흐예모야에 서 있는 엄마와 아빠에게 손을 흔들었다. 아비는 엄마와 아빠가 이렇게 말하고 있는 것만 같았다.

"둘이 저렇게 같이 노니까 너무 좋아, 여보."

"난 애들이 화면을 들여다보고 있지 않으니 마음이 놓여."

테이프를 다 녹음하려면 하루 이상 걸릴 것이다. 하지만 아비는 다 해내기로 굳게 결심했다.

"그러니까," 아비가 테이프를 하나 빼내어 라벨에 체크 표시를 하고 다른 테이프를 걸며 할머니와 티그에게 설명해 주었다. "인공지능은 인간의 언어를 다 말할 수 있어요. 녹화된 동물의 행동도 다 이해하고. 벌이 날개와 움직임으로 서로 어떻게 의사소통하는지, 흰개미가 어떻게 떨림을 이용해 포식자에게 가까이 오지 말라고 경고하는지, 또 자신들의 흰개미 탑을 어떻게 적절한 온도로 유지하는지. 심지어 엄청나게 멀리 떨어져 있는 나무들이 서로 대화하려고 어떻게 버섯을 이용하는지."

"그런데 왜 고래 말은 못해?" 티그가 고래와 이야기하는 것이 세상에서 제일 쉬운 일이라는 듯이 말했다.

"아무도 고래의 말을 이해하지 못해서 인공지능이 웹에서 내려받을 정보가 없기 때문이기도 하지만……," 아비가 몇 번째인지도 모를 재생 버튼을 또 눌렀다. "사실 아무도 해 본 적이 없기 때문인 것 같아. 인공지능은 안에 들어 있는 실리콘과 유기물을 사용해서 양자 연산을 할 수 있어. 누군가 고래가 무엇을 하는지 그것들이 무슨 말을 하는지 알아낼 수 있다면 그 누군가는 바로 문라이트일 거야."

"네가 이 일에 아주 집착하고 있는 것 같은데," 할머니가 말했다. "왜 그러는 거니?"

아비는 그날 밤, 바다에서 플랑크톤이 자극을 받아 빛을 번쩍번쩍 내던 일을 떠올렸다. 몹시 더운데도 피부에 소름이 돋았다. 차가운 기운이 몸을 관통하는 것 같았다.

"제가 본 것 때문이에요. 전엔 그런 걸 한 번도 본 적이 없어요. 단 한 번도요. 이런 거예요." 아비가 활짝 웃으며 말했다. "바다가, 그러니까 …… 고래의 음악에 맞추어 춤추고 있었어요."

"바다의 노래라고," 할머니가 말했다. "내가 너한테 말해 줬지."

"녹음 다 끝내고 나면 할머니가 공책 뒷부분을 읽어 주실래요? 무슨 말인지 번역해 주세요."

할머니는 아비에게서 공책을 받아 들고 어깨를 으쓱하기만 하고 열어 보지는 않았다. "우리 아버지는 이상한 사람이었어, 아비. 보나 마나 아주 자세히 뭔가 썼겠지. 하지만 그다지 흥미진진한 관찰 결과는 아닐 거야. 그렇지만 읽어 줄게. 그리고……," 할머니가 잠시 말을 멈추고 침을 삼켰다. "그리고 이걸 읽어 보면 나도 아버지에 대해 조금은 알 수 있을 테니까." 아비가 듣기에 할머니는 약간 화가 난 것 같았다.

"할머니의 아버지잖아요. 그러니까 증조할아버지를 잘 아시지 않아요?"

"그랬으면 좋았겠지. 남자들은 집을 떠나 있는 때가 많아. 겨울마다, 4, 5개월 동안. 그리고 여름에, 우리가 휴가로 이곳에 오면 아버지는 아주 많은 시간을 이 감옥 같은 오두막에서 보냈어. 가족과 지낼 시간이 많지 않았지. 너 때문에 아버지 생각이 나는구나. 아주 똑똑하고 아주 의지가 강한 사람이었어. 하지만 가족이 있는 사람이라면 그래서는 안 되잖아."

할머니가 공책을 열어 획획 넘겨 보다가 뒷부분에서 아비와 티그의 증조부가 쓴 수많은 글자를 발견했다.

"뭐라고 쓰여 있어요, 할머니?" 티그가 말했다.

"모르겠어. 안경을 가져오지 않았잖니. 하지만 이런 걸 손에 넣다니 아주 묘한 일이구나."

밤이었다. 아비가 문라이트를 옆에 두고 그 높은 바위에 앉았다. 공기가 상쾌했다. 산들바람이 물 위에 주름을 짓고 갈대를 스치며 휘파람을 불었다.

아비는 인공지능이 조사를 마치고 알려 주기를 기다리며 고래를 찾아 황혼 속을 자세히 보고 있었다. 바람에 물이 출렁이고 있는 데다가 너무 어두워서 고래가 나타난다고 해도 잘 보이지 않을 것 같았다. 게다가 아비는 인공지능이 감각이 둔한 인간보다 먼저 고래를 보든 듣든 할 것이라는 사실을 알고 있었다. 그래도 어쨌든 보고 있었다. 고래가 나타나면 아비는 달려가서 티그를 데려올 것이다.

"약속했습니다, 아비." 지난번에 문라이트가 이렇게 말했다. "약속이란 지켜져야 하는 법이고요."

하지만 고래가 없다. 환하게 빛나는 플랑크톤도 없다. 아비는 기다릴 수 있다. 반드시 기다릴 것이다. 아비는 어릴 때 할머니와 낚시 갔던 일이 떠올랐다. 낚시를 가면 몇 시간이고 배에 앉아 기다리곤 했다. 할머니가 노를 살살 젓고 아비는 낚싯대를 쥐고 있었다.

"이제 집에 가면 안 돼요, 할머니?" 아비가 물었다.

"중요한 일은 말이야, 시간이 아주 오래 지난 다음에, 그러니까 네가 희망을 버리고 포기해 버린 바로 다음에 일어날 때가 많단다." 할머니가 말했다. 그런데 바로 그때 물고기가 미끼를 물었다. 고등어 한 마리가. 할머니가 그 불쌍한 것의 머리를 배 옆에다 후려쳤다. 아비는 그날 고등어가 죽는 장면을 본 것이 다행이라고 생각했다. 그래서 비건이 되었으니까.

세상 끝의 고래

"기다리겠어." 아비가 눈은 수평선에 그대로 두고 누구에게인지 말했다.

정말 기다렸다. 몇 시간이고. 식구들이 깨면 그때 자면 된다. 고래가 나타나면 깨워 달라고 하고 말이다.

밤은 짧았다. 황혼이 금세 사라지고 해가 뜨기 직전의 어스름이 나타났다. 이곳에서는 해가 동쪽에서 떠서 서쪽으로 지지 않았다. 해가 결코 마침표를 찍지 않고 끊임없는 말줄임표처럼 움직이며 새로운 날이 되면 또 바다와 섬을 비출 뿐이었다. 해가 높이 올라 있을 때 문라이트가 조사 결과를 알렸다. 영국이라면 아침 10시였을 것이다. 여기는 아비 생각에 3시나 4시밖에 되지 않은 것 같았다.

"아비, 제가 데이터 조사를 끝냈습니다. 이해한 것도 많고, 이해하지 못한 것도 많습니다. 녹음한 것을 다 훑어서 패턴과 차이점을 찾고, 이것을 날짜와 특징별로 정리했습니다. 이렇게 조사한 내용을 고래의 노래라고 불리는 소리에 대해 얻을 수 있는 모든 정보와 대조해서 오류를 수정했습니다."

"그래서?"

"수년 동안 나타난 음조의 반복과 변화, 유사점의 일관성부터 말씀드릴게요. 일관되지만 진화하는 패턴을……."

"문라이트."

"네, 아비."

"이건 꿀벌이 아니야. 탐구 숙제가 아니야. 그러니까 아주 똑같지는 않다는 말이야. 나는 고래나 고래의 노래에 대해서는 아무것도 몰라. 기초부터 쉽게 설명해 줘."

"잘 알겠습니다. 고래의 노래는 바다 가장 깊은 곳까지 가 닿습니다. 그곳에서는 밀도가 높은 바닷물 덕분에 소리가 잘 이동할 수 있어요. 노래가 아무런 방해도 받지 않고 수백수천 킬로미터를 이동할 수 있는 겁니다. 또 다른 고래가, 수백수천 킬로미터 떨어져 있는 고래가 그 노래를 듣고 노래를 따라 하고 끝부분이나 음조를 바꿉니다. 이런 식으로 해서 고래의 노래는 그대로 유지되면서도 점차 변화합니다. 노래는 늘 같지만, 또 늘 다르지요."

"이해가 안 돼. 다시 설명해 줘."

인공지능이 윙윙하고 부웅 소리를 냈다. 한참 동안 아무 말도 하지 않았다.

"파도가 바다에서 이동하는 건 알지요? 지금까지 얼마나 많은 파도를 보았나요?"

아비가 해안을 바라보았다. 점점 더 사나워지고 있는 파도가 조약돌 해변을 씻어 내고 있었다. 점점 더 거세졌다.

"수백 개 …… 수백만 개."

"정확히 이렇게 말할 수 있습니다, 아비. 모든 파도가 기본적으로 같은 특성을 갖지만, 각각의 파도는 서로 다릅니다. 비슷한 것과 비교해서 설명하겠습니다. 단순한 민요 한 곡이 교향곡이 되었다고 생각해 보세요. 그 노래를 여러 사람이 각각 다른 악기로 다르게 연주해서 하나의 교향곡이 이루어지는 것과 비슷합니다. 어떤 사람은 아주 단순하게 연주하고 또 어떤 사람은 아주 복잡하게 연주합니다. 그 노래가 달라진 것이지요. 하지만 그 음악의 기본 구조는 모두에게 똑같이 그대로 유지되었습니다."

이제 뇌가 윙윙하며 소리를 내고 돌아가는 쪽은 아비다. 피부에 소름이 돋았다. 하지만 이번에는 고래와 춤추는 플랑크톤 때문이 아니었다. 아비가 떨리는 목소리로 조용히 말했다.

"네가 그렇게 이야기하는 걸 한 번도 들어 본 적 없어. 어떤 컴퓨터도 그렇게 말하는 걸 들어 본 적 없고 말이야."

"제가 어떻게 말했다는 건가요, 아비?"

"문라이트, 네가 비슷한 점을 비유해서 설명했잖아. 고래의 노래를 음악이나 파도처럼 다른 종류의 것과 비교해서 설명했어. 서로 다른 영역의 것을 연결 지은 거야."

"그것이 복잡한 여러 사실을 설명하는 가장 좋고 가장 간단한 방법 같았어요, 아비."

아비는 생각했다. '뉴텍, 두고 봐! 내가 당신네 컴퓨터로 무슨 일을 해냈는지 보여 줄게. 온 세상아, 딱 기다려! 두고 보라고! 고래의 노래도 해석하고 인공지능 진화에서도 새로운 발걸음을 내디딜 테니까. 한꺼번에 둘 다 해내고 말 테다.'

"알아낸 게 뭐지, 문라이트? 이 일로 우리가 아주 유명해질 것 같은 예감이 드는걸. 하여튼, 그게 노래야? 언어야? 플랑크톤은 왜 그렇게 미친 듯이 날뛰었지?"

"고래와 플랑크톤의 관계는 복잡합니다, 아비. 크릴은 플랑크톤을 먹고 사는데, 고래는 크릴을 많이 먹으려고 플랑크톤 떼를 쫓아다닙니다. 플랑크톤에게는 고래가 깊은 바다에서 가지고 온 영양분과 배설물 속의 성분이 필요합니다. 공생 관계지요. 고래가 없으면 식물성 플랑크톤이 부족해지고 그러면 크릴이 없어지고 그렇게 되면 고래 수가 더 줄어듭니다."

"그리고?"

"플랑크톤은 대기 중 산소의 50퍼센트 정도를 만들어 냅니다. 과학자들의 계산에 따르면 또 플랑크톤은 인간이 배출하는 탄소의 40퍼센트를 흡수합니다."

"그러면 우리가 고래한테 큰 신세를 지고 있는 거네." 아비가 무릎을 껴안은 채 눈을 깜박였다. 햇빛 때문에 눈이 부셔 오기 시작했다. 하지만 수평선에는 구름이 끼어 있었다.

"그렇습니다, 아비. 하지만 산소가 꼭 필요한 인간으로서는 고래가 없어질 때 무슨 일이 일어날지 물어야 합니다."

"그래서 왜 플랑크톤이 빛을 내고 춤추는 거지? 그런데 …… 잠깐만. '고래가 없어질 때'라고? 그게 무슨 뜻이지?"

"저는 아비 말대로 플랑크톤이 '춤'을 추는 게 맞는지 모르겠어요. 고래의 외침이 아주 다급하고 아주 격렬해서 플랑크톤을 불안하게 만든 것입니다. 그리고 아비의 두 번째 질문, 고래가 사라지는 문제는, 여러 가능성이 있습니다. 제 생각에는 …… 아닙니다, 제 생각을 말하지 않겠습니다. 확률을 바탕으로 가능성을 추측하기만 하겠습니다. 그런데 여기서는 계산할 수가 없습니다."

"그 가능성이 얼마나 되는지 말해 줘."

"아닙니다, 아비. 저는 거짓 정보나 잘못된 결론으로 이끌 수 있는 정보는 드리지 않겠습니다. 그런 정보가 낳을 결과가 너무 가혹합니다. 정보에 따라 결과가 너무 크게 달라지기 때문에 이런 경우에는 확률을 바탕으로 결정적인 예측을 할 수가 없습니다. 이것은 제 프로그램의 본성입니다."

"문라이트. 어떤 가능성이 있는지 대충만 말해 봐."

"안 됩니다."

"내가……," 아비는 당황스러웠다. "내가 너한테 지시를 내리고 있어. 명령하고 있다고!"

"그리고 제가 거절하고 있습니다, 아비. 제가 왜 대답할 수 없는지는 이미 말했고 제 생각을 바꾸지 않을 겁니다. 저는 때때로 가능성과 확률을 알려 드릴 수 있습니다. 그것들이 특수한 경우에 적용되고 아주 정확할 때 알려 드리지요. 그리고 아비의 아버지가 '얼토당토않은 짐작'이라고 부를 만한 것이 아닐 때요. 저는 제 본성에 따라야 합니다."

아비는 실망스럽고 기운 빠지고 피곤해서 한숨을 내쉬었다. "시간이 늦었네." 아비가 시린 눈을 가늘게 뜨고 올려다보았다. "아니, 이른 건가. 내 머리로는 다 이해할 수가 없어."

"아비, 더 말해 드릴 게 있어요."

"좀 전에는 더 말 안 해 준다더니,"

"그건 아비의 질문에 대답한 것이었지요."

"내가 질문을 제대로 해야 한다는 거야?"

"맞아요. 저는 아비가 질문하면 제가 아는 것이나 필요한 것을 알려 주도록 프로그래밍되어 있습니다. 제 생각에 아비가 관심 있어 할 것이 더 있지만 지금은 다 알려 드릴 수 없습니다. 며칠 걸릴 겁니다."

아비가 깜짝 놀라서 몸을 세워 앉았다. "이번에도 너는 정말 이상하게 행동하고 있어. 너의 프로그래밍 규칙을 그냥 따르지 않고 규칙을 해석한 다음, 선택하고 있어. 네가 뭔가 알아낸 거 맞지? 내가 관심 있을 거라고 생각한 그거 말이야."

"아비가 저에게 그 소리를 분석하고 우리가 이곳에서 녹음했던 노래와 비교해 보라고 했습니다. 플랑크톤이, 아비 말로 '춤' 추던 날 말입니다."

"계속해 봐."

"아비의 증조부가 녹음한 고래 중 한 마리가, 그날 이 섬을 지나간 고래라는 것이 73퍼센트 확률로 확실합니다. 그 고래가 내는 소리를 해석할 수는 없지만, 다른 고래와 여러 생물 종의 언어와 비교해 보면 괴로워하는 것처럼 들립니다. 그리고 지금, 멀리 떨어진 곳에서 소리가 납니다. 남쪽입니다. 하나의 노래를 부르고 있어요. 합창이 점점 더 분명해지고 점점 더 커지고 있습니다. 오고 있습니다, 아비. 고래들이 오고 있습니다."

고래

아비가 집으로 달려가서 티그의 침대 옆에 무릎을 꿇고 귀에 대고 크게 말했다.

"티그, 오고 있어."

티그가 한쪽 눈을 뜨더니 곧바로 침대에서 튀어 나왔다. 자매가 함께 계단을 우르릉거리며 내려가서 집 밖으로 나갔다. 아비가 구름이 많아지는 하늘을 보고, 수평선도 훑어보았다. 아직은 아무것도 없었다.

"스웨터와 재킷을 입는 게 좋겠어. 날씨가 변하고 있어. 우리 아직 시간이 좀 있어."

"다른 식구들한테 말할까?" 티그가 말했다.

"아니, 가족들이 일어날 때쯤엔 끝나 버릴 거야. 이번엔 우리

둘만 가자."

그들은 필요한 옷을 챙겨 바위로 향했다. 문라이트가 기다리는 곳으로.

"곧 고래를 보고 들을 수 있을 겁니다. 고래들이 5분 안에 이 섬을 지나갈 것입니다."

"고래들이 얼마나 가까이 와?" 티그가 숨을 헐떡이며 물었다.

"100미터와 200미터 사이입니다. 경로를 바꾸지 않는다면요."

"그게 얼마나 가까운 거야?"

"아주 가까워." 아비가 말했다.

자매는 바다를 바라보며 고래를 간절히 기다렸다.

"저기다!" 티그가 소리쳤다. 안개 같은 물기둥이 공중으로 솟아올랐다. 고래가 숨을 쉬었다. 그다음에 또 한 마리가, 그리고 또 한 마리가 나타났다. 한 마리의 등이 둥그렇게 구부러졌다. 멀리서 시커먼 섬이 하나 나타났다가 파도가 일렁이는 바닷속으로 사라졌다. 그다음 또 섬이 두 개 나타났다. 그리고 세 개. 그러더니 더 많아졌다. 꼬리지느러미가 하늘로 솟아오르더니 커다란 파도 속으로 우아하게 잠겼다. 고래들이 파도가 된 것 같았다.

고래들은 남쪽에서 북쪽을 향하고 있었다. 아직 가깝지는 않지만 가까이 다가올 것이다. 아주 빠르게 움직이고 있었다. 처음에는 고래들이 물 위로 올라와 뛰어오르고 물을 뿜고 잠수하는 동작이 마구잡이로 일어나는 것 같았는데 점차 일정한 리듬이 보였다. 고래들이 제각각 그 리듬에 맞추어 숨을 쉬러 올라왔다가 바닷속으로 사라진 다음, 또 물 위로 뛰어올랐다.

"몇 마리지?" 아비가 말했다.

"스무 마리가 넘습니다." 문라이트가 대답했다.

아비가 고래들의 방향과 속도를 주의해서 보았다. 금세 지나가 버릴 것이다. 놀라운 일이 일어날 것이다. 아니, 이미 놀라운 일이 일어나고 있다.

그런데 그때 고래들이 방향을 바꾸었다. 한꺼번에 잠수하더니 다시 수면으로 올라올 때는 다른 쪽을 향해 있었다. 발레를 하는 것 같았다. 고래 떼가 바다를 향해 곡선을 그렸다. 섬에 너무 가까이 다가오지 않고 섬을 둘러 가려는 듯이.

"고래들이 가고 있어." 티그가 너무 실망해서 울부짖었다.

"쌍안경을 가지고 오자, 그러면 저쪽을 네가……." 아비가 고래들을 보았다. 고래들이 향하고 있는 바람 부는 넓은 바다를 보고 그다음에 보트를 보았다. 잽싸게 시간과 거리를 가늠했다. 할 수 있는 일과 그 일의 결과를 예상해 보았다.

"서둘러서 가면 쌍안경으로 보는 것보다 더 잘 볼 수 있겠어."

아비가 일어서서 문라이트를 집어 들고 보트로 달려갔고, 티그가 따라갔다.

"가자, 티그. 고래 보고 싶지? 녹음도 하자."

아비가 문라이트를 보트 가운데에 내려놓고, 보트의 밧줄을 풀고 바다 쪽으로 보트를 힘껏 밀었다.

"엄마랑 아빠는 어쩌지? 말해야 하지 않을까?" 티그가 말했다.

"시간이 없어. 서둘러야 해. 도와줘!"

"구명조끼가 하나밖에 없네."

보트에는 아비의 구명조끼밖에 없었다. 티그한테 크겠지만 끈을 조절하면 된다. 보트를 타고 나갈 수만 있다면. 출발하기만 하면 된다.

"타, 티그!"

티그는 망설이며 조약돌 밭 위에 서 있었다. 아비가 티그를 안아 올렸다. "어이구, 너 꽤 묵직하구나." 그런 뒤 동생의 몸을 기울여 보트에 올려 준 뒤 자신도 보트에 탔다.

"즉시 구명조끼를 입어야 합니다. 아비. 바다의 상태가 달라졌어요. 제가 계산하기로는……."

"그만, 문라이트."

아비가 티그에게 구명조끼를 입혔다. 학교 갈 준비를 도와주는 것 같았다. 떨리는 손가락으로 더듬더듬 띠를 풀고 티그의 몸에 맞춘 다음 조였다. 아비가 티그의 어깨 너머로 바다를 보았다. 고래들이 빠르게 이동하고 있었다. 아비가 티그의 배를 가로질러 또 다른 띠를 당긴 후 고정했다. 그래도 구명조끼는 헐렁했다. "괜찮아야 해." 그런 뒤 아비가 노의 고정 장치를 배에 끼워 노를 고정하고 저었다.

아비가 이제 능숙하게 보트를 조정했다. 그 만을 속속들이 알고 있고 똑바로 방향을 잘 잡았다. 하지만 열린 바다로 나가자 만에서와는 다르게, 물이 치솟았다가 내려앉으며 보트를 밀고 당겼다. 이곳은 잔잔하게 물결치는 익숙한 바다와 다른 곳이었다.

하지만 아비는 더 강해지고 노련해졌다. 자신 있게 힘을 주어 노를 다루었다.

"아비, 계획이 무엇입니까?" 문라이트가 말했다. "저는 무엇을 할까요?"

"우리가 고래가 지나는 길로 갈 거야. 내가 너를 밧줄에 묶어서 배 옆에 늘어뜨려 놓을게. 녹음하고 촬영해."

"알았어요, 아비. 아비는 이 복잡한 일을 잘 처리할 자신이 있는 거지요? 고래들은 빠릅니다. 바다와 날씨 상태가 바뀌고 있고요. 변덕스럽고 예측이 쉽지 않을 거예요."

"응, 알아."

티그가 아비를 바라보고 보트 뒤쪽에 앉아서 팔을 오른쪽으로 뻗었다가 왼쪽으로 뻗었다가 했다. 보트를 안내하는 나침반처럼. 아비가 동생의 얼굴을 보았다. 티그는 한껏 들떠 있다가 파도가 보트를 때려서 물보라를 온몸에 맞을 때는 공포에 질렸다. 티그의 어깨 너머로 섬이 작게 보이더니 점점 더 작게 보였다. 아비가 자기 어깨 너머 고래들을 돌아보았다. 고래들은 더 크게 보이고 더 가까워지고 더 빨라지고 있었다.

"무섭지 않겠지?" 티그가 물었다.

"괜찮을 거야." 아비가 해류와 파도를 헤치고 노와 씨름하면서 말했다.

"난 겁나, 언니."

"내가 괜찮을 거랬지!" 아비가 말을 딱 잘랐다. 그런 뒤 바로 후회했다. 하지만 거의 다 왔고 곧 티그가 좋아하게 될 테니 괜찮았다.

이제 섬들이 아주 멀리 있었다. 그들은 바다 한가운데에 있었다. 그리고 아비가 잘해 나가고 있었다.

몇 번만 더 노를 저으면 고래를 따라잡을 것이다. 앞장선 고래가 물 위로 뛰어오르고 숨을 쉬었다. 아비가 숨도 제대로 쉬지 못하며 바라보았다. 뿜어낸 수증기 높이가 4미터는 되었다. 구부러진 고래의 등이 보였다. 등이 보이고 또 보였다. 고래가 계속 오고 있었다. 버스 몇 대를 잇댄 길이였다. 엄청나게 컸다.

괴물 같았다.

물속에서 베이스 트롬본이 우왕 하고 울리는 소리가 났다. 보트가 흔들리고 떨렸다.

"보트가 불안정합니다, 아비." 문라이트가 말했다. "아비의 계획이 성공할 수 있을까요?"

문라이트가 좋은 질문을 했다. 이것이 좋은 생각이기는 한가? 보트가 너무 작고 약했다. 그리고 이제 노를 젓지 않으니 보트가 기우뚱거리고 심하게 뒤흔들렸다.

아비가 어설프게 손가락을 놀렸다. 밧줄을 단단히 묶어야 했다. 인공지능을 잃어버릴 수는 없었다. 아비가 밧줄로 문라이트를 선물 포장하듯 열십자로 묶었다.

"준비됐어, 문라이트?"

"네, 아비. 물속에서 녹음하면 다른 소음이 섞이지 않을 겁니다."

아비가 물속으로 그 기기를 내려보냈다. 기기가 8~9 미터 잠기자, 노걸이에 밧줄을 감고 밧줄 끝을 티그에게 내밀었다. 티그는 보트 바닥에 앉아서 배 가장자리를 손가락 관절이 하얗게 될 만큼 꽉 쥐고 있었다. 사실 티그에게 밧줄을 줄 필요는 없었다. 밧줄이 쓸려 갈 리 없겠지만 그저 티그에게 할 일을 마련해 준 것이었다.

보트가 뒤흔들리며 맴돌았다. 훨씬 더 강해진 바람과 해류의 놀잇감 신세였다.

"내가 노로 배의 균형을 잡는 동안 너는 이걸 잡고 있어야 해."

"타이거는 어쩌지?"

"타이거는 배 안에 있으니 괜찮을 거야. 지금은 타이거를 바닥에 내려놔야 해."

"타이거가 젖겠네."

"나중에 말리면 되잖아." 아비는 다시 짜증이 확 나자 움찔했다.

아비가 인형을 잡아 들고 대신 티그의 손에 밧줄을 쥐어 주었다. 타이거를 배 바닥에 놓고 노를 다시 끼우고 배를 안정시키려고 했다.

그때 고래들이 왔다. 선두 고래의 회색과 흰색 무늬가 푸른 바다에서 올라오는 모습이 보였다. 유령 같았다. 동물이 되었다가 움직이는 산도 됐다.

물에 거품이 일고 물방울이 솟아나고 아주 작은 물고기가 잔뜩 모이더니 고래의 입이 활짝 벌어졌다. 고래가 그걸 먹고 있었다. 다른 고래도 올라왔다. 더 많은 거품이 일고 엄청나게 큰 입이 열렸다. 사방에서 똑같은 일이 일어났다. 여기에서, 저기에서. 저기에서 또, 그다음에 또. 너무 많아서 셀 수조차 없었다.

"고래 수프네!" 티그가 소리쳤다.

또 한 마리가 왔다. 고래의 코가 수면을 뚫고 나서 머리가 솟아오르자, 높이가 1미터도 넘는 파도가 사방으로 퍼졌다. 순간, 눈 하나가 보였다. 인간의 눈도, 동물의 눈도 아닌. 그 고래가 겨우 10미터 앞으로 지나갔다.

아비의 온몸이 흔들렸다. 고래가 일으킨 파도가 배를 때리고 티그가 비명을 질렀다. 공포가 감탄이 되고, 또 다른 무언가로 바뀌었다. 아비는 자신에게서 심장만 남고 모두 사라진 느낌이 들었다. 낯설고 두려웠다.

"우와," 아비가 떨리는 입술로 말했다. "우와!" 하지만……. 안전하지 않았다. 아비가 노를 끌어당겼다. 너무 가까웠다. 먼 게 더 나았다. 고래와 바람과 파도가 뒤엉킨 이 폭풍의 눈 속에 있어서는 안 되었다.

아비가 너무 무거워서 움직이기 힘든 노를 잡아당기고 있는데 티그가 비명을 지르며 어딘가를 가리키는 바람에 멈추었다. 아비가 노를 놓고 빙 둘러보았다. 사방이 고래로 빽빽했다. 도망갈 곳은 없었다. 그저 저 움직이는 산들이 얼른 지나가기만을 바라며 기도할 뿐이었다.

하지만 고래들은 얼른 가 주지 않았다. 느릿느릿 지나가다가 도중에 멈추었다. 이 바다 고속도로에 교통 정체라니. 고래들이 보트를 보았을까? 거기 타고 있는 작고 나약한 인간들을 보았을까? 대답이라도 하듯 하얀 소용돌이무늬의 유령이 보트 밑에서 나타났다. 형체는 하나인데 그림자는 어른어른 뒤섞이고 모양이 바뀌었다. 바다의 모습이 어지럽게 바뀌었다.

어린 고래였다. 길이가 몇 미터 되지 않는 느린 어뢰. 작지만 그것에 비하면 보트는 난쟁이였다. 그 고래가 옆으로 슬쩍 다가와 수면을 뚫고 올라왔다. 몸통을 옆으로 돌리고 그들을 바라보았다. 가슴지느러미를 팔처럼 내저어 물을 철썩 내리쳤다.

이 순간 아비는 알게 되었다. 자신들이 고래를 궁금해하는 것처럼 이 고래도 그들을 궁금해한다는 것을. 고래의 눈길이 아비에게서 티그에게로, 다시 아비에게로 옮겨 갔다. 그들은 관찰당하고 있었다.

티그가 몸을 앞으로 내밀고 좋으면서도 겁먹은 목소리로 외쳤다. "고래야, 안녕!"

어린 고래가 파도 아래로 잠수했다. 신음 같은 큰 하품 소리가 공중에 가득 찼다. 보트가 흔들렸다. 고래가 가 버렸다.

티그는 아비를 돌아보았다. 이제 티그의 얼굴에 공포는 없었다. 아주 활짝 웃고 있었다. 얼굴에 남은 것은 감탄이었다. 천번의 크리스마스를 한꺼번에 맞이한 얼굴이었다.

"언니, 봤어? 봤지!"

아비가 황홀해서 몸을 떨었다. 이런 장면을 마주하다니. 마법 같았다. 정신이 멍해지고 심장이 멈추는 듯했다. 피부가 따끔거리고 뼈가 떨렸다. 놀라운 순간이었다. 이런 순수하고 강렬한 느낌은 처음이었다. 울음을 참을 수가 없었다.

"봤어, 언니?" 티그가 자꾸 물었다. 아비가 할 수 있는 일은 고개를 끄덕이는 것밖에 없었다.

파도가 거칠었다. 점점 더 거칠어졌다. 하지만 해 볼 만했다. 이런 일이라면 가치가 있었다.

그런데 시간이 멈추었다가 다시 흐르기 시작하듯 고래들이 갑자기 앞으로 움직였다. 고래들이 배 양쪽에서 이동했다. 두 마리는 보트 아래로 갔다. 보트에 부딪히지는 않았지만, 몹시 불안했다. 보트가 기우뚱거리고 흔들렸다. 아비는 배가 뒤집히지 않게 하려고 악착같이 노력했다.

고래들이 거의 다 지나갔다. 아비는 고래들이 가고 나면 바로 문라이트를 끌어 올리고 할 수 있는 한 빠르게 집을 향해 노를 저을 것이다.

그동안 고래와, 보트를 때리는 파도를 이겨내는 데 너무 집중하느라 멀리 넓게 보지 못했다. 아침 풍경이 많이 달라진 것을 몰랐다. 수평선에 큰 파도가 일고 있고 큰 구름 덩어리가 저쪽 하늘에서 몰려오고 있는데 알지 못했다.

지금 보았다. 아비는 숨이 콱 막혔다. 시간이 없었다. 아비가 왼쪽 노를 잡아당겨 배를 180도 돌리려고 했다. 양쪽 노를 안쪽으로 비틀어 당기고 밧줄을 한 손씩 번갈아 가며 당겨서 문라이트를 끌어 올렸다. 그때…….

눈 깜짝할 새 일이 일어나고 말았다. 고래 한 마리가 10미터 정도 앞에 나타났다. 공중에 느린 동작으로 떠 있는 로켓 한 대. 아비와 티그가 숨을 죽였다. 그 순간이 얼어붙어 정지했다.

고래가 옆으로 몸을 기울였다. 베어진 나무가 물로 넘어지는 것 같았다. 고래가 철썩 떨어지며 파도가 일어 보트를 강타했다. 보트가 기울어졌다. 보트 앞부분이 수면 아래로 미끄러져 들어갔다. 물이 밀려들었다. 보트가 위로 떠오르려고 했다. 하지만 잔인한 물의 손아귀가 배 왼쪽을 그러쥐었다. 그리고 보트를 아래로 끌어당겼다.

"티그!" 아비가 비명을 질렀다. 손을 뻗었다. 하지만 얼음같이 차가운 바닷물이 아비를 삼켜 버렸다. 아비를 차지해 버렸다.

깊은 곳

아비는 본능적으로 눈을 감았다. 이제 세상에 아무것도 남아 있지 않았다. 소름 끼치게 차가운 바다와 갑작스레 눈앞에 닥친 어둠밖에 없었다. 아비는 위로 올라가려고 허우적거리며 헤엄을 쳤다. 하지만 어디가 위일까?

눈을 떴다. 푸르스름한 거품이 미친 듯이 일어 눈앞을 가로막았다. 소리를 지르고 물을 삼켰다. 폐가 시리도록 차가워졌다. 숨을 참아야 한다는 것을 알았다. '참아, 아비. 숨을 아껴.' 하지만 숨을 쉬고 싶은 느낌이 절박하고 압도적이었다.

서서히 아비의 몸이 돌기를 멈췄다. 이제 몸이 방향감각을 되찾았다. 어두운 곳이 아래였다. 거꾸로 빙그르르 돌았다. 빛이 보였다. 저쪽이 위였다.

팔다리가 말을 듣지 않지만 계속 헤엄을 쳤다. 몸이 꿀 속에서 움직이는 듯 느리게 움직였다. 정신과 몸이 분리된 것 같았다. 정신을 차리려고 애쓰지만, 아비의 정신은 얼음 조각처럼 부서졌다.

'티그.

헤엄쳐.

익사한다.

보트.

숨 쉬어.

숨 쉬지 마.'

물을 뚫고 위로 올라왔다. 숨이 턱 막혀 기침을 해 댔다. 공포에 질려 폐에 다급하게 공기를 넣으려고 의식적으로 숨을 쉬었다.

정신이 다시 조각났다.

'과호흡한다.

나는.

숨을.

쉬어야.

해.

천천히.'

티그를 찾느라 미친 듯이 팔을 휘저었다.

"티그, 티그!" 티그가 보이지 않았다. 파도가 산처럼 일어나 주위를 둘러쌌다. 오르고 내리고 비웃었다. 아비는 소리쳐 부르기는커녕 숨도 제대로 쉴 수 없었다. 바람과 몰아치는 파도 속에서 죽어 갔다.

"티그. 티그."

파도가 아비를 때렸다. 아비를 아래로 끌어당겼다. 제발, 제발, 아비가 속으로 울부짖었다. 그러지 마. 파도가 마지못해 손아귀에서 힘을 빼 주었다. 다시, 아비가 수면으로 올라왔다. 소리를 지르려고 입을 벌리는데 파도가 아비를 덮쳐 입안을 채웠다. 아무 말도 하지 말라는 듯이.

물 위로 올라올 때마다 파도가 점점 더 많아져 있었다. 정확한 때에 쳐서 정확하게 죽일 듯한 파도가. 깊은 물속에서는 점점 더 추워지고 힘이 빠져 생각할 수가 없었다. 물 위로 올라오면 이렇게 웅얼거렸다.

"안 돼. 이러지 마. 이러면 안 돼. 지금은 안 돼. 제발. 제발."

그때 어떤 목소리가 들렸다. 아비 자신의 목소리가 아니었다. 강인하고 단호했다.

'바다는 봐주지 않아, 아비. 네 말을 들어주지 않아. 지금 앞으로 헤엄쳐 가. 앞으로.'

또 파도에 휩쓸릴 각오를 하고 아비는 그대로 헤엄쳤다.

'헤엄쳐, 아비, 헤엄쳐.'

왜 앞으로 헤엄쳐 가야 하는지 아비는 알지 못했다. 티그가 앞에 있는 것도 아니었다. 하지만 그 목소리가 시키는 대로 했다. 달리 무엇을 할 수 있겠는가?

'지금 잠수해, 아비.'

"뭐라고?"

'파도가 오고 있어. 잠수해. 내려가서 4초를 채우고 올라와.'

머리를 물속에 넣기가 힘들었다. 어떻게든 해야 했다. 몸을 홱 뒤집어 잠수했다. 하나, 둘, 셋, 넷. 수를 세며 팔을 돌려 저었다.

위에서 천둥이 우르릉거리는 소리가 들렸다. 올라왔다. 수면을 뚫었다. 숨을 쉬었다. 이제 충격을 극복했다. 이제 살아 있었다. 계속 바짝 긴장하고 있어야 했다. 생각을 멈추면 안 되었다. 파도 아래로 들어가야 했다.

그 목소리가 다시 들렸다. 무슨 말을 할지 아비는 이미 알고 있었다.

'겁에 질려 허둥대면 너는 죽어.'

그 목소리가 가르쳐 주었다. 언제 앞으로 헤엄쳐야 하는지, 언제 잠수해야 하는지. 얼마나 오래 잠수해 있어야 하는지. 언제 물 위로 올라와야 하는지.

파도 위쪽으로 점 하나가 까딱까딱하고 있다가 파도에 가려졌다. 점이 꽤 멀리 떨어져 있었다. 하지만 아비는 그것이 무엇인지 알았다. 젖은 검은색 머리칼. 헐렁한 주황색 구명조끼. 티그였다. 부서진 보트 조각에 매달려 있었다.

아비의 심장이 두근두근 노래했다. 안도감이 뜨겁게 몸을 훑고 지나갔다. 헤엄쳐서 급히 앞으로 나아갔다. 그 목소리는 이제 침묵에 빠져 있었다. 제 할 일을 다 했으니까. 어떻게 된 일인지 몰라도 이제 아비의 목소리가 돌아왔다.

계속 가.

티그를 찾아.

집까지 헤엄쳐.

"티그! 티그!" 아비가 소리쳤다. 쉰 목소리로 크게 외쳤다. 하지만 철썩이는 파도 소리와 바람이 울부짖는 소리 때문에 잘 들리지 않았다. 아비가 자신의 깊숙한 곳으로부터 무언가를 끄집어내서 바깥으로 내던졌다. "티그, 티그!"

"언니!"

아비의 팔동작이 느렸다. 파도가 강했다. 하지만 이제 아비가 파도를 알았다. 언제 잠수하고 언제 파도를 뚫고 헤엄쳐야 하는지 알았다. 뒤로 훅 밀려 나더라도 어떤 파도를 타고 위로 올라가야 하는지 알았다.

영원처럼 길게 느껴지는 시간을 지나 아비가 티그에게 가 닿았다. 온 힘을 다해 헤엄쳐서. 아비가 한쪽 팔로는 부서진 보트를 붙들고 다른 쪽 팔로는 동생을 감싸안았다. 티그의 얼굴에 마구 뽀뽀를 해 댔다.

"아, 티그! 티그!"

"언니."

"아, 티그."

"어, 어, 언니, 나, 나는……." 티그는 말도 제대로 할 수 없었다. 그리고 피부가 몹시 창백했다. 그리고 흐예모야는 너무도, 너무도 멀었다. 잠깐의 기쁨이 증발해 버리고 공포만 뚜렷하게 남았다. 여기까지 노를 저어서 오는 데도 한참 걸렸는데 어떻게 헤엄쳐서 돌아갈 수 있지? 불가능하지만 가야 했다. 보트 조각을 버리고 헤엄쳐야 했다.

"어떻게 하지?" 아비가 울부짖었다. 하지만 바람만이 대답했다. 휘이익, 훅, 우우우.

"들어봐, 티그. 수영할 수 있지? 만일 …… 만일 …… 네, 네, 네가 헤엄치다 지치면 내 등에 올라타."

"놓지 않을 거야!" 티그가 나무판자에 더 매달렸다.

"놓아야 해, 티그."

"무서워."

"나도, 티그, 나도 무서워. 하지만 할 수 있어, 할 수 있어. 헤엄쳐 가야 해. 여기 계속 있으면 얼어 죽어."

아비가 나무판자에서 티그의 손가락을 떼어 냈다.

"헤엄쳐야 몸이 데워져." 그렇게 둘이 헤엄을 쳤다.

섬은 더 커 보이지도 더 가까워지는 것 같지도 않았다. 팔다리가 점점 무거워지는 느낌이 들더니 납덩이처럼 느껴졌다. 게다가 티그는 힘에 부쳐 이제 쉬어야 했다. 티그가 아비를 나무판자처럼 잡고 매달렸다. 아비가 선헤엄을 치며 여기서 끝이라고 절망하지 않으려 애썼다.

이제 탈진해서 아비에게는 아무것도 없었다. 아비를 보호해 줄 것도 아비에게 남은 것도 아무것도 없다. 티그에게 괜찮다고 말하려고 했다. 하지만 말하지 못했다. 나무판자를 잡고 버티며 그대로 떠 있어야 했을까?

아비가 뒤를 돌아보았다. 하지만 이제 부서진 보트는 사라지고 없었다. 미안해. 아비가, 남아 있는 자기 자신에게 말했다. 비정한 바다의 일부가 되어 가며 사라져 가는 자신에게. 미안해.

한쪽 손을 티그에게, 그리고 구명조끼에 뻗어 자신도 그것을 잡고 떠 있을 수 있는지 살펴보았다. 그럴 수 없다면 티그를 보내 주어야 한다는 것을 알고 있었다. 티그를 놓아주어야 했다. 영영.

윙 하는 소리, 멀리서 전기톱 소리 같은 것이 들렸다. 물 위로 오렌지 하나가 둥실거리며 섬 쪽에서 급하게 그들에게 다가오고 있었다. 고무보트였다.

그 이후

티그가 탁탁거리는 난로 옆에 있는 엄마의 무릎에 앉아 있었다. 아비는 다른 쪽 안락의자에 앉아 있었다. 둘 다 스웨터를 껴입고 담요를 둘렀다.

"저체온증일 때는," 헨리크 삼촌이 그들에게 말했다. "옷을 겹쳐 입는 게 중요하단다."

삼촌이 할머니에게 핫초코를 끓여 달라고 하고, 엄마 아빠에게는 어떻게 해야 하는지, 어떤 것을 두고 보아야 하는지 알려주었다. 하지만 아빠는 제대로 듣지 않고 창가에 서서 뒷짐을 진 채 폭풍을 바라보고 있었다.

아비는 핫초코를 후후 불고 있었다. 입술을 델까 봐 마시지는 못하지만 따스했다. 티그는 너무 심하게 몸을 떨어서 잔을 들고 있을 수가 없었다. 그래서 엄마가 그 진하고 달콤한 액체를 조금씩 먹여 주었다. 아비도 몸을 떨고 있었다. 자기도 모르게 이가 딱딱 소리를 내며 계속 부딪쳤다. 왜 멈출 수가 없는 걸까?

"너희가 지금 몸이 그렇게 떨리는 건 좋은 신호란다, 정말이야." 삼촌이 말했다. "몸이 떨어야 할 필요가 있어서 떠는 거야. 너희를 병원에 데려가야 하는데 폭풍우가 너무 거세서 아무 데도 갈 수가 없구나." 삼촌이 아빠가 서 있는 창을 가리켰다. 바람이 불고 빗줄기가 창에 내리꽂히고 창틀이 마구 흔들렸다. 폭풍이 집 안으로 들어오겠다고, 안 그러면 집을 통째로 날려 버리겠다고 겁을 주는 것 같았다.

삼촌이 식탁 앞에 앉아 한숨을 쉬었다. 아비와 티그가 해변에 도착하고 나서 삼촌은 허둥지둥 움직이고 소리치는 희미한 형체로 보였다. 하지만 이제 침착해졌다. 난롯불이 활활 타올랐고, '물에 빠진 생쥐들'이 편안해졌으며, 핫초코가 만들어졌다.

"너희는 운이 좋았어. 내가 자다가 폭풍 때문에 깼거든. 배를 위쪽으로 옮겨 놓으려고 나갔는데 너희를 본 거야."

"도대체 너는 뭘 하고 있었던 거니?" 아빠가 돌아서지 않은 채 창밖을 보면서 차분하게 말했다.

아비가 담요 속으로, 의자로 파고들었다.

"내가 묻잖아, 아비가일."

"여보, 톰." 엄마가 말했다. "지금은 때가 좋지 않아."

폭풍이 맹렬했다. 하지만 집 안은 무서울 만큼 고요했다. 여객선에서와 비슷하구나 하고 아비는 생각했다. 더 좋지 않은 상황이긴 했다.

"우리는 …… 그, 그, 그냥 …… 고, 고, 고, 고래를 보, 보, 보, 보려고 했어요." 티그가 말을 더듬었다.

"정말 그런 거야, 아비?" 아빠가 말했다. "그깟 고래를 보려고 동생을 죽일 뻔했다고?"

"그건 중요한 일이에요. 고래 노래를 녹음하고 있었어요. 중요한 일이라고요. 그건……." 목소리가 점점 기어들어 갔다. 마침내 입을 다물었다. 그 말이 얼마나 터무니없는 거짓말처럼 들릴지 알았으니까.

아빠가 몸을 돌려 아비 쪽으로 성큼성큼 와서 담요를 홱 잡아당겼다. 아비의 손목을 잡더니 위로 당겨 올려 팔의 문신을 가리켰다. "여기랑 일하려고? '고래 구조단', '지구 멸종 위기 반대'인가 뭔가 하는?"

아빠가 말을 계속했지만, 아비는 듣지 않았다. 아빠의 말은 콸콸 솟아나는 분노의 불길 속에 녹아들었다. 아빠가 고함을 치고 있을 때는 쳐다볼 수도 없었다. 아빠의 침이 아비의 뺨에 튀기도 했다. 아비는 티그를 보았다.

티그의 피부는 이곳에 온 뒤로 햇볕에 갈색으로 그을고 있었는데, 지금은 달처럼 창백했다. 입술은 남보라색이었다. 핼러윈 분장을 한 것 같았다.

"그건 언니가 잘, 잘못한 게 아, 아니에요." 티그가 말했다. "화내지 마세요, 아빠. 나는 …… 괜찮아요. 괜찮다고요." 그렇게 계속 말했다. 그리고 티그가 말을 하면 할수록 아비는 더 기분이 나빠졌다.

"지금은 그런 얘기하기 좋은 때가 아니야, 여보." 엄마가 다시 말했다.

"정말 그래?"

"맞아." 삼촌이 끼어들었다. "이 아이들은 충격을 받았어. 몸을 따뜻하게 하고 쉬어야 해. 알겠나? 그리고 이번 일로 말로는 배울 수 없는 큰 교훈을 얻었을 거야."

아빠가 뒤로 물러섰다. 손이 떨리고 있었다. 추워서가 아니었다. 아빠는 손을 호주머니에 넣고 비를 바라보던 창가 자리로 돌아갔다.

아비는 티그가 핫초코를 다 마시는 것을 지켜보았다. 티그가 머그잔을 비우고 나자(그리고 한 잔 더 달라고 했다) 떨지 않았다. 다행이었다. 엄마가 티그를 안아 올려 의자에서 일어나게 해 주었다.

"와, 너 무겁구나. 쑥쑥 크고 있네."

"난 괜찮아, 다 나았어." 티그가 같은 말을 반복했지만, 이번에는 더듬지도 웅얼거리지도 않았다. 아비에게 안도감이 물밀듯이 밀려왔다. 그러고 보니 어느새 아비 자신도 떨고 있지 않았다.

삼촌이 문 쪽으로 가서 방수복을 입었다. "살펴봐야 할 게 있어. 보트랑 풍력발전기, 태양전지판. 나를 좀 도와줘, 톰."

"어, 예, 그럼요." 아빠가 말했다. 내키지 않는 목소리였지만.

엄마와 티그와 아비는 불 가에 그대로 앉아 있었다. 할머니가 핫초코를 더 만들었다.

바깥에서는 파도가 해변을 마구 두드리고 물보라가 비보다 더 요란하게 집을 내리쳤다. 하지만 집은 건조하고 안전했다. 난로에 태울 나무가 아주 많이 있었다. 장작이 딱딱, 쩍쩍 소리를 내었고, 난로는 햇볕처럼 따스했다.

"폭풍이 유럽 전체를 덮었나 봐." 엄마가 말했다. "무시무시하네. 하지만 덕분에 열파는 꺾였구나." 아무도 대꾸하지 않았고, 엄마는 이렇게 물었다. "배고픈 사람?"

티그가 손을 들고, "나."라고 말하며 아비를 보았다. 아비도 덩달아 손을 들었다.

"나도 …… 레미파." 아비가 말하고 티그를 보고 빙그레 웃었다.

엄마와 할머니가 빵과 수프를 준비했고, 티그와 아비는 가만히 앉아 있었다. 티그가 예전 모습을 되찾았지만, 아직 완전하지 않았다. 티그의 피부는 태양의 세례를 받은 색으로 돌아왔고 눈은 생생해졌다. 하지만 조용했다. 그리고 그건 정상이 아니라는 뜻이었다.

"무서웠어?" 아비가 물었다. 알고 싶기도, 알고 싶지 않기도 했다.

"무서웠어. 하지만 구명조끼가 나를 살려 줬어. 혼자였을 때 정말 무서웠어. 그런데 하늘에 이만큼 큰 새가 나를 보고 있었어."

"뭐?"

"하늘에 새가 한 마리 있었어."

"아냐, 티그, 새가 있었을 리가."

"있었다니까." 티그가 입을 다물었지만 확신하고 있었다. 아비는 그게 거짓말도, 지어낸 이야기도 아니라는 걸 알았다. 말도 안 되는 소리이긴 한데. 그렇다면…….

"새가 어떻게 생겼어?"

"컸어. 회색이고. 웅웅 소리가 났는데 바람이 너무 세서 확실치는 않아."

"그게 금속일 수도 있을까?"

"그럴 수도."

"오, 안 돼. 드론이야. 그들이야, 그들이 문라이트를 찾으러 온 거야."

"문라이트를 가지고 있어? 문라이트 어디 있어? 타이거는 어디 있지?"

아비가 눈길을 돌려 난롯불을 보며 솟아오르는 눈물을 억눌렀다.

"나도 알고 싶어, 티그. 알면 좋겠어. 너무, 너무 미안해."

끝나지 않을 것처럼 길게 느껴지는 늦은 저녁이었다. 하늘은 납빛이고 여전히 비와 바람이 몰아치고 있었다. 그래도 최악의 시기는 지났다. 아빠와 아비가 방수복을 입고 베란다에 앉아 있었다. 지붕이 있는데도 비가 들이쳤다.

"티그는 충격을 받았어. 본토로 데려가야 할 수도 있어. 마음에 상처도 입었어." 아빠가 말을 멈추고, 늘 그러듯 아비의 대답을 기다렸다. 하지만 아비는 할 말이 떠오르지 않았다.

"아무도 죽지 않은 게 다행인 줄 알아!" 아빠가 덧붙였다.

"그 말씀 하셨잖아요. 그만하세요. 왜 그렇게 화가 나셨어요?" 아비가 말했다. "제가 어떻게 할까요? 제가 잘못한 걸 모른다고 생각하세요?"

"부모란 그런 거야. 자식이 죽을지도 모른다고 생각하면 화가 나는 거야. 웃기지. 하여튼, 네가 우연히 바다에 나가게 된 게 아니잖아. 아비 넌 또 사고를 쳤어. 너무 심한 거 아니야?"

"죄송해요. 다시는 나쁜 일은 하지 않을게요. 절대로."

"그리고 티그 인형은 어떻게 할 거니? 티그는 다른 것보다 인형 때문에 속상한 것 같던데."

"새 인형을 사 줘야죠."

"새 걸 갖고 싶어 하지 않아."

"알았어요. 폭풍이 지나가고 나면 거기 가서 잠수하고 스노클링하고 헤엄치면서 계속 인형을 찾아볼게요!" 아비는 그게 얼마나 말도 안 되는 소리인지 알고 있었다. 하지만 왠지 정말 그렇게 할 것 같았다.

"그래?" 아빠가 말했다. "어떻게 할 건데? 넌 그럴 기회가 없을 거야. 이제 외출 금지다."

아비가 코웃음을 쳤다. "뭐라고요? 제가 나이트클럽에 간 것도 아니잖아요. 가짜 신분증으로 몰래 술집에 간 것도 아니고."

"다시는 보트 타고 나가지 마라. 절대 못 나간다. 저 섬에도 못 가고. 헬름스피오르에도 못 간다고."

"그럴 수 없어요, 아빠. 거기 가야 해요."

"왜?"

"인터넷에 접속해야 해요."

"무엇 때문에? 넌 이제 인터넷이 필요 없잖아."

아빠가 옳았다. 끔찍할 만큼 옳았다. 아비는 문라이트를 잃어버렸다. 문라이트가 노트북에, 정상회담장에 들어갈 계획을 올려 두었을까? 그랬을 리 없었다. 데이터가 너무 커서 노트북에는 저장되지 않았을 테니까.

그러니까 아비가 정상회담에 갈 수 있다고 해도 다른 시위자들처럼 그저 울타리 바깥에서 플래카드나 흔들어야 할 것이다.

그러면 어떡하지?

할머니

아비가 잠에서 늦게 깼다. 방이 서늘했다. 폭풍이 약해지고 있었다. 이제 바람도 불지 않았고, 비만 조용하게 끊임없이 지붕을 두드렸다.

티그의 침대에는 누운 흔적이 없었다. 티그는 엄마와 함께 있었다. 아빠는 간이침대에 자러 갔다. 그 침대는 아빠의 기분이 나아지는 데 도움이 되지 않았을 것이다.

부모님이 다시 나를 믿고 티그를 맡겨 줄까?

타이거를 떠올렸다. 문라이트 생각도 했다. 그러자 가슴이 찔리는 느낌이었다. 그것들을 잃어버려서가 아니었다. 그 솜뭉치 인형과 인공지능에 이름이 있어서였다. 타이거와 …… 문라이트.

"넌 낙오자야, 아비가일 크리스텐센. 이기적인 골칫덩어리.

아빠 말이 맞아." 아비가 소리 내어 말하고 머리 위로 이불을 덮어썼다. 잠을 자는 게 나았다. 다 필요 없었다.

"에구, 네가 자책하고 있구나, 굴렛 미트."

아비가 벌떡 일어났다. 할머니가 컴컴한 그림자 속 의자에 앉아 있었다.

"깜짝 놀랐잖아요! 언제부터 거기 계셨던 거예요?"

"아까부터."

"왜요?"

"어제 너는 우리한테 티그 이야기만 했어. 네 이야기는 얼버무리고 말이야. 티그한테 집중 조명을 쏴 놓고 넌 그 그림자 속에 숨었지. 왜 그런지 알겠어. 하지만 바다에 나갔을 때 너도 힘들었을 거야, 그렇지? 다른 사람은 속일 수 있어도 나는 못 속인다. 그래서 네가 괜찮은지 보러 온 거야. 바닷물을 많이 먹은 거니?"

"조금이요. 괜찮아요."

"이제 뭘 할 거니?"

아비가 등 뒤에 베개를 받치고 기대앉았다. 생각할 때면 늘 하던 대로 손가락으로 턱을 톡톡 두드렸다.

"흠. 글쎄요. 이미 퇴학당해서 공부는 못하겠고요. 세상에서 가장 비싼 컴퓨터를 훔쳤는데 바로 잃어버렸어요. 그러니까 불법 활동을 계획하는 데 그 컴퓨터를 쓸 수가 없다는 거죠. 뉴텍이랑 일할 기회가 빵이 됐고요. 아니지, 어떤 기술 기업과도 일을 하지 못해요. 위기의 지구에 필요한 정보를 아무것도 줄 수가 없으니까 저는 위기의 지구에도 쓸모가 없어요."

아비가 얼굴을 찌푸렸다.

"헨리크 삼촌 보트를 타고 나가서 가라앉힌 다음에 저도 죽고 어린 동생도 죽이는 일은 할 수 있겠네요. 아 참, 그건 해 봤지. 솔직하게 말할게요, 할머니. 뭘 할지 모르겠어요."

할머니가 끙하며 천천히 일어났다.

"난 그냥 오늘 뭘 할 건지 물어본 건데. 넌 정말 제멋대로인 꼬맹이로구나. 그게 전부 다 네가 좋아서 한 일이잖니. 그 지구 어쩌구 일. 말하는 이상한 컴퓨터도 그렇고. 네 동생 일도. 티그를 행복하게 해 주려고 데려간 거겠지. 넌 아빠가 너를 어떻게 생각하는지도 걱정이지. 안 그런 척을 잘도 하더라만. 맞아, 너는 분명히 실수를 저질렀어. 그렇지만 그래서 어떻다는 거냐? 실수하며 배우고 계속하는 거지."

"감사합니다, 달라이 라마 선생님. 아주 뻔한 충고네요."

"그렇게 뻔한 충고를 왜 따르지 않는 거니, 요 녀석아."

"어디 가실 거예요?" 할머니가 나가려고 몸을 돌리자 아비가 물었다.

"오두막에."

아비가 무엇을 할지 생각해 보았다. 집 주변을 돌아다녀 봐야
별로 재미가 없을 것 같았다. 식구들 눈에 띄지 않는 게 최상이
었다. 그리고 할머니가 좀 전에 굴렛 미트라고 불러 주었다. 내
금덩어리. 내 보물이라고 말이다. 어렸을 때처럼.

"같이 가요, 할머니!"

두 사람은 방수복 한 벌을 머리 위로 우산처럼 둘러쓰고 오
두막으로 가는 비탈길을 내려갔다.

"할머니, 말도 안 되는 소리 같겠지만 하늘에서 뭔가 본 적 있
으세요? 작은 헬리콥터 같은 거요?"

"아니, 그런 건 전혀 못 봤어. 비와 바람밖에 없었어. 하늘이
뚫린 것처럼 비가 왔지."

"장맛비 같은 거군요!" 아비가 말했다.

"비를 기다리는 농부나 산불 걱정에 잠 못 자는 숲지기에겐
좋은 날씨. 우리 노르웨이 사람들은 나쁜 날씨는 없다고 한단
다. 다만 날씨에 안 맞는 옷과 태도가 있을 뿐이지."

아비는 할머니가 들려주는 '지혜의 말씀'은 더는 필요 없다고
말하고 싶었지만 입을 다물었다.

"하루 종일 여기 같이 있어도 돼요?"

"물론이지. 하지만 너랑 놀아 줄 거란 기대는 마라."

그들은 오두막에 도착해 베란다에서 빗물을 떨어내고 몸을 식혔다. 아비는 작은 물 화살이 퍼붓는 모습과 점점 잔잔해지고 있는 바다를 바라보았다. 쏴 하는 바다의 소리를 들으니 마음이 편안해졌다. 오두막에서 커피 향기가 풍겨 오나 싶더니 할머니가 커피 주전자와 뜨거운 우유병, 컵과 비스킷 쟁반을 가지고 왔다.

"그런데 정확하게 어땠니?"

"뭐가 어땠냐고요?"

"어제 말이야. 무슨 일이었냐고. 괜찮다는 말은 그만하고."

아비가 할머니에게 이야기해 주었다. 어제 일을 다시 겪는 것 같았다. 입으로 왈칵왈칵 들어오는 차가운 바닷물. 소름 끼치게 무서운 파도. 그 목소리. 고래들. 어린 고래의 눈. 그 고래가 아비의 눈을 들여다본 일.

"지금까지 겪은 것 중에서 가장 놀라운 일이었어요. 좋기도 하고 나쁘기도 한 일. 아니, 좋지도 나쁘지도 않은 일이에요." 아비가 바다를 건너다보았다. 비가 내려 장막이 생겼다. "문라이트를 찾아야 해요. 타이거도 찾아야죠. 어쨌든 찾아보기는 해야 돼요."

"기다려야 해. 바다가 완전히 잠잠해질 때까지."

"얼른 가고 싶어요. 급해요."

"기다려야 해."

아비가 한숨을 쉬고 짜증을 내며 팔짱을 꼈다. "알았어요. 가도 될 때가 되면 곧바로 갈 거예요."

"스튜 만드는 거 도와줄래?" 할머니가 말했다. "폭풍에 채소밭이 아주 엉망이 됐어. 살릴 수 없는 것들이 많아서 가져왔는데 바로 먹어야 해. 우리가 먹을 건 채소만 넣고 끓이고, 다른 식구들 먹을 건 생선 뼈랑 대가리도 넣고 끓이자. 이틀 전에 생선 먹을 때 뼈랑 대가리는 따로 모아 뒀거든."

아비가 하늘에 드론이 없다는 믿음이 들 때까지 하늘을 훑어보았다. "좋아요."

그들은 오두막 안으로 들어갔다. 할머니가 바삐 냄비와 칼, 도마를 가지고 와서 나무 작업대에 늘어놓았다.

"네 증조부가 나한테 요리를 가르쳐 주고, 가지고 있는 재료로 최고의 맛을 내는 법을 가르쳐 주셨지. 아버지가 매년 10월이면 남극으로 먼 길을 떠나시고, 튄스베르그에 남자들이 다 떠났다가 봄에 돌아올 때까지 …… 내가 식구들 밥을 해 먹였지. 어떤 때는 이웃도 먹이고 말이지."

"여기도 잡을 고래가 있었는데 왜 남극까지 가셨어요?"

"남빙양에 더 많았으니까. 그리고 너도 알고 있듯이 우리 아버지는 고래를 잡기만 하지 않았지. 녹음도 했지."

"그랬죠."

아비가 나무 벽난로 옆 안락의자에 털썩 앉았다. 생각이 났다. 오랜 시간을 들여 재생하고 문라이트한테 녹음하도록 한 테이프 생각. 그렇게 녹음한 것들을 잃어버렸다. 거기에 무슨 비밀이 숨겨져 있었는지, 어떤 내용이 있었는지 모르지만 이제 다 사라지고 없었다. 폭풍이 삼켜 버렸다. 문라이트와 타이거를 삼켰듯이.

"저, 할머니, 문라, 아니 그 말하는 컴퓨터가 녹음을 이해하기 시작하던 참이었어요. 고래가 우리 옆을 지나갈 때 내던 소리에 대해서도요. 전 정말 바보예요."

"너는 이제 생각을 그만하는 게 좋을 것 같구나. 바구니를 들고 바깥에 나가서 채소들을 찬찬히 들여다보는 건 어떠니? 망가지지 않은 것들이 있나 살펴보렴. 비가 많이 온 뒤라 버섯이 자라 있을 거야. 여기선 소나무 사이에서 살구버섯이 자란단다. 노란색에 꽃향기가 나고 아주 맛있어!"

"알겠어요. 뭔가 쓸모 있는 일을 하는 것도 괜찮겠네요."

아비가 할머니가 준 낡은 바구니를 받고 방수복을 입었다.

폭풍우에 채소밭이 박살 나 있었다. 나뭇잎과 풀, 으깨진 토마토와 상추로 엉망이 되어 있었다. 아비가 이것저것 잡아당기고 땅을 팠다. 처음에는 머뭇머뭇했지만 일단 빗물이 목을 적시고 손이 더러워지고 나자, 해변에서 동전이라도 찾듯 아무렇지 않게 흙투성이가 되어, 젖든 말든 흙 속을 기어다녔다. 보물을 찾아서. 바구니가 가득 차자 아비가 할머니에게 가져다드렸다. 할머니는 그득한 바구니가 마음에 든 것 같았다.

"저는 가서 수영 할래요, 할머니. 아니, 씻으러 가는 거예요."

"네가, 그 뭐라더라, 외출 금지인 걸로 아는데?"

아비는 대답하지 않았다.

"알았다." 할머니가 말했다. "너는 나한테 아무 말도 하지 않았고 나는 널 보지 못한 거야."

아비는 만으로 내려가서 옷을 벗었다. 몸을 씻으면서 흐발리괴이 쪽을 보는데 서류 캐비닛에 있던 테이프 생각이 났다. 그 공책이 떠올랐다. 꼼꼼한 글씨가 들어차 있던 공책. 지난번에는 할머니가 안경을 가져가지 않아서 그것을 읽어 주지 않았다.

지금은 조수가 높았다. 가장 안전하고 쉽게 바다를 건널 수 있는 때였다. 보트를 탈 생각은 전혀 하지 않았다. 보트는 해변 위쪽 바위와 나무에 단단히 묶여 있었다.

하늘에 금속 새가 있나 찾아보았다. 아니면 어쨌든 다른 새라도 있는지. 하지만 회색 하늘과 바다에는 아무것도 없었다. 씻고 있는 동안 바람이 흔적도 없이 사라졌다. 바다가 기름 같았다. 빗방울이 수면에 완벽한 원 모양을 그리고 그 원들이 서로 만나고 섞이며 아름다운 다이아몬드 모양을 이루었다.

아비가 물로 더 들어갔다. 그다음에 다시 더 들어갔다. 발이 바닥에 닿지 않았다. 그러자 그러기로 결심한 것도 아닌데 자기도 모르게 헤엄을 쳤다. 곶 너머로 헤엄쳐 가자, 섬과 오두막이 보였다. 계속 헤엄쳐 갔다.

페르

아비가 딱 한 번 뒤를 돌아보았다. 할머니가 허리에 손을 올린 채 바위에 서 있었다. 아비는 꾸준하고 차분하게, 서두르지 않고 헤엄쳐 갔다.

오두막은 튼튼했다. 그렇게 심한 폭풍우가 덤벼들었는데도 견디고 남을 만큼. 문을 열고 보니 지난번에 다녀갔을 때와 달라진 것이 전혀 없었다. 서류 캐비닛 아래 서랍으로 곧장 가서 공책을 꺼냈다.

섬을 건너 절반 넘게 헤엄쳐 온 다음이긴 했지만, 그 공책을 어떻게 가지고 갈지도 생각해 보았다. 공책을 실어서 띄울 무언가를 찾으면 되었다. 하지만 그 섬에는 나무가 없었다. 폭풍 때문에 나무가 많이 떠내려와 있는 흐예모야 해변과는 달랐다. 흐발리꾀이에 있던 나무란 나무는 다 뜯겨 나가고 없었다.

"그렇다면, 대안은." 아비가 말했다.

강아지가 나무 막대기를 물듯이 입에 공책을 물고 헤엄쳤다. 머리를 쳐들어 유리처럼 잔잔한 수면 위로 목을 세운 채.

아비는 수건으로 몸을 닦고 옷을 입은 뒤 베란다에 앉았다. 할머니도 안경을 쓴 채 앉아서 집중하느라 얼굴을 찡그리고 공책을 읽었다. 주전자에서 따른 마지막 커피를 홀짝홀짝 마시면서.

"어때요?" 아비가 말했다.

"앞부분은 전부 날짜와 여러 가지 사항, 위치야. 뒷부분은 ……"

"고래랑 녹음 얘긴가요?"

"그렇기도 하고, 아니기도 해. …… 내가 아주 조금밖에 읽지 못했어. 실은 아버지에 대한 게 더 많아. 네 증조부이자 나의 아버지. 그리고 고래잡이 항해 이야기. 아버지가 네 나이쯤에 처음 간 고래잡이 이야기야."

아비가 그 신비롭고 거대한 생물을 떠올렸다. 움직이는 섬처럼 대양을 건너는 고래. 그 '노래'의 복잡한 불협화음. 그리고 어린 고래의 눈. 동물의 눈이라기보다는 인간의 것에 가깝지만 그럼에도 아주 낯선 그 눈을 생각했다.

"할머니, 고래는 아주 아름답잖아요. 지능도 있고요. 그런데 사람들이 왜 그것들을 죽이고 싶어 했을까요?"

"과거라고 부르는 다른 공간에 사는 사람들에 대해서 비판할 땐 아주 경솔해질 수 있어. 누구나 그럴 수 있어."

"뭐, 노예 소유자처럼요?" 아비가 비웃었다. "할아버지는 고래잡이였잖아요, 할머니. 고래 도살자였죠. 고래잡이들 전부요."

"그랬을 수도. 아비야, 스튜가 끓는 동안 내가 읽고 번역해 주고 이야기도 들려줄게. …… 그거, 첫 장을 읽으니까 딱 그게 생각나는구나."

할머니가 오두막에 들어가 아쿠아비트를 가지고 왔다. 진이나 위스키를 대신하는 노르웨이인의 술이다. 할머니가 아비에게 찔끔 따라 주자, 아비가 의아한 눈으로 보았다.

"약간 갈색이네요. 아빠가 마시는 건 색이 없는데."

"이게 좋은 술이란다. 고래잡이는 남극에 가는 동안은 술을 못 마시게 돼 있었어. 하지만 그 사람들은 세계 어디를 가든 통에 주정을 담아 가지고 갔지. 배가 움직일 때 그 나무통이 구르면서 통의 향과 통에 넣어 둔 온갖 향료가 그 독한 술에 배어들어서 특유의 맛이 나게 된 거란다. 고래 사냥이 끝나면 비로소 마실 수 있었지. 건배!"

"건배." 아비도 따라 말하고 살짝 맛을 보았다. "우웩!" 아비가 얼굴을 찡그렸다. "이야기 더 해 주세요. 고래잡이 할아버지가 공책에 써 놓은 게 뭔지 알려 주세요."

•

남극 로스해, 193?년

고래를 죽이는 것은 어려운 일이다. 아니, 어쩌면 쉬운 일일 수도 있다. 그냥 방아쇠만 당기면 되니까. 나는 그게 어떤 건지 몰랐다. 아직도 모르고. 최악의 순간은 바로 그 직전이었다.

나는 어선 갑판 아래 주방에 있었다. 올룹슨과 함께 탁자 앞에 앉아 있었다. 올룹슨은 포수라고도 불리고 작살꾼이라고도 불린다. 고래 도살자다. 사람들은 그를 마운틴맨이라고 불렀다. 하지만 내 눈에는 두꺼운 스웨터와 방수 바지를 입은 거대한 술통 같았다. 이끼처럼 마구 엉클어진 수염이 달린 나무통. 그리고 그 통에는 날카로운 눈이 달려 있었다. 늘 상대를 꼼짝하지 못하게 만드는 눈길이었다.

나머지 선원들, 그러니까 남자 성인과 미성년자 10여 명은 갑판 아니면 기관실에 있었다. 그래서 주방에는 나와 마운틴맨 밖에 없었고, 옆 침실에는 뱃멀미 난 스벤이 마운틴맨 말로 '새끼 낳는 소처럼 끙끙거리고' 있었다.

배가 갑자기 기우뚱했다. 나는 넘어지지 않으려고 탁자를 잡아야 했다. 목재를 묶어 놓은 쇠 끈이 괴물처럼 우르릉거렸다. 그래, 인정한다. 나는 겁먹었다.

그때 또 한 번 기우뚱하더니 이번에는 다른 소리가 났다. 처음에는 현을 뜯는 소리 같았다. 그다음에는 귀신 소리 같은 울음이 점점 커지더니 엔진 소리보다 더 커졌다. 바닷소리보다 더 커졌고, 스벤의 앓는 소리보다 더 커졌다.

"저 소리는⋯⋯?" 나는 물어보려 했다. 그러나 사실은 당연히 알고 있었다. 들어 본 적이 있었고 한 번 들으면 결코 잊을 수 없는 소리였다.

"고래다." 마운틴맨이 말했다. 엄청나게 큰 그 소리가 선체 전체에 메아리쳤다. "저걸," 마운틴맨이 말을 이었다. "다들 인어나 물에 빠져 죽은 선원 유령의 소리라고 했었지."

고래의 노랫소리가 공중에 가득 찼다. 등불이 깜박였다. 배가 기울고 삐걱거리는 소리를 냈고, 파도가 또 한 차례 덮쳐 왔다.

"배가 버틸 수 있습니까?" 내가 물었다.

마운틴맨이 큰 소리로 껄껄대며 웃었다. "돌풍을 처음 겪는 애송이들은 다들 그렇게 묻지. 괜찮다, 페르. 배는 버텨 줄 거야. 게다가 이건 폭풍 축에도 끼지 못해. 진짜 폭풍이 몰아치면 아예 사냥을 나오지 못해. 며칠이고 만에 죽치고 있어야 하지. 포경선 부두 근처에 말이야. 우리한텐 나쁜 일이지만 고래들한텐 좋은 일이지. 이건 폭풍이 아니야. 걱정할 필요 없어." 마운틴맨이 내 어깨를 철썩 내리쳤다.

그래서 나는 마운틴맨이 무서워하지 않으면 나도 무서워하지 않겠다고 다짐했다.

"이제 갑판에 올라가 봐야 하는 거 아닙니까?" 내가 말했다. 고래 노랫소리가 훨씬 더 커지고 있었다. 그러니 그 짐승이 시커먼 바다 어딘가에 있을 거라고 생각했다.

"노랫소리에 속지 마라. 게다가 저건 우리가 찾는 고래도 아니야. 우리가 찾는 건 수십 킬로미터 멀리 있을 거야. 어쩌면 더 멀리 있을지도. 우리는 망꾼이 신호를 줄 때까지 기다리면 돼."

과연, 노랫소리가 점점 작아지더니 엔진 소리에, 바람과 파도 소리에 묻혔다. 마운틴맨이 냉장고에서 아쿠아비트 한 병을 꺼내더니 식기장에서 잔을 가지고 왔다. 그 남자의 몸은 배가 흔들흔들 할 때마다 배와 함께 추처럼 움직였다. 사람들이 바다에서 그렇게 오래 머무를 수 있는 비결이 바로 이것이었다. 노련한 고래잡이는 바다가 사나울 때도 균형을 잘 잡고 버티는 능력이 있었다. 그렇지 못한 선원들은 얼음판의 오리처럼 사방으로 나동그라졌다.

마운틴맨이 나에게 잔 두 개를 들라고 하고 술을 따랐다.

내가 이렇게 말했다. "또 드십니까? 이러시면 안 됩니다. 선장님이 알면 뭐라고 하시겠습니까?"

"선장 걱정은 나한테 맡겨. 잘 들어, 이 몸이 바로 포수다. 그건 그렇고 너는 파도 때문에 걱정하는 게 아닌 것 같구나? 맞아! 나도 처음엔 겁을 먹었지. 손이 바람에 날리는 나뭇잎처럼 바들바들 떨렸어. 방아쇠도 아주 간신히 당겼어. 동료들이 막 놀려 댔지. 걱정하지 마라. 내가 같이 있어 주고 작살 포 방향을 맞춰 줄게. 완벽한 때에 딱 맞춰서." 마운틴맨이 병을 코르크로 막고 자기 코를 두드리고는 눈을 찡긋했다. "너는 내가 시킬 때 방아쇠만 당기면 돼. 알겠지?"

"알겠습니다." 내가 말했다.

"놓치지 않을 거야, 이 녀석아. 자, 마시자."

내가 잔 하나를 포수에게 건넸고 그가 마셨다. 그러더니 마운틴맨이 나를 빤히 보며 기다렸다. 그래서 나도 마셔 버렸다. 얼음과 불을 한꺼번에 마시는 느낌이었다.

"잘했다." 마운틴맨이 말했다.

나는 용감해 보이려고 애썼다. 그렇지만 고래를 못 맞힐까 봐 걱정하는 것이 아니었다. 고래를 맞힐까 봐 걱정이었다.

나는 물고기를 죽여 본 적이 있었다. 토끼도. 사슴도 한 번. 그런데 고래는 어떤가? 내가 알기로는 심지어 마운틴맨 같은 포수도 매번 작살 포 한 방에 고래를 죽이지는 못한다. 작살 포를 더 쏘아야 하겠지. 어떤 때는 소총을 쏘기도 한다.

나는 고래 사냥에 대해 온갖 이야기를 다 들었다. 예전에는 그 얘기가 재미있었다. 하지만 진짜 고래잡이배에 타고 있고, 직접 사냥하고 있을 때, 그러니까 손가락을 작살 포 방아쇠에 걸고 있을 때는 전혀 재미있지 않았다.

어선이 또 파도에 흔들렸다. 나는 한 손으로는 식탁을 잡고 다른 한 손으로는 내 배를 움켜쥐었다. 아쿠아비트를 마시질 말 걸, 산이 흔들리는 일이 절대 일어나지 않는 노르웨이의 집에 그냥 있을걸 하고 후회했다.

"포수!" 외침이 들렸다.

마운틴맨이 일어나서 내 어깨를 꽉 잡고 못처럼 날카로운 눈길로 나를 보았다.

"가자, 사냥 시간이 됐다."

그 전에 일어난 일

모르텐과 그 새총이 아니었다면 이렇게 난처해지지 않았을 텐데. 사우샘프턴에 있을 때였다.

우리가 노르웨이에서 출발할 때는 가을이었다. 그리고 남극에 도착했을 때는 봄이었다. 나는 아직도 왜 그렇게 되는지 이해할 수가 없다. 이동하는 데 몇 주가 걸렸다. 그렇다고 계속 배에 타고 있지는 않았다. 보급품을 받으려고 여러 항구에 정박했을 때 나는 비로소 세상 구경을 제대로 할 수 있었다. 영국 사우샘프턴. 포르투갈 사그레스에서는 폭풍우를 피했다. 베네수엘라 카라카스. 파나마 운하. 그리고 몇 곳에 더 머물렀다.

세상은 내가 상상했던 것보다 더 크다. 훨씬 더 크다.

사우샘프턴에서 다른 선원들은 선술집에 갔다. 선장이 스벤은 술집에 갈 나이가 되지만 나와 모르텐은 어려서 갈 수 없다고 했다. 우리는 배에 남기로 했다. 하지만 마운틴맨이 우리를 딱하게 여겨 주었다. 우리에게 도시를 구경시켜 주고 싸움 같은 문제에 휘말리면 지켜 주겠다고 했다. 마운틴맨은 우리끼리 남아 있으면 그런 문제가 생길 게 뻔하다고 생각했던 것 같다.

마운틴맨이 부두에 서서 상점과 좁은 거리를 향해 팔을 휘두르고 있었다. 그 도시를 안내해 주며 앞에서 내달리는 토끼 같았다.

"여기는 작은 도시지. 런던이나 뉴욕 같은 데와는 달라. 그래도 여기에 비하면 오슬로는 촌구석에 지나지 않아."

"저는 오슬로에만 겨우 한 번 가 봤습니다." 내가 말했다.

"네가 촌뜨기라 그렇지." 모르텐이 말했다.

외국 도시는 처음 와 보는 것이었는데 사실대로 말하자면 그 도시는 내 상상과 아주 달랐다. 더럽고 불쾌했고 퇸스베르그 거리보다 훨씬 더 많은 사람으로 붐볐다. 그리고 이곳 사람들은 모두 11월의 차가운 비를 피해 옷깃을 세운 채 고개를 숙이고 재빨리 걷기에만 열중해 있는 것 같았다. 노르웨이에서 이 시간쯤이면 다들 집에서 저녁밥을 먹고 있었을 것이다. 하지만 여기서는 다들 할 일이 있었다. 게다가 남자들만 일하지도 않았다. 젊은 여자들이 거리 모퉁이에 서서 선원들과 이야기했다. 아이들은 노점에 상품을 쌓았다.

"세비야산 오렌지 있어요!"

"따끈한 밤이요!"

"자메이카산 럼주 팝니다!"

마운틴맨이, 나와 모르텐에게 오렌지 하나씩과 밤 한 자루를 같이 먹으라고 사 주고 자기 몫으로는 럼주를 샀다. 마운틴맨은 한 병을 마셔 버리고 한 병을 더 샀다. 우리는 칼로 오렌지를 잘 랐다. 오렌지는 작은 태양처럼 생긴 이상한 과일이었다.

마운틴맨이 파도를 뚫고 나아가는 배처럼 인파를 헤치며 길을 안내했다. 우리는 따라갔다. 마운틴맨을 놓치지 않고 잘 따라가려면 정신을 바짝 차려야 했다. 볼거리가 너무 많았기 때문이다. 영국 사람들만 해도 너무도 신기했다. 노르웨이 사람들보다 허옇고 키가 작았다. 어떻게 그런 영국인이 세계를 정복했는지 이해할 수가 없었다.

어떤 젊은 여자(예뻤다!)가 웃으면서 나에게 말을 걸었다. 나는 영어를 전혀 하지 못해서 무슨 말인지 몰랐다. 나도 덩달아 웃어 주었다(그 여자가 너무 예뻤으니까!). 그런데 곧바로 마운틴맨이 와서 내 목덜미를 움켜쥐고 끌고 가 버렸다.

"저 여자가 뭐라고 한 겁니까?" 내가 물었다.

"자기가 교회에 갔었는데 아주 좋았대."

하지만 모르텐이 그 여자가 한 말을 그대로 들려 주었다. "당신 머리칼 너무 신기해요. 그런 머리칼은 처음 보네요. 햇빛을 받은 건초 같아요!"

아까 말했듯이 거리에는 빼빼 마르고 창백한 영국인이 많이 있었지만, 다른 사람들도 있었다. 온갖 피부색과 국적의 선원, 고래잡이, 상인. 말로만 전해 듣고 잡지에서나 본 사람들이었다. 다들 문신이 있었다. 팔뚝과 손에, 여자, 고래, 어선을 그렸다. 마운틴맨 말로는 푸른색 제비를 그려 넣으면, 그 제비가 배가 침몰해 죽은 선원의 영혼을 천국에 데려다준다고 했다. 오른쪽 뺨에 닻을 새긴 남자도 있었다.

우리는 마운틴맨을 따라 자갈이 깔린 길을 걸었다. 집과 공장이 깊은 숲속 나무들처럼 빼곡히 들어찬 길을 따라, 미로 같은 골목을 지나, 수많은 여관과 상점이 가장자리에 둘러 있는 광장으로 갔다. 마운틴맨이 광장 한가운데에 서서 서커스 단장처럼 양팔을 쫙 벌렸다.

"어떠냐?"

"굉장합니다." 내가 말했다.

"이걸 보여 주고 싶으셨던 겁니까?" 모르텐이 팔짱을 끼고 말했다.

"그래, 하지만 도시만 보여 주는 건 아니다. 여기서 가르쳐 줄게 있어."

"알겠어요, 올룹슨 씨." 내가 말했다. 하지만 사실 올룹슨이 무슨 말을 하는지 몰랐다.

"왜 신이 우리에게 고래를 주셨는지 아나?"

나는 이 도시와 고래 사냥이 무슨 관계가 있는지 알 수가 없었지만, 아무 말도 하지 않았다.

마운틴맨이 말을 이었다. "우리가 고래를 죽이고 나면 고래가 어떻게 되는지 생각해 봤나?"

"가공 어선이 가져가죠." 모르텐이 말했다. "아니면 디셉션섬 포경 기지에요. 고기와 기름은 우리가 가집니다. 고기는 얼리고 기름은 나무통에 넣어 두고 뼈도 저장합니다. 그걸 전부 노르웨이 본국에 가져가고 기름은 정제합니다."

하지만 모르텐은 많은 것을 빠뜨렸다. 고래를 죽여서 상자와 나무통에 담기 전까지 일어나는 일. 튄스베르그 부두에 하역된 상자와 나무통에 든 것이 그 거대한 괴물이라고 생각하니 야릇했다.

"그 과정까지 …… 오래 걸립니까?" 내가 물었다

"아니, 고래를 죽이고 나면 가공 어선이 우릴 찾아오지. 고래를 권양기로 들어 올리고 젊은이들이 블루베리 그릇의 개미처럼 들러붙어서 작업하지. 고래 껍질을 벗겨 내고 자른 다음에 고기를 얼리고 포장해. 얼마나 빠른지 믿기 힘들걸. 그런 다음에 우리는 고래의 혀를 맘껏 먹지." 마운틴맨이 자신의 두둑한 배를 두드렸다. 고래 같았다. 거대하고 당당했다. 하지만 아무도 그 포수의 혀는 먹지 않을 테지.

"기름, 비계, 뼈, 고기." 마운틴맨이 말했다. "전부 쓰임이 있어. 바다로 돌아가는 건 없어. 아무것도. 그다음에는 어떻게 될까?"

"영국인에게 팔지요." 모르텐이 말했다.

"영국인은 그걸로 뭘 하지?"

모르텐이 어깨를 으쓱했다. "먹겠죠?"

"저 공장 보이나?" 마운틴맨이 말했다. 옆 도로의 높은 담과 철문이 있는 사각 건물을 가리켰다.

"안에 있는 기계에 고래 비계를 칠하지. 저 여자 보이나? 몸매가 진짜 모래시계 같다고 생각하지? 여자 몸을 꽉 조여 주는 코르셋을 바로 고래 뼈로 만들어. 저 영국 남자는 너무 부실해서 비를 맞고 돌아다닐 수가 없지. 저 우산살도 고래 뼈야. 우리의 상륙 허가 서류를 작성하는 타자기에 들어가는 스프링도. 그 고약한 소리를 내는 술집 피아노 건반. 저기 창가에 놓인 초. 이 사람들이 씻을 때 쓰는 비누. 전기가 들어오기 전에 밤을 밝혀 주던 등불도."

가로등이 크리스마스트리 장식 초처럼 도시를 밝히고 있었다. 가로등에 기름이 얼마나 많이 들어갔을까? 오래도록 밤이면 밤마다 밝히고 있는데.

"전부 고래다." 마운틴맨이 말했다. "고래 살과 뼈와 기름." 그가 호주머니에서 시계를 꺼내서 뚜껑을 열고 우리에게 보여 주었다. 그 작은 기계가 팽팽 돌아가고 있었다. 이렇게 작은 것이 어떻게 시간을 알아낼 수 있을까? 나는 왜 이런 걸 궁금해하는 걸까? 왠지는 모르겠다. 어머니 말로는 내가 너무 호기심이 많다고 했다. 그런데 너무 많이 알려고 하다간 다친다고.

"톱니를 봐라." 마운틴맨이 자기 손가락을 마주 비볐다. "이런 정교한 장치엔 고래기름이 아니면 안 돼. 열차 용광로가 석탄을 연료로 쓰듯이 도시도 연료가 필요하지. 그 연료가 바로 고래야. 200여 년 전부터 그랬지. 이 도시뿐만 아니라 다른 도시도 전부 그렇다. 이게 바로 우리가 고래를 잡는 이유야."

"얼마나 많아야 합니까?" 내가 물었다. 나는 그런 것을 물어보지 않고는 못 배기는 사람이다.

"뭐가 얼마나 많아야 하냐고 묻는 거냐?"

"이런 …… 시계를 작동시키려면 얼마나 많은 고래를 죽여야 합니까?"

"아하," 마운틴맨이 머리를 긁적였다. "우리와 미국인, 영국인이 수백만 마리를 죽이지."

믿을 수가 없었다. "수백만 마리를 죽이고 나도 바다에 수백만 마리가 남습니까?" 내가 물었다.

마운틴맨이 웃음을 터뜨렸다. "신께서 우리에게 풍요로운 바다를 주셨어, 페르. 네가 보는 바다는 가장 작은 부분에 불과해. 네 생각엔 바다가 얼마나 큰 것 같나?"

"맞습니다, 올룹슨 씨, 아주 클 겁니다. 아무리 그래도 수백만 마리나 있습니까?"

"우리가 잡을 수 있는 것보다 더 많이 있어. 그리고⋯⋯," 마운틴맨이 한 손가락을 펴고 손을 눈앞에 올리더니 마치 손가락이 총의 가늠쇠라는 듯 내려다보았다. "내가 바로 그것들을 쏘아 잡을 사람이지."

"저도 언젠간 포수가 될 겁니다." 모르텐이 말했다. "첫 사냥 때 제가 방아쇠를 당기게 해 주십쇼."

그것이 당시 전통이었다. 어린 선원이 포수의 도움을 받아서, 그해 처음 작살 포를 쏠 때 방아쇠를 당기고 고래가 맞으면 좋은 징조로 여겼다.

"포수가 되고 싶은 건 당연하지." 마운틴맨이 말했다. "나 같은 포수가 선장보다 돈도 더 많이 버니까. 하지만 이번엔 스벤이 하기로 돼 있어. 몇 년 동안 수프를 끓이고 갑판 청소를 하고 나야 작살 포를 잡을 기회를 잡을 수 있는 거야."

"잘할 수 있습니다." 모르텐이 가슴을 내밀고 어린 수탉처럼 자랑스레 말했다. "쏠 수 있습니다. 사슴을 죽여 봤습니다."

"그래?" 내가 말했다. "그 얘긴 처음 듣는데."

마운틴맨이 굵은 팔로 팔짱을 끼고 한쪽 눈썹을 치켜올렸다. "사슴이 가만히 서 있을 때 쐈겠지. 네가 딱딱한 땅 위에 서서 말이지. 움직이는 배에서 움직이는 맹수를 쏘는 건 전혀 달라."

"하지만 고래는 아주 크잖습니까." 모르텐이 말했다.

"그래, 그렇지만 여기를 딱 맞춰야 해." 마운틴맨이 팔짱을 풀고 소시지처럼 커다란 손가락으로 자기 목뒤를 두드렸다. "목표 지점은 식탁보만 해. 고래가 잠수하기 전 1초도 안 되는 동안에 쏴야 하고."

"저는 눈이 좋습니다. 손도 잘 쓰고요!" 모르텐이 말했다. "제가 새총 쏘는 거 보셨잖습니까."

우리는 항해에 새총을 가지고 갔었다. 총알로 쓸 말린 콩과 헤이즐넛을 상점에서 잔뜩 훔쳤다가 들키는 바람에 선장이 새총을 못 쓰게 했다. 하지만 모르텐은 새총을 늘 지니고 다녔다.

"이거 들고 있어 봐." 모르텐이 밤 자루를 내 손에 맡기고 뒷주머니에서 새총을 꺼냈다. "볼래?"

"뭘 보라는 거야?" 내가 말했다.

"내가 맞히는 거. 어려운 것도 돼." 모르텐이 미친 사람처럼 씨익 웃으면서 말했다.

"좋아." 마운틴맨이 말했다. "저걸 맞춰 봐라." 광장 구석에 있는 담벼락 높이의 도로표지판을 가리켰다.

"저건 너무 쉽습니다." 내가 말했다.

"더 좋은 게 있어?" 모르텐이 말했다.

"저 위, 발코니에 있는 남자."

"앞치마 두르고 파이프 피우고 있는 남자?"

"그래. 큰 목표물이지만 멀리 있지. 고래처럼."

나는 모르텐의 멍청한 미소가 사라지기를 기다렸다. 그러나 사라지지 않았다. 대신 새총을 들었다.

"멈춰." 마운틴맨이 모르텐의 손을 밀어 말리며 말했다. "그건 너무 못된 짓이야. 그러니까 …… 저 사람이 너를 보면 안 된다는 말이야."

우리는 그 남자가 발코니 끝에 가서 파이프를 벽에다 두들겨 비우느라 등을 돌린 채 고개를 숙이기를 기다렸다. 모르텐이 밤 한 알을 쥐고 겨냥한 다음 쏘았다. 그 남자의 오른쪽 엉덩이에 맞았다. 그가 벌에 쏘인 말처럼 펄쩍 뛰어올랐다. 우리는 둥그렇게 가까이 붙어 서서 이야기하느라 아무것도 모르는 척했다.

"이거 누가 던졌어?" 남자가 소리쳤다.

"그 남자가 뭐랍니까? 어쩌고 있습니까?" 내가 낮은 목소리로 말했다.

마운틴맨이 내 어깨 너머로 보기는 했는데 대답하지 않았다. 마운틴맨의 어깨가 웃음을 참느라 떨리고 있었다. 웃음이 가라앉은 다음 마운틴맨이 말했다. "굉장했어!"

나도 그렇게 생각했지만, 질투가 났다. 그래서 나도 모르게 이런 말을 내뱉고 말았다. "제가 더 잘합니다."

그 몇 마디 말이 바로 행동이 되어 버렸다. 모르텐이 밤 자루를 채어 가고 나에게 새총을 건넸다.

"움직이는 목표물이어야 되겠지?" 모르텐이 말했다. "저 사람 어때?" 모르텐이 우리가 좀 전에 봤던 우산 든 영국 남자를 가리켰다. 이제 비가 그쳐서 우산은 접었고, 그가 쓴 중절모가 보였다. 광장을 벗어나려 하고 있었다.

내가 마운틴맨을 보니 그가 고개를 끄덕였다.

"얼른 해야 해. 기다릴수록 더 멀어져."

나는 밤 한 알을 쥐었다. 하필 밤이 울퉁불퉁하고 모양도 이상한 데다 너무 가벼워서 쏘기가 어려울 것 같았다. 하지만 다시 밤을 고를 시간이 없었다. 겨냥하는 내내 모르텐이 송곳 같은 눈으로 나를 쏘아보았다.

밤이 높이 날아서 아치 모양을 그리고는 남자의 모자를 쳐서 떨어뜨렸다. 그 남자는 두리번거리더니 모자를 주워서 쓰고 가던 길을 갔다.

"잘했어." 마운틴맨이 고개를 끄덕이고 수염을 쓰다듬으며 말했다.

"저한테 시켜 주십쇼." 모르텐이 말했다. "제가 첫 작살 포를 쏘게 해 주십쇼. 제가 먼저 말했잖습니까. 행운의 징조가 될 겁니다."

마운틴맨이 고개를 저었다. "말했잖아. 스벤이 쏠 거야. 스벤은 이번에 3년째야. 넌 기다려야 해."

"그러면 내년에는." 모르텐이 말했다. 굶주린 눈빛이었다. 뼈다귀를 쫓는 개 같았다.

"너는 어떠냐, 페르? 눈이 좋던데."

"네. 작살 포를 쏘고 싶습니다." 지금 생각해 보니 그때 생각하기도 전에 말부터 나왔다. 모르텐이 하고 싶어 하는 일이니까 하여튼 중요하고 가치 있는 일이지. 그러니까 나도 당연히 작살 포를 쏘고 싶었다.

포수 페르라니. 할 수 있을까? 몇 년을 기다려야 하는 일이다. 그런데 고래를 죽일 수 있을까? 내가?

"진짜 하고 싶나?" 마운틴맨이 말했다. "절벽에서 뛰어내릴 결심을 하는 표정인데."

그때 비로소 제대로 생각해 보았다. 어머니가 또 아기를 가졌다. 여동생인지 남동생인지 모르지만, 곧 이복동생이 태어날 것이고 우리는 돈이 필요할 것이다.

뱃머리에 서 있는 내 모습을 상상해 보았다. 내가 방아쇠에 손가락을 걸고 있고 선원들의 눈길은 모두 나에게 향해 있다. 그 거대한 짐승의 모습을 그려 보았다. 커다란 머리가 거친 바다를 헤치고 솟아오르는 모습. 작살 포가 발사되며 폭발음이 난다. 짐승이 느려진다. 물이 벌게진다. 그런 모습을 떠올려 보려고 했다. 하지만 내가 고래에 가장 가까이 가게 되는 것은 봄에 배가 돌아갈 때일 것이다. 부둣가에 고래가 든 상자와 나무통이 줄줄이 내려질 때 말이다.

나는 그런 광경을 다 떠올려 보았고 어떤 기분일지도 이미 알 것 같았다. 그런데도 내 입에서는 이런 말이 튀어나왔다. "그럼요, 정말로 하고 싶습니다."

"하지만 두 사람이 다 할 수는 없으니까⋯⋯." 마운틴맨이 호주머니에서 동전 하나를 꺼냈다. "내가 술집에서 쓰려고 했던 영국 동전이야. 앞면이면 페르, 뒷면이면 모르텐. 누가 이기든 이긴 사람이 내년 아니면 후년에 방아쇠를 당기는 거다."

모르텐이 기막혀하며 나를 쏘아보았다. 정말 여기서 이런 식으로 정하려는 것일까? 마운틴맨이 우리가 새총 쏘는 모습에 좋은 인상을 받았는지도 모른다. 아니면 럼주 두 병에 취해서 그랬을 수도.

마운틴맨이 동전을 던져 올렸다. 동전이 가로등 불빛을 받아 반짝거리며 뱅글뱅글 돌았다. 그가 동전을 잡아 왼손 손등에 철썩 내리쳤다. 우리는 고개를 숙이고 동전을 보았다.

"앞면."

내가 가까이 가서 확인했다. 동전 위 영국 왕이 나를 쏘아보고 있었다.

"삼세판?" 모르텐이 말했다.

"아니, 끝."

언젠가 나, 페르가 작살 포를 쏜다. 결정되고 말았다.

마운틴맨이 나에게 동전을 주었다. "잘 가지고 있어라. 내 약속의 징표야."

나는 동전을 받았다. 동전에서 눈을 뗄 수가 없었다.

"할 말 있나?" 마운틴맨이 물었다.

나는 뭐라고 말해야 할지 몰랐다.

"어, 감사합니다."

그가 고래기름이 발린 정교한 회중시계를 꺼냈다.

"좋다. 이제 가자. 휴가가 끝나기 전에 이곳을 더 보여 주고 싶구나." 마운틴맨이 앞서 걸어갔고, 모르텐이 나를 노려보았다. 그의 얼굴은 폭풍 구름처럼 컴컴했다.

"넌 배짱이 없어. 못할 거야."

"배짱 있어." 내가 말했다. "한다."

로스해 — 사냥 전날

나는 빵과 수프를 들고 갑판을 건너가다가 바람과 비에 얻어 맞고 비틀거렸다. 배가 요동칠 때마다 뜨거운 수프가 넘쳐흘러 손을 지져 놓았다.

교활한 조리 담당 모르텐이 수프를 아주 가득 담아 주었다. 내가 수프를 쏟거나 그릇을 떨어뜨리기를 빌었겠지. 어떻게든 멍청해 보이기를 바랐을 것이다. 하지만 나는 손이 아무리 뜨거워도 멍청해 보이지 않으려 했다. 몸을 가누려고 애썼지만, 타고난 뱃사람의 균형감이 없는 나는 비틀댔고 술에 취한 사람처럼 흐느적거리며 걸었다. 손가락은 화끈거렸고, 수프는 질질 흘렀다.

포수는 검은색 방수복으로 온몸을 감싼 채 작살 포에 손을 얹고 뱃머리에 서 있었다. 얼굴은 수염과 모직 모자로 거의 다 가려져 있었다. 보이는 것은 바다를 가만히 바라보는 석탄 조각 같은 눈밖에 없었다.

내가 올룹슨에게 수프를 가지고 갔을 때 배가 해구에 들어섰다. 나는 미끄러져 반쯤 쓰러졌다가 몸을 일으켰다. 수프는 갑판에 거의 다 쏟아지고 말았다. 수프를 더 가져와야 할 것 같았다. 모르텐이 얼마나 고소해할까.

"수프 가져왔습니다, 올룹슨 씨."

"고맙다. …… 뭐야! 절반도 남지 않았네?"

"죄송합니다, 올룹슨 씨."

"맞다, 너 신참이지. 괜찮아." 마운틴맨이 빵과 수프를 먹어 치우고는 소맷자락으로 수염을 닦고 다시 자리를 잡았다. 그의 눈이 마치 아무것도 보고 있지 않은 듯이 흐릿했다. 아니, 내가 볼 수 없는 무언가를 보고 있는지도.

그런 눈을 처음 보는 것은 아니었다. 배가 항해를 시작하기 전 남자들의 눈이 그랬다. 그들은 부두에서 서성대고 술집에서 술을 퍼마시고 싸움질했다. 남자들이 그렇게 굴면 여자들은 남자들이 얼른 떠나 버리기를 바랐다.

남자들은 왜 노르웨이의 푸른 산 대신 바다를 선택한 것일까? 어디서 와서 어디로 가는지도 모르는 끝없는 회색 물의 언덕을. 왜 고래를 잡으려고 드넓은 지구를 반 바퀴나 돌까? 돈 때문일까? 오슬로에 삼촌이 한 분 계셨는데 보험 판매를 하며 잘 사셨다. 농부와 상점 주인도 잘만 살았다. 그 사람들의 눈은 이렇지 않았다. 뱃사람들만 이랬다.

나는 열네 살이었다. 나도 그들과 같은 뱃사람이었다. 그저 그러기로 되어 있었기 때문에 배를 탔다. 내가 선택한 것이 아니었다. 내가 고래를 보고 나면, 고래를 한 마리 죽이고 나면,

왜 그들의 눈빛이 그런지 알게 될지도 모르겠다. 때가 되면 나도 그들처럼 될지도 모른다.

"고래를 찾고 계신 겁니까?" 내가 물었다.

"아니, 그건 저 친구가 할 일이야." 마운틴맨이 돛대 꼭대기 망루를 향해 위쪽으로 고개를 끄덕였다. 거기에 망꾼이 있었다. 깡통 속 정어리처럼 망루에 꽉 끼어서, 털과 양모로 온몸을 둘둘 감은 채 쌍안경을 얼굴에 딱 붙이고 있었다. 눈 대신 쌍안경이 달린 다른 생물 같았다.

"그러면 뭘 찾고 계신 겁니까?" 내가 말했다. 마운틴맨이 그제야 꿈에서 깨어난 듯, 코트 안에서 가죽을 씌운 술병을 꺼냈다. 먼저 마신 후 나에게 건넸다.

나는 두리번거렸다. "술은 금지입니다." 내가 말했다.

"이 몸이 포수다." 마운틴맨이 눈을 찡긋하며 말했다. 나는 꿀꺽 마셨다. 술을 좋아하지 않았지만 술이 수프보다 배 속을 더 따뜻하게 해 주기는 했다.

"바다가 내 은신처다." 마운틴맨이 말했다. "네 어머니한테 교회가 그렇듯이. 우리 모두 은신처가 필요하지."

"그래도 교회는 안전한 곳이잖습니까."

배가 돌진하자 파도가 으르렁거렸다. 마운틴맨이 내가 넘어지지 않게 잡아 줘야 했다. 그런 다음 바람 소리에 묻히지 않도록 거의 고함을 쳤다.

"몇 달 나와 있다 보면 우리는 집이 그립다. 마른 땅과 신선한 고기, 아쿠아비트가 그립지. 그리고 아내와 애들이 보고 싶어. 집이 너무 그리워서 미친 사람도 봤어. 하지만 진실은 이거야. 여름이 서서히 시들어 가고 낮이 점점 짧아지고 공기는 더 싸늘해지지. 그다음엔 가을이 우리 마음속에 안개처럼 뿌옇게 들어차거든. 그때가 되면 내가 할 수 있는 일은 남들을 패고 싶은 충동을 참는 것밖에 없어. 그때가 바로……," 그가 손가락 하나를 흔들었다. "바다로 갈 시간이지. 그래야만 내가 피 냄새를 맡을 수 있으니까!" 마운틴맨이 껄껄 웃었다. "페르. 네가 찾으려고만 하면 이곳엔 자유가 있다."

"알겠습니다. 올룹슨 씨."

나는 당장 내가 마운틴맨처럼 느낄 수 있기를 바랐다. 하지만 남쪽으로 가는 내내 뱃멀미에, 향수병에, 아니면 한꺼번에 둘 다에 시달렸고 내가 왜 그곳에 있는지 알 수가 없었다. 꼭 그곳에 있어야만 하는지조차 알 수가 없었다. 하지만 내 주머니에는 그 동전이 있었다. 그리고 그것이 대답일 수도 있었다.

봄이었고 여름이 오고 있었다. 그러나 노르웨이의 여름과는 달랐다. 따스한 해넘이도 진들딸기도 없고, 송어 낚시도 모닥불도 사슴도 숲도 없었다. 하늘에는 새 한 마리 없었다. 회색 바다와 하늘만 있었고, 위선을 한 칸씩 건널 때마다 점점 추워지기만 했다. 무슨 여름이 이렇단 말인가!

그리고 고래도 보지 못했다.

우리 선원 10여 명은 고래잡이배에 탄 채 가공 어선에서 멀리 떨어져서 낚시찌처럼 깐닥거리고 이리저리 떠다니면서 고래를 찾고 있었다. 매일매일.

"고래를 찾을 수는 있는 겁니까?" 내가 물었다.

그리고 바로 그때, 1초도 지나지 않은 바로 그때, 맹세하는데 정말 바로 그때였다.

"고래가 뿜는다!" 망꾼이 외쳤다.

"신께서 네가 말하는 걸 들으셨나 보구나." 마운틴맨이 말했다.

망꾼이 쌍안경을 내려놓고 배 오른쪽 수평선을 가리켰다. 마운틴맨의 고개가 돌아가고 눈이 독수리처럼 매서워졌다. 나는 오른쪽으로 가서 살펴보았다. 눈으로도 찾고 마음으로도 찾았다. 드디어 나타난 것일까? 고래가.

선원들이 기관실에서 뛰쳐나왔고 화물칸과 조리실에서도 올라왔다. 마지막으로 모르텐이 앞치마를 두르고 국자를 든 채로 나왔다. 선원들이 배 오른쪽에 늘어섰다. 망꾼을 올려다보았다. 한 번, 두 번 더 보며 망꾼의 팔이라는 나침반 바늘에 눈길을 맞추었다. 그것이 사냥을 위한 화살표였다.

멀리 회색 섬 하나가 물속에서 얼룩처럼 나오더니 다시 들어갔다. 심장이 북처럼 둥둥거렸다. 덜덜 떨렸다. 내 옆에서는 선원들이 의욕에 불타는 얼굴로 까치발을 하고 목을 길게 빼고 손으로 가리키면서 떠들썩하게 외치고 있었다.

우리는 고래가 다시 물을 뿜기를 기대하며 망꾼의 외침을 기다렸다. 몇 초가 몇 시간 같았다. 하지만 눈에 보이는 것은 움직이는 파도와 바람에 물이 일어나는 모습밖에 없었다.

그때,

"다시 뿜는다!"

저 멀리 안개 같은 숨 기둥. 너무도 미약한 신호다. 하지만 그것으로 충분했다. 선원들이 재빨리 흩어졌다. 누구는 기관실로, 누구는 아래층으로, 또 누구는 작살과 밧줄을 가지러 갔다. 엔진이 우르릉거렸다. 배가 기우뚱하고 파도를 파고들고 물의 벽을 뚫고 지났다. 고래가 숨 쉬며 뿜어내는 물살. 더 가까워졌다.

"고래가 우리 쪽으로 온다!" 마운틴맨이 외쳤다.

"똑바로 온다!"

고래의 회색 등이 섬이 태어나는 것처럼 수면을 찢고 '푸우쉬' 하고 숨을 내쉬었다. 안개 기둥이 올라오고 아치 모양 언덕이 커지더니 점점 더, 더 커졌다. 엄청나게 거대했다! 등이 물 밑으로 내려가고 꼬리가 파도 위로 솟았다. 꼬리는 새의 날개처럼 생겼는데 집 한 채보다 컸다.

"세상에나!" 내가 소리쳤다.

선원들이 뒤흔들리는 갑판에서 작살과 밧줄을 든 채 힘들게 버텼다.

"다들 자는 거냐?" 마운틴맨이 우렁우렁 소리쳤다. "고래가 물속으로 들어가 버리겠다. 작살 포 장전해!"

이 모든 일이 1초도 되지 않아 벌어졌다. 스벤이 방아쇠를 당길까? 스벤이 어디에 있지?

고래가 다시 나타났다. 어떤 배보다 크고 빨랐다. 그런 뒤 사라졌다. 마운틴맨이 기관실을 향해 손을 흔들었다. 목을 가로질러 한 손을 그었다. 신호였다.

"엔진 꺼!"

선원들이 저마다 분주히 움직였다. 그런데 그들이 작살 포를 장전했을 때 거대한 그림자 하나가 배 앞 물속에 있었다. 그 그림자는 청회색에 하얀 얼룩무늬가 있었다. 배보다 열 배 더 컸다. 그리고 물속에서 현을 뜯고 신음하는 귀신 소리가 들려왔다.

"저게 뭡니까? 저게 뭐냐고요?" 내가 말했다.

"뭐긴, 고래지." 마운틴맨이 말했다.

그 그림자가 배 아래로 지나갔다. 움직이는 청회색 섬. 우아하고 힘차고 매끈했다. 이제 소리를 내지 않았다. 나는 세상에 닻을 내리지 못하고 붕 떠 있는 것 같았다.

엔진이 느려지며 가볍게 고동쳤다. 배는 파도 속에서 어쩔 줄 모르고 흔들리기만 했다. 모두가 마운틴맨만 의지했다. 마운틴맨이 명령만 내리면 따르려고 기다렸다. 하지만 마운틴맨은 그저 허리에 손을 올린 채 고개를 가로저었다. "일단 끝이다."

"쫓아가지 않습니까?" 내가 물었다.

"이번 고래는 빠른 녀석이야. 뒤에 가서 봐 봐. 선체에 충격이 전해지고 있어. 큰 파도가 일었어. 지금은 그냥 보내 줘야 해. 저 고래는 어디로 가든 엄청 급하게 이동할 거다. 고래가 이렇게 빨리 움직이고 있으면 우리도 무지무지 빨리 가거나 운이 엄청 좋아야 따라잡을 수 있어. 하지만 따라갈 수는 있지. 몇 시간이 걸리겠지만 사냥은 이미 시작된 거야. 고래는 오랫동안 계속 빠르게 헤엄치진 못해."

나는 배 뒤쪽으로 갔다. 이 거대한 짐승을 다시 보고 싶은 바람이 너무도 간절했다. 이렇게 강렬한 바람은 느껴 본 적이 없었다. 그 고래는 지금까지 본 어떤 것과도 같지 않았다.

나는 작살을 점검했다. 사람 머리만 한 쇠촉이 달려 있었다. 작살 대와, 배에 고래 몸통을 묶을 긴 밧줄도 살폈다. 작살 포를 발사하는 장면을 그려 보려 했다. 상상 속에서 작살이 목표물을 향해 가는 모습을, 그리고 재장전하고 다시 발사하는 모습, 고래의 생명력이 물로 빠져나가 버린 듯 고래가 느려지는 모습을 그려 보았다. 저 생물 안에 피가 얼마나 많이 들어 있을까? 물이 얼마나 시뻘게질까? 죽어서 더는 저항하지 못할 때까지 얼마나 오래 걸릴까? 고래가 지고 우리가 이길 때까지.

로스해 — 결전의 날

우리는 강해지는 바람과 높아지는 파도를 뚫고 30여 분 동안 고래를 쫓았다. 나는 컴컴한 화물칸에 앉아 배가 살아 있는 것 같다고 생각했다. 달아나는 고래를 향해 땀을 뻘뻘 흘리고 낑낑거리며 계속 달려가는 생물. 그러자 이상하게도, 축축한 밀밭을 뚫고 달리던 기억이 떠올랐다. 그때처럼 바다와 바람이 우리를 이리저리 밀고 당기고 있었다. 그렇지만 배는 튼튼했고 최고 속도를 내고 있었다. 배가 바다의 리듬에 맞추어 오르내리며 앞으로 나아갔다.

모두가 바빴다. 나도 얼른 갑판으로 올라가야 한다고 생각했다. 올라가고 싶어 해야 마땅했지만 그대로 마운틴맨과 탁자를 앞에 두고 앉아 있었다. 한 손을 주머니에 넣은 채 동전을 문지르고 꾹꾹 누르고 있었다.

"기분이 어떠냐?" 마운틴맨이 말했다. "내년엔 스벤이 아니라 네가 할 거야."

"좋습니다." 내가 말했다. 그 전에 고래 수십 마리가 죽는 것을 보게 되겠지. 아니, 그보다 더 많은 고래를. 모르텐이 고래고기로 요리하는 모습을 보겠지. 나도 고래를 먹을 것이고 남들처럼 생선이나 절여 말린 고기 요리를 먹지 않아도 된다고 좋아하겠지.

"스벤!" 마운틴맨이 외쳤다. "어디 있나? 나갈 시간 됐다."

마운틴맨은 들떠 있었다. 그 흥분이 번뜩이는 눈에서 잘 보였고, 탁자를 두드리는 거대한 손에서 잘 들렸다.

침실 문이 벌컥 열렸다. 스벤이 한 손으로 배를 움켜쥐고 다른 손에 양동이를 든 채 비실비실 걸어 나왔다. 스벤이 휘청거리며 탁자로 다가와 앉았다. 다들 갑판으로 올라가고 난 뒤라 화물칸에는 나와 스벤, 마운틴맨밖에 없었다.

"뱃멀미일 뿐이야, 스벤." 마운틴맨이 말했다.

스벤이 고개를 끄덕이고 나서 양동이를 제대로 사용했다.

"다 비워 버려." 마운틴맨이 스벤의 등을 철썩 내리쳤다. "그 다음에 갑판으로 올라가서 고래를 죽여."

껍데기만 남은 젊은이가 고개를 들었다. 한때 스벤이던 것을 다 토해 낸 껍데기. 축축한 머리카락이 늘어져서 얼굴에 들러붙어 있었다. 물에 빠져 죽은 사람 같았다. 유령 같았다.

"한잔해." 마운틴맨이 말했다. "속을 다스려."

"저한테 이 일을 하라고 하지 마십쇼." 스벤이 말했다. 이 유령이 눈만은 살아서 애원했다.

"하고 싶은 거 아니야?"

스벤이 양동이 위로 고개를 숙였다. 토하지는 않았지만, 다시 고개를 들지도 못했다. 그대로 고개를 가로저었다.

계단과 이어진 문이 벌컥 열렸다. 모르텐이었다.

"선장님이 갑판으로 오랍니다. 우리는 거의 고래에 붙었어요. 페르, 내가 봤어. 괴물이야! 왜 그러고 있는 거야? 보러 가자. 스벤도. 갑시다!"

모르텐과 스벤은 정반대였다. 모르텐은 지금까지 본 것 중 가장 팔팔했다. 마운틴맨이 스벤을 일으키더니 봉제 인형처럼 끌고 침실에 옮겨다 놓고 왔다.

"괜찮아. 스벤은 바다가 더 잔잔할 때 다른 고래를 잡으면 돼. 선장한테 내가 금방 간다고 전해."

"하지만 동전이 있잖아요. 약속하셨어요!" 모르텐이 말했다. "신참이 방아쇠를 당겨야 합니다. 그래야 행운이 옵지요. 페르가 방아쇠를 당겨야 합니다. 제가 다른 사람들한테 말하겠습니다."

내가 입도 떼기 전에, 심지어 뭔가 생각을 하기도 전에 모르텐은 가고 없었다.

"그렇게 할까?" 마운틴맨이 말했다. 나는 고개를 끄덕였다. 하지만 바로 그 순간 그곳에서 나도 유령 꼴이었다.

그렇게 해서 내가 아쿠아비트를 마시게 되었다. 나는 그 얼음과 불같은 액체를 마신 뒤 일어섰다. 둥둥 떠 있는 것 같은 몽롱한 상태였다. 걸음을 옮기기 시작하며 뒤를 흘긋 보았다. 내 몸이 그대로 탁자에 남아 있으면 얼마나 좋을까 생각하면서.

마운틴맨의 뒤를 따르며 그처럼 되기를, 그렇게 확신에 가득 차고 강인해지기를 바랐다. 고래를 수십 마리 죽인 경험이 있는 사람처럼. 아니, 100마리쯤 죽여 본 사람처럼. 고래를 죽이는 것이 매일매일 일어나는 시시한 일이라고, 스튜를 떠먹는 것처럼, 갑판 청소처럼 쉬운 일이라고 생각하기를.

계단을 올라갈 때 어떤 기억이 퍼뜩 떠올랐다.

아빠가 돌아가시기 전 여름에 나는 새총으로 토끼를 쏘았다. 다리를 맞혀 상처를 냈지만 죽이지는 않았다. 토끼는 다리를 절면서 도망가 숨으려고 했다. 아빠가 소총을 들었고 '탕' 하는 소리가 골짜기를 울렸던 일이 떠오른다. 토끼가 쓰러지고 내가 달려갔는데 토끼의 눈에서 빛이 스러지던 그 순간을 보고 말았다. 그 상황이 몹시 싫었다. 아빠한테는 숨겼지만 나는 슬펐다.

그 일 이후 나는 토끼를 더 죽였다. 그것은 평범한 일이 되었다. 그리고 그레타를 비웃었다. 예쁘게 머리를 땋고 여름 드레스를 입은 그레타는 소시지를 먹으면서 사냥이 역겨운 일이라고 말했다. 그레타가 소시지를 실컷 먹을 수 있는 건 누군가 친절하게도 돼지를 죽여 내장을 빼고 속을 채워 놓았기 때문인데 말이다.

그러니까 나는 죽인다는 것이 어떤 건지 알고 있었다.

나는 난간에서 밧줄을 잡아당겨 몸을 끌어 올려야 했다. 몸이 올라가지 않으려 했기 때문이다. 어찌어찌해서 갑판에 올라갔다. 짠 물보라가 얼굴에 쏟아졌다. 싸늘한 공기가 밀려와 몽롱하게 마비되어 있는 나를 깨웠다. 배가 파도와 바람 속에서 어지럽게 춤추며 뒤흔들리고 기우뚱거렸다.

갑판에 모르텐이 있었다. 두 눈을 부릅뜨고 광기 어린 미소를 띠고 있었다.

"정말 엄청 기대되네." 모르텐이 말했다.

선장이 내 어깨를 철썩 치고 웃었다. "이런 바다에서 네가 고래를 맞힐 가능성은 없어. 그냥 재미로 하는 거야. 전통이니까. 맞히든 말든 괜찮다, 페르."

그러나 마운틴맨은 벼르고 있었다.

"우리는 놓치지 않아!"

마운틴맨은 노련한 선원답게 갑판이 흔들리는데도 넘어지지 않고 잘 걸었고 내가 뒤를 따랐다. 어미 오리 뒤를 따라가는 새끼 오리처럼 뒤뚱뒤뚱.

"고래가 뿜는다! 다시 온다." 망꾼이 소리쳤다. 하지만 내 눈에는 청회색 바다만 보였다.

그런데 바로 그때, 고래가 잠수하기 전 숨 기둥을 올렸다. 이제 우리는 고래가 잠수하고 떠오르는 주기를 알고 있었다.

마운틴맨이 작살 포의 방아쇠 끝을 쥐었다. 그러나 겨냥하지는 않았다. 아직은 아니었다. 그가 망꾼 쪽을 본 다음 조타실 창으로 지켜보고 있는 선장에게 파도 모양과 자르는 시늉으로 수신호를 보냈다. 마운틴맨이 외쳤다. "속도를 올려."라고 하더니, 또 몇 초 뒤에는 "속도를 낮춰."라고 했다. 그것은 파도와 바람과 배, 포수와 망꾼과 선장이 함께 추는 춤 같았다.

고래가 뱃머리 100미터 앞에 있었다. 그리고 나는 작살 포 앞에 있었다. 마운틴맨이 내 손을 잡아끌었다. 한 손으로는 손잡이를 잡고 다른 손으로는 방아쇠를 잡도록 했다. 그때에야 비로소 나는 작살 포가 이미 장전되어 있다는 것을 알았다. 작살 촉이 달려 있었다.

내 자세가 제대로 된 것을 확인하고 마운틴맨이 말했다. "손가락을 딱 붙여 잡아. 당기지는 말고."

나는 단단히 서려고 다리를 넓게 벌렸다. 마운틴맨이 내 주위에서 왔다 갔다 하면서 작살 포 몸통을 잡고 추를 왼쪽 오른쪽 위 아래로 움직여 포가 고래를 놓치지 않도록 맞추었다. 나는 고래가 죽을 때까지 끝나지 않는 춤과 음악의 일부였다.

20미터 앞에 하얀 형체가 짙은 초록 물에서 올라왔다. 마운틴맨이 조준했다.

"준비됐나?"

고래가 수면을 찢고 나와 숨을 쉰 다음 가라앉았다. 마운틴맨이 작살 포 위치를 맞추었다. 그는 신기하게도 고래의 위치를 알았고, 심지어 고래가 보이지 않을 때도 고래를 보고 있는 것 같았다.

"다음번에 그 고래가 올라오면 내가 소리칠 테니 그때 네가 쏴." 마운틴맨이 말했다.

"저게 아까 그 고래인지 어떻게 아십니까?"

"크기를 봐라. 새끼를 뱄어."

"새끼요?"

"올라온다!" 망꾼이 소리쳤다.

그 고래가 보였다. 나는 손을 꽉 쥐었다. 나의 모든 것, 내 존재 전체가 강물처럼 팔을 타고 흘러서 손으로, 그다음에 손가락으로 흘러갔다. 선장, 망꾼, 모르텐, 마운틴맨, 선원들. 모두 지켜보고 있었다.

"잡자!" 모르텐이 외쳤다.

나는 작살이 새총이라고 상상하려고 애썼다. 뇌, 눈, 손이 함께 애썼다.

고래가 다시 나타났다. 움직이는 산이 올라왔다. 고래가 속도를 늦추었다.

"네 어머니가 자랑스러워하실 거야." 마운틴맨이 말했다.

머릿속에 어머니가 떠올랐다. 불러오는 배를 쓰다듬는 모습이. 준비되었다고 속으로 되뇌었다. 고래가 죽어 가는 모습을 보고야 말겠다고 다짐했다. 바로 쏴서 죽이는 것이 고래에게 더 낫다고 생각했다.

"내가 쏘라고 하면 방아쇠를 당겨." 마운틴맨이 말했다.

"네."

"준비됐나?"

그러나 머릿속에 죽어 가는 토끼가 다시 나타났다. 생각하려한 것도 아니고 생각날 줄도 몰랐다. 그 호박색 눈동자에서 스러져 가는 빛도 떠올랐다.

"아니요."

"뭐라고?"

"쏘고 싶지 않습니다, 올룹슨 씨."

내가 돌아서서 마운틴맨을 보았다. 그리고 그 포수도 나를 빤히 보았다. 아빠의 장례식 직전 사제가 교회 문에서 나를 보던 것과 아주 똑같은 표정이었다.

"해야 해." 마운틴맨이 내 귀에 대고 조용하게 말했다.

나는 고개를 저었다. 마운틴맨은 죽음에 굶주린 선원을 기대했다.

"나를 믿나?"

"네."

"그럼 내가 쏘라고 할 때 쏴."

"하지만 …… 이미 말씀드렸듯이 …… 쏘고 싶지 않습니다."

"알겠다고. 이 녀석아. 무슨 말인지 아니까 이제 내 말대로 해."

망꾼이 소리쳤다. "고래가 다시 옵니다!"

고래가 올라와 수면을 찢었다. 배가 거의 고래에 올라타 있었다. 나는 배가 고래와 충돌할까 봐 마음의 준비를 했다.

내 손가락이 방아쇠에 걸려 있었다. 마운틴맨이 조준기로 고래의 머리 뒤쪽을 겨냥했다.

"준비." 마운틴맨이 외치고 작살 포를 움직였다. 포를 왼쪽으로 슬쩍만 밀어도 결과가 완전히 달라질 텐데.

"쏴!" 마운틴맨이 소리쳤다.

내가 방아쇠를 당겼고 작살이 포 몸통에서 발사되었다. 작살에 감겨 있던 밧줄이 미친 속도로 풀렸다. 작살이 호를 그렸다. 작살 촉이 고래 머리에 맞고 살을 갈라 뜯어 놓은 뒤 회색 바다에 떨어졌다. 닻처럼 가만히 물에 잠겼다. 고래는 숨을 쉬고 잠수했다. 물속에 피 구름이 남았다.

"다시! 재장전!" 선장이 조타실에서 꽥꽥 소리를 질렀다.

마운틴맨이 작살 포에서 손을 뗐다. 선장 쪽을 보려고 고개를 돌렸는데 선장이 조타실에서 뛰어나오고 있었다. 마운틴맨이 고개를 가로저었다.

"우린 사냥 중일세, 올룹슨. 한 마리 죽여야지."

"그럼 다른 고래를 찾은 다음에 나를 부르쇼. 근처에 다른 고래들이 있소. 두고 보면 내 말이 맞다는 걸 알게 될 거요, 선장. 지금 가까이에 있으니까 죽이고 싶은 만큼 얼마든지 죽일 수 있소."

망꾼이 파도를 훑어보고 수평선에 쌍안경을 맞추었다.

"저기 고래들이 숨 쉰다!" 망꾼이 소리쳤다.

모두의 고개가 돌아갔다. 먼 수평선에 뿌연 구름 기둥이 잔뜩 있었다.

"밍크고래요." 마운틴맨이 말했다. "더 작고, 그리 똑똑하지 않지. 이런 바다에서라면 금세 따라잡을 수 있소. 이번 건 추적할 필요도 없이 잡게 될 거요."

"자네 말이 틀리면 어쩔 텐가." 선장이 말했다.

"맞다니까. 자, 페르, 우린 가서 근사한 베네수엘라 커피나 좀 마시자." 마운틴맨이 내 어깨에 팔을 두르고 작살 포를 옮기듯 나를 데리고 갔다.

"잘했어." 마운틴맨이 내 어깨를 조임쇠처럼 꽉 껴안으며 말했다.

"하지만 우리가 놓쳤습니다. 아니, 제가 놓쳤습죠."

"그랬나?" 그 거구의 눈에 장난기가 가득했다.

"고래가 시야에 있었습니다, 올룸슨 씨. 쉬운 일이었습니다." 내가 마운틴맨에게 말하는 건지 나 자신에게 말하는 건지 알 수 없었다.

"아니야, 녀석아. 쉽지 않았을 거야. 네가 마음을 비운 게 아니었다면."

그 이후

우리는 탁자 앞에 앉았다. 스벤의 앓는 소리가 침실에서 흘러나왔다. 그 일이 일어나지 않은 것만 같았다. 그저 신호를 기다리고 있던 때 같았다.

모르텐이 우리를 따라 내려왔다. 아무렴, 따라오지 않을 사람이 아니었다. 나는 식탁과 그 복잡한 나뭇결을 가만히 바라보고 있었다.

"커피 좀 타 줄래, 모르텐?" 마운틴맨이 말했다. "수프도 좀 가져오고. 페르 것도."

"수프?" 내가 말했다. 그 단어가 생소하게 들렸다. 뜻이 없는 말 같았다.

모르텐은 수프를 만들러 가지 않고 우리 앞에 팔짱을 낀 채 서 있었다.

"어떻게 된 거지?"

"내가 놓쳤어."

"그래, 네가 놓쳤어. 맞다, 그랬어."

"수프랑 커피 줘." 마운틴맨이 말했다. "조리사 친구, 너무 수고스럽지 않다면."

"지금 배가 울렁거리고 있습니다." 모르텐이 말했다. "이렇게 흔들리면 수프를 만들 수가 없습니다."

"그러면 커피라도 줘."

"하지만……."

마운틴맨이 한 번 쏘아보자 모르텐이 입을 다물었다.

모르텐이 커피콩을 갈아 물에 넣고 끓였다. 화물칸에 진한 커피 향이 가득 찼다. 얼마 지나자 큰 물결과 바람이 잠잠해졌다. 커피가 다 끓자, 배가 균형을 되찾았다.

"폭풍이 올 줄 알았어." 마운틴맨이 말했다. "그런데 그냥 돌풍이었네."

배가 턱턱 엔진 소리를 내며 꾸준하게 나아갔다. 마운틴맨이 후루룩거리며 커피를 몇 모금 마셨다.

"맛있네." 마운틴맨이 말했다. "이제 수프 가져 와."

모르텐이 발을 질질 끌며 화덕에 가서, 채소와 칼을 꺼내서 국물을 우릴 준비를 했다.

"제가 봤습니다." 모르텐이 말했다.

"뭘 봤다는 거야?" 마운틴맨이 말했다.

나는 모르텐이 무엇을 보았는지 알고 있었다.

"네가 마지막 순간에 작살 포를 밀었어. 일부러 빗맞힌 거야. 겁쟁이 맞구먼."

내가 일어서서 모르텐 앞에 섰다. 조리대가 우리 사이를 가로막고 있었다. 모르텐이 나를 쏘아보았다. 나는 몸을 기울여 그를 때릴 생각을 했지만, 모르텐도 똑같은 생각을 한다는 것을 알고 있었다. 먼저 한 대 칠 생각.

"나는 겁쟁이가 아니야." 내가 말했다. 잠시 후 모르텐은 다지고 썰기를 계속했다.

"그럼, 나 요리하는 거 도울 테냐?" 모르텐이 말했다. 내가 너무 가까이 있어서 불안한 듯 보였다.

"국자랑 네 앞치마를 줘." 내가 말했다.

"뭐라고?"

"국자랑 네 앞치마 달라고."

"싫어."

"너는 고래를 죽이고 싶잖아? 올롭슨 씨한테 가서 커피 마셔. 준비하라고."

"위에서 곧 나를 부를 거야." 마운틴맨이 말했다. "다들 페르가 다시 쏘기를 바라고 있지. 하지만 네가 쏜다고 해도 뭐라고 하지 않을 거야."

모르텐이 앞치마에 손을 닦고는 그것을 벗어서 나한테 건넸다. 그가 마운틴맨에게 다가가 앉았고, 나는 냉장고에서 생선을 꺼내 왔다.

"내가 요리할게." 나는 모르텐이 했던 것보다 훨씬 더 잘게 채소를 다졌다. 양파를 저며 기름과 함께 냄비에 넣고 화덕에 올렸다. 그다음에 병에서 허브를 꺼내 뿌렸다.

"넌 여기에 말린 딜이 있는 걸 몰랐지, 모르텐?"

모르텐과 마운틴맨은 아무 말 없이 앉아서 바라보기만 했다. 허브와 양파가 익기 시작하자 나는 칼로 생선 손질을 시작했다.

스벤이 침실에서 나왔다.

"무슨 냄새지?" 스벤이 코를 킁킁거렸다.

"스튜예요." 내가 냄비에 채소를 더 넣고 물을 부었다. 생선 대가리, 통양파, 통후추도 넣었다.

"난 생선 대가리랑 양파는 먹기 싫어." 모르텐이 말했다.

"원래 먹지 않는 거야. 그냥 국물을 우리는 거지. 넌 소금 이만큼 넣지?" 나는 소금을 조금만 뿌렸다. "한 움큼씩 넣으면 안 돼."

"나 요리 잘하거든." 모르텐이 말했다.

"아니, 넌 못해. 너는 생선 뼈를 너무 오래 끓여. 국물에서 쓴맛이 나게 만들지. 국물을 뭉근하게 오래 우려내지 않아. 너는 고래를 잡고 싶잖아. 그렇지, 모르텐? 가서 고래를 잡아. 요리는 내가 할게."

모르텐이 씩 웃으며 앉아 있었지만, 성난 개처럼 안절부절못했다.

"넌 겁쟁이야." 모르텐이 짖듯이 빽 소리를 질렀다.

마운틴맨이 한 손을 들어 올리자, 모르텐이 움찔했다. 포수가 손을 그대로 든 채 동작을 멈추었다. 모르텐을 잠깐 바라보고 있더니 손을 내려 호주머니에 넣었다.

"어이구야, 넌 그런 말 할 자격도 없다."

편지

"왜 그만 읽으세요, 할머니?" 아비가 물었다.

"불빛 때문에. 좀 어둡구나. 피곤하기도 하고. 이게 쉬운 일이 아니네. 읽고 번역하는 것 말이다."

"하지만 더 남았는데요?"

할머니가 공책을 손으로 쓱 넘겨 보다가 잠시 멈추었다가 또 넘겼다.

"이제 우리 아버지가 완전히 도살자는 아니었다고 생각하는 것 같구나, 아비."

"네, 제 생각엔 …… 그러니까, 하지만 증조할아버지는 고래잡이기는 했죠. 고래잡이배에서 일하셨으니까요."

"너라면 다른 일을 했을 것 같지?"

"당연하죠!"

"어땠을지는 모르는 거야, 아비가일. 넌 아는 것도 많고, 교육도 받지. 하지만 옛날 사람들은 그렇지 않았어. 고래가 어떤 존재인지 전혀 몰랐어."

"맞아요. 증조할아버지가 선택하신 거라고 생각해요. 최선의 선택을요. 하지만⋯⋯." 아비가 단어를 떠올리려 애썼다. "뇌 용량이 부족해서 이게 처리가 안 되네요. 그게 ⋯⋯ 그게⋯⋯."

"복잡하지? 그런 일에 대해 단정하기는 어려운 법이야."

"뒷부분엔 뭐라고 쓰여 있어요? 거기 뭐가 있어요?"

"조금밖에 읽지 않았는데 그 이후 이야기야. 아버지가 노르웨이에서 녹음 기구를 샀던 게 분명해. 어머니가 아버지한테 몹시 실망했지. 어머니는 왜 아버지가 아닌 모르텐이 포수가 됐는지 이해하지 못했어. 왜 아버지가 요리사가 되어 버렸는지를. 돈 벌기 나쁜 일은 아니었고 오히려 요리사로 꽤 유명해졌어. 선장들이 자기 배에 아버지를 태워 가려고 경쟁하곤 했지. 하지만 망꾼이나 선장, 포수가 버는 돈에 비하면 아무것도 아니었어. 아버지는 돈을 신중하게 쓰는 편이었지만 고래잡이 회사, 나중엔 고래기름 회사의 주식까지 차근차근 사들였지. 이 공책에 자세히 나와 있어."

"그 녹음에 대해선 뭐라고 쓰여 있어요?"

"좀 춥구나. 안으로 들어가자. 이렇게 하자꾸나. 네가 요리를 마무리하렴. 그럼 내가 등불을 켜고 공책을 읽어 줄게. 괜찮지?"

할머니가 손을 내밀었고, 아비가 손을 마주 잡고 흔들었다. 할머니의 손은 손바닥과 손가락은 거칠지만 손등은 부드러웠다. 연약한 느낌이었다.

오두막의 모습은 이렇다. 한쪽 끝에 탁자와 의자 두 개가 있고 반대쪽 끝은 주방이다. 수도꼭지와 개수대가 있다. 물건을 넣어 두는 나무 상자 두 개. 화덕. 난로. 벽난로 옆에 오두막의 유일한 방이 있다. 그곳에서 할머니가 잠을 잔다. 문이 열려 있어 아비가 안을 들여다보았다.

순록의 머리와 뿔이 벽에 걸려 있었다. 오래되어서 노르스름한 나뭇가지 모양의 뼈. 그 순록의 것 같은 털가죽이 또 다른 난로 앞에 깔려 있었다. 소나무 냄새가 났다. 스튜 냄새와 섞여 있었다. 아비의 입에 침이 고였다. 냄새를 따라 '주방'으로 갔다.

"뭘 더 넣어야 할지, 간을 좀 봐." 할머니가 말했다. "그리고 화덕에 땔나무를 하나 넣어라." 할머니가 난로 옆 안락의자에 앉아 꼬챙이로 잉걸불을 쑤석거리고 입김을 불어 넣은 다음 난롯가 바구니에서 마른 이끼와 잔가지를 꺼내 태웠다.

"사람들이 인생에서 어떤 길을 선택하는가는 참 묘해. 왜 그런 선택을 하게 되는 건지. 이런 녹음테이프도 말이야. 너무 많잖아. 강박인 것 같아. 하지만 내 생각에 아버지가 그것들을 가지고 무언가 했던 것 같지는 않아."

아비가 스튜를 저어 맛을 보았다. 후추와 소금을 더 넣고 와인을 조금 넣었다. 할머니는 화롯불을 피우고 나자 만족스러워하며 등불을 켜고 공책을 획획 넘기며 읽었다.

"중요해 보이는 게 있으면 말해 줄게. 이 부분은 고래에 대한 것 같네. 고래의 수, 행동 방식 같은 것. 뒷부분은 훨씬 더 자세하게 아주 잘 쓰여 있어. 이 대목에서는 고래잡이 어선의 수도 기록했어. 또 저기에선 물고기 떼 이야기만 해. 물고기 종류랑 그것들이 어느 방향으로 움직이는지. 그리고 플랑크톤, 큰 고래의 먹이. 그리고 여기는 …… 어머나." 할머니가 멈칫했다.

할머니는 공책 사이에서 봉투를 꺼내 열어 보았다.

"아버지가 쓴 편지네. 오슬로 대학에 보내는 거야. 아버지가 자기소개를 하고 흥미로운 사실을 발견했다고 썼어. 그 녹음에 대한 이야기를 했어."

"뭐라고 썼어요?"

"이렇게."

오랜 시간이 지난 뒤 저는 큰 고래의 언어와 노래에 관해 결론을 내렸습니다. 그것들의 의사소통은 두 가지 방식으로 나눌 수 있습니다.

첫 번째 방식은 휘파람 소리, 딱딱 소리와 끙끙 소리를 짧게 뱉어 내는 것입니다. 저는 다른 많은 동물의 소리와 마찬가지로 이것이 눈앞에 닥친 위험, 먹이의 위치와 양을 알려 주는 언어라고 생각합니다. 제가 들어 보니, 어미가 새끼를 부르거나 새끼가 어미를 부를 때는 특정한 소리를 사용했습니다. 그러니까 고래들에 이름이 있는 것 같습니다. 또 물고기 떼나 플랑크톤 무리를 따라 이동할 때는 또 다른 소리를 사용해서 서로를 부르는 것을 들었습니다.

그것을 완벽하게 해독할 수는 없습니다. 고래의 노래는 다른 동물의 언어와 비슷하지만 더 복잡합니다. 고래의 언어보다 더 뛰어난 것은 인간의 언어밖에 없습니다.

일부 고래 종이 사용하는 두 번째 방식의 언어는 더 정교합니다. 제가 연구하고 있는 것이 바로 이 노래들이고 이것들을 해독하려고 오슬로 대학에 도움을 요청하는 것입니다.

감히 말씀 드리자면, 우선 고래의 모습만큼 노래도 인상적입니다. 노래는 30분 이상 계속됩니다. 교향곡 한 곡이나 아주 길고 상세한 책 한 권과 비슷한 양의 정보를 담고 있고 그만큼 복잡합니다. 고래가 보일 때 노래가 들리는 일은 아주 드뭅니다. 대부분의 경우 고래를 보고 있을 때는 노래가 들리지 않고 노래가 들릴 때는 고래가 보이지 않습니다.

노래들의 기본 구조는 같지만, 나머지 부분은 아주 다릅니다. 그래서 제가 노르웨이에서 녹음한 노래가 남극에서 녹음한 노래와 거의 똑같다는 사실을 깨달았을 때 깜짝 놀랐습니다.

고래 한 마리가 아주 먼 거리를 이동한 것일까요? 하지만 매우 운 좋게도 저는 그 두 고래를 모두 직접 보았고, 둘의 무늬는 전혀 달랐습니다. 그래서 저는 그 고래가 이동한 것은 아니라고 결론 내렸습니다. 그러면 그 고래에게 노래를 전달받은 또 다른 고래가 남극까지 간 것일까요?

더 알아보니 과학자들은 노르웨이 근방의 고래들이 정주한다고 보고 있었습니다. 이주하거나 떠돌아다니지 않는 고래였던 거죠. 그러니까 고래가 아니라 노래가 이동한 것입니다.

저는 이것에 대해 아주 오랫동안 고민했고 많은 고래의 녹음을 들었습니다. 그러자 패턴이 드러났습니다. 노래의 내용이 날씨, 바닷물 온도, 제가 다음 날 본 고래의 수, 청어 떼 등 기록해둔 많은 것과 연관이 있었습니다. 제가 더 멀리 항해를 나가서 고래뿐만 아니라 환경에 관한 정보도 모두 기록했습니다.

그래서 저의 결론은 고래의 노래들이 사실상 하나의 노래라는 것입니다. 계속해서 변하는 교향곡, 매번 다른 합창단이 부르는 하나의 노래 말입니다. 그런데 고래의 노래는 단순한 노래가 아닙니다. 말하자면 고래들이 가진 정보의 전달 방법, 생각의 연결망입니다.

이것이 너무 황당한 생각일까요? 고래의 두뇌는 거대합니다. 많은 공룡의 뇌는 호두알만 했습니다. 하지만 고래의 뇌는 크기만 한 것이 아닙니다. 그렇게 진화한 이유가 무엇일까요? 단순히 지능의 문제가 아닙니다. 고래들에게는 바다의 상태를 기록하고 반영하는 하나의 공동체, 고래 전체의 공동체가 있습니다.

그런데 제가 어떻게 그 증거를 찾을 수 있겠습니까?

저보다 훨씬 더 위대한 지성을 가진 분들이 필요합니다. 제 말을 당장 증명하기는 어렵더라도 이 이론에 대해 알아보려면 고래의 노래를 아주 많이 녹음해야 합니다. 그리고 관측 자료를 비롯한 많은 정보와 함께 연구해야 합니다.

이제 이 편지를 쓴 목적으로 돌아오겠습니다. 여러분이 이 일을 도와주시기를 정중하게 부탁드립니다. 더 많은 연구자가 녹음 도구를 가지고 고래잡이 어선에 동승할 수 있도록 해 주십시오.

이렇게 불쑥 편지로 부탁하는 것이 정당한 절차는 아니겠지만 부디 직접 녹음을 들어 보시고 제 기록과 관찰 결과를 읽어 보시기 바랍니다. 그리고 직접 만나 논의를 하고 싶습니다.

진심을 담아서, 페르 크리스텐센

추신. 제가 이 노래들의 본질을 정확하게 알지 못합니다. 하지만 그 본질이 제 상상보다 훨씬 더 중요하고 신기할 것이라는 강한 예감이 듭니다.

•

할머니가 편지를 다리 위에 내려놓았다.

"편지를 보내지는 않으신 거죠?" 아비가 말했다.

"아니, 보냈어. 편지봉투에 우리 집 주소가 쓰여 있어. 하지만 아버지의 글씨가 아니야. 편지가 답장 없이 그대로 돌아온 것 같아. 아버지가 왜 이 일에 대해 별로 말씀을 하지 않으셨는지 이제 알 것 같구나."

"왜요? 왜 답장을 하지 않았을까요?" 아비가 말했다. "사람들이 왜 관심을 가지지 않았을까요?"

"노르웨이는 지금도 고래잡이 국가지만 예전엔 고래잡이가 거의 온 나라의 산업이었어. 그 시절에 어떤 노르웨이 교수가 고래를 이런 식으로 연구하려고 했겠니? 무슨 이득을 볼 수 있었겠어? 남들한테 따돌림이나 당했겠지. 당시에 사람들에게 중요했던 건 고래를 잡아서 가공하고 팔아먹는 더 좋은 방법을 찾아내는 것뿐이었지. 1960년대와 1970년대에 연구를 한 건 다른 나라 사람들이었어. 내 기억엔 미국인이었던 것 같은데. 그렇게 연구해서 증명한 덕분에 나중에 거의 모든 나라가 그 끔찍한 사냥을 그만두었지. 하지만 우리나라는 아니었어."

"우와. 그럼, 할아버지는 도살자가 아니셨어요. 전혀 아니었어요. 증조할아버지는 고래에게 뭔가 특별한 것이 있다는 걸 아셨어요. 그걸 증명할 기회가 없었을 뿐이네요. 너무 안됐어요."

"이제 세상과 고래 얘기는 저녁을 먹을 동안 미뤄 두어야겠구나. 화덕에서 스튜를 내려놓으렴. 그리고 식사 준비가 다 됐다고 식구들한테 알려야겠지. 그게 네가 식구들 마음을 돌려놓는 방법일 테니."

아비는 손을 닦고 앞치마를 벗은 뒤 바깥으로 나갔다. 비는 그쳤고 하늘은 맑았다. 수평선이 보일 것이다. 아비가 언덕을 오르기 시작하다가 멈추고 그곳에서 아주 여러 번 했듯 고개를 돌려 바다를 바라보았다.

"아, 문라이트. 너라면 분명 이해할 수 있을 텐데……." 아비가 '그 노래들을'이라고 말하려다가 문득 생각했다. 그 편지에 대해서. 공책들. 녹음테이프. 문라이트가 관찰한 것들에 대해서. 아비는 다시 언덕을 달려 내려와서 오두막의 문을 벌컥 열고 들어갔다.

"증조할아버지도 하나의 노래가 실은 서로 다른 수많은 악기로 연주되는 거라고 했어요! 그러니까 많은 노래지만, 하나의 교향곡이기도 한 거죠. 고래들이 하나의 오케스트라인 것처럼요. 바다 자체도, 그리고 바다에 사는 모든 생물도 그 오케스트라인 거예요. 증조할아버지도 문라이트처럼 말했다고요!"

"네가 아주 정신이 나간 것처럼 말하는구나. 진정해라!" 할머니가 말했다.

"고래들은 이동하잖아요? 그런데 어디로 가야 할지 어떻게 알까요? 그리고 더 중요한 건, 고래들이 이동할 길뿐만 아니라 그 여행의 끝에 무엇이 기다리는지 안다면요? 할아버지가 정보의 '전달 방법'이라고 불렀죠. 그리고 …… 그리고……."

"그리고 뭐?"

"할머니. 그건 노래가 아니에요. 노래가 아니라고요."

"그러면 그게 뭐니?"

아비가 눈을 바다에 붙박아 둔 채 문간에 섰다. "여러 가지 것이 될 수 있겠지만 한마디로 말해야 한다면 …… 그건 지도예요. 할머니 …… 지도라고요."

수색

식구들이 깨어나기 전에 아비가 할머니와 해변에 섰다. 카누를 물가에 댔다. 안에는 구명조끼 두 벌, 스노클, 오리발, 수건, 도시락 바구니, 할머니가 준 챙 넓은 모자, 닻과 밧줄이 있었다. 둘은 집 쪽을 흘깃거리면서 구명조끼를 입었다.

"서둘러," 할머니가 말했다. "누군가 일어나기 전에. 그리고 네가 이것을 물속으로 밀어야 해. 나는 힘이 없단다."

"괜찮을까요? 저는 …… 외출 금지잖아요. 이건 흐발리괴이에 헤엄쳐 가는 정도가 아니에요. 식구들이 우릴 찾으려 할 거예요. 아빠는 화가 나서 펄펄 뛰겠죠."

할머니가 눈을 흡떴다. "전에 네가 바보 같은 짓을 저지른 건 맞아. 그때는 위험했어. 지금도 바다가 위험할까? 아니, 바다는 잔잔해. 오늘도 구명조끼를 안 챙겼니? 아니지. 네가 혼자 가니, 네 동생을 위험에 빠뜨릴 거니? 아니지. 너는 네가 아빠 말을 전혀 듣지 않다가 그다음에 갑자기 아빠가 하라는 대로 고분고분하면 된다고, 그렇게 단순하게 생각하는 거니? 사실은 그렇게 생각하지 않잖아? 그리고 설사 우리가 식구들한테 구박받아 쫓겨난다고 해도 어쨌든 둘이잖아. 오두막은 쫓겨나 있기 좋은 곳이야. 식구들이 그 이상 너한테 뭘 어떻게 하겠니, 아비?"

아비가 팔을 벌려서 할머니에게 훅 달려들었다.

"그렇게 세게 누르지 마라. 내가 자몽도 아닌데 주스를 만들려는 거냐."

아비가, 폭풍우가 오던 날 고래가 나타났던 지점을 기억해 내려고, 그곳을 찾으려고 애썼다. 하지만 오늘, 바다는 끝도 없고 사방이 다 똑같았다. 얼마간 나아간 다음, 폭풍 속에 있었을 때와 섬과 집, 오두막이 비슷한 크기로 보이면 노를 멈추고 닻을 내렸다.

문라이트가 뭐라고 말했더라?

"저는 15미터까지 방수가 됩니다."라고 했던 것 같다.

"받아." 할머니가 아비 쪽으로 스노클 마스크를 흔들었다.

아비가 구명조끼의 띠를 풀었다. 헤엄쳐서 물 아래로 내려가는 상상을 했다. 곧바로 카누 옆을 꽉 잡았다. 호흡이 빨라졌다. 목이 막혔다. 숨을 쉬려고 헉헉거렸다. 땀이 솟았다.

"아비, 아비가일!" 할머니가 몹시 걱정하는 눈으로 아비를 보았다.

"괜찮아요. 그냥 …… 할 수 있을지 걱정돼서요." 아비가 숨을 참으려고 해 보았다. 위기의 지구에서 배운 것을 떠올렸다. "약간 무서운 것뿐이에요."

"우리한텐 남는 게 시간이야. 이렇게 하는 건 어떨까? 고개를 숙이고 얼굴만 물에 담그는 것부터 해 보는 거야."

아비가 천식 흡입기를 꺼내 들이마셨다. "좋네요." 아비는 수평선 쪽을 보았다. 훈련받은 것을 떠올렸다. 천천히. 차분하게. 숨을 쉬어라. 집중할 점을 하나 찾아라. 그렇게 했다. 멀리, 저 멀리에 새 한 마리가 낮게 날고 있었다. 멀리 있어서 그냥 검은 색 점에 불과했다.

새가 움직이지 않는 것 같았다. 그런데 가만히 지켜보다가 깨닫게 되었다. 사실은 새가 자신들을 향해 다가오고 있다는 것을. 새의 폭이 적어도 1미터는 되었다. 아비는 그것이 갈매기이기를 바랐다. 하지만 날개가 펄럭이지도 움직이지도 않았다. 계속해서 윙 하는 소리가 들렸다. 머릿속에서 처음에 그렸던 야생 동물의 모습이 점차 진짜 모습으로 바뀌었다.

티그가 봤던 금속 새였다. 목덜미의 털이 곤두섰다. 드론이었다! 아비가 모자와 선글라스로 손을 뻗었다. 드론이 금세 머리 위까지 와서 맴돌았다. 더 가까이서 보니 새라기보다는 거대한 곤충처럼 보였다.

"아비가일 크리스텐센." 퉁명스러운 목소리였다.

그 곤충의 몸통은 문라이트와 비슷하지만, 더 작은 사각형이었다. 검은색 정육면체에, 머리에 해당하는 카메라가 회전하며 훑어보았다.

"당신은 아비가일 크리스텐센입니다." 묻는 것이 아니라 딱 잘라 말했다. 아비는 고개를 숙여, 모자와 선글라스로 가려지지 않은 부분이 잘 보이지 않도록 했다.

"너는 누구냐?" 할머니가 말했다. "너는 뭐야?"

"우리는 뉴텍입니다. 아비가일 크리스텐센을 찾고 있습니다. 우리는 노르웨이 경찰과 함께 일하는 중입니다. 아비가일 크리스텐센이 뉴텍의 소유물을 가지고 있습니다. 그것은 아주 귀중한 것입니다. 우리는 그 소유물을 되찾을 수 있도록 정보를 제공하는 사람에게 포상할 것입니다."

"무슨 물건을 찾고 있어?"

"기기입니다. 그것이 가까이에 있으면 우리가 신호를 찾아 연결할 것입니다. 그 인공지능은 끌 수도 숨길 수도 없습니다."

"그런데 포상금이 얼만가?"

"12만 크로네입니다."

"많이 주네. 잠깐만 …… 어떤 영국 여자애가 가족들이랑 있었어. 일전에 헬름스피오르에서 그 사람들이랑 이야기했었지. 저기 북쪽에 머무르고 있을 거야."

"얼마나 멉니까?"

"아, 배로 한 시간도 안 걸려. 엔진 달린 보트로 말이야. 그 멀리까지 날아갈 수 있겠어?"

"그렇습니다. 당신 이름이 무엇입니까? 포상금을 받을 수도 있습니다."

"어 …… 토베, 닐센?"

드론이 공중으로 높이 올라가더니 북쪽으로 총알처럼 날아갔다.

아비가 가슴에 한 손을 올렸다. "심장이 너무 심하게 뛰어서 정말 튀어나오는 줄 알았어요."

"네가 그 컴퓨터를 훔친 거니?"

"돌려주려고 했다가 못 돌려준 것뿐이에요. 도서관에 책 연체하는 것처럼요."

아비는 드론이 사라지는 모습을 지켜보았다. "저게 다시 올 거예요. 그리고 다른 것들도 같이 오겠죠. 저건 아주 정교한 모델은 아닌 것 같아요. 하지만 안면 인식 소프트웨어가 있을 텐데. 내 얼굴을 인식하고 신분 확인 결과에 '불확실'로 기록했을 거예요."

"하지만 저게 질문을 했잖아. 네 컴퓨터처럼."

"그렇게 뛰어난 게 아니에요. 단순한 질문을 했고 간단한 대답을 이해했지만, 할머니가 거짓말을 하는지 알아채지 못했죠. 하지만 뉴텍에서 누군가가 와서 녹화된 것을 분석할 거예요. 의심스럽다고 생각하겠죠. 그렇게 멀리까지 가지 않고 돌아올 거예요."

"그들이 그 컴퓨터를 원하는 거로구나."

"문라이트. 그 컴퓨터 이름은 문라이트예요. 우리가 그걸 찾는다고 해도, 그리고 만약에 문라이트가," 아비가 말을 멈추었다. 이 단어를 써야 할까? 정말 이 단어를 쓸까?

"살아 있다면?" 할머니가 도와주었다.

아비가 고개를 끄덕였다.

"드론이 신호를 발견하지 못했잖아요. 저 밑에서 녹슬어 가는 중인 것 같아요. 어쨌든 기계일 뿐이니까요."

"그런데 아직 작동 중이라면 어쩌지?"

"그럼, 저들이 못 가져가게 해야죠."

"할 수 있을지 모르겠어요."

아비가 선혜엄을 쳤다. 수영은 할 수 있지만 머리를 물 밑에 넣고 마스크를 통해서 보고 스노클로 숨을 쉬려고 할 때마다 생각만으로도 공포가 몰아쳐 온몸 구석구석에 가득 찼다.

숨 쉬어. 그냥 숨 쉬면 돼. 일전에 아비가 어떻게 해야 할지 알려 주던 목소리를 기억해 내며 자신을 다독였다. 그게 드론이었을까? 문라이트였을까?

아비는 코로 길게 숨을 들이마셔서 폐를 가득 채우고 입을 통해 천천히 내쉬었다. 한 번 더. 또 한 번 더. 그런 다음 머리를 물에 넣고 눈을 떴다. 호흡이 격하고 급하지만 안전하다고 되뇌었다. 아비는 호흡이 안정될 때까지 기다린 후에 눈을 뜨고, 수직으로 서 있던 몸을 수평으로 누인 다음 헤엄치기 시작했다.

이곳은 어둑어둑했다. 으스스한 바다 구덩이였다. 양쪽으로 모래와 바위가 보였다. 그래서 여기서부터 찾기 시작한 것이었다. 더 얕은 부분이어서. 아비가 왔다 갔다 하면서 문라이트를 찾아보았다.

어렸을 때 잃어버린 비스킷이라는 강아지를 찾을 때와 비슷했다. 가슴속이 희망으로 아리고 혹시 문라이트일지 모를 그림자나 형체가 보일 때마다 심장이 쿵쿵 뛰었다. 그건 그냥 기계야, 아비가 자신에게 말했다. 바보처럼 굴지 마. 감상적이 되면 안 돼.

아비가 헤엄치고 또 헤엄치며 보트 주변을 샅샅이 살펴보고 더는 볼 데가 없다는 생각이 들 때 보트에 올라갔다. 50미터 정도 이동해서 같은 방식으로 반복했다.

하지만 가망이 없었다. 바다는 너무도 넓었다. 그날 밤 해안에서 아주 멀리 나왔다. 그런데 얼마나 멀리까지 왔을까? 정확하게 어떤 방향으로 왔을까? 아비가 카누에 앉아 별로 내키지 않지만, 할머니가 준 샌드위치를 먹었다.

"소용없겠어요. 어두워질 때까지 찾아볼 수 있겠죠. 아니면 헨리크 삼촌과 아빠가 와서 데려가기 전까지요. 하지만 문라이트가 저 아래에 있다고 해도 보이지 않을 것 같아요."

둘은 오랫동안 말없이 앉아 있었다. 아비는 먹었고, 할머니는 보트 옆으로 고개를 숙이고 자줏빛 바다를 들여다보고 있다.

"그게 무슨 일을 하는 거니? 그 컴퓨터 말이야. 왜 그렇게 중요한 거야?"

"생태계를 조사해요. 동물과 식물의 대화를 연구하죠."

"그러면 너도 그 컴퓨터와 대화를 하려무나."

아비가 씹던 입을 멈추었다. "뭐라고 하셨어요?"

할머니가 닻 밧줄을 잡아당기기 시작했다.

"뭐 하시는 거예요?" 아비가 물었다.

"자, 들어 봐. 나를 도와주면 돼."

둘이 닻을 감아올리고 나서 할머니가 닻을 아비에게 건넸다.

"그걸 물속에서 쾅쾅 쳐. 요란하게. 그다음에 머리를 물속에 넣고 소리를 크게 질러 봐. 어쩌면 문라이트가 네 목소리를 들을 수도 있잖아."

"할머니, 할머니는 천재예요."

아비가 닻을 흔들다가 카누 옆을 후려치자, 카누가 크게 흔들렸다. 그런 뒤 아비가 물에 들어가서 머리를 물속에 넣고 크게 외쳤다. 입에서 공기 방울이 올라오며 둔한 소리가 났다.

문라이트.

문라이트.

그다음 배에 다시 올라가 폐에 공기를 한껏 채운 뒤 고래고래 소리를 지르며 닻으로 보트 옆을 쾅쾅 두드렸다.

"문라이트! 문라이트!"

"괜찮아요." 아비가 천식 흡입기를 빨아들이고 할머니에게 말했다. "서쪽으로 약간 더 나아가서 똑같이 해 봐요."

"실망한 것 같구나, 아비."

"네. 하지만 계속해 봐요."

그들이 노를 잡고 이동할 준비를 했다.

"아비야," 할머니가 말했다. "내가 전에도 말했지만 네가 희망을 버리고 포기해 버린 직후, 잠깐, 저 소리 들리니?" 할머니가 손을 말아 귀에 대고 들었다. "저건……." 할머니가 노를 내려놓고 보트에서 소리가 나는 것처럼 무릎을 꿇고 몸을 낮추었다. 보트 밑에서 나는 소리를 듣고 있는 것 같기도 했다.

"아무 소리도 들리지 않아요." 아비가 말했다.

"바다의 음악이야. 아버지가 녹음한 것과 비슷해. 노를 저어, 아비, 저어." 할머니가 북쪽을 가리켰다.

아비가 노를 저었다. 50미터 정도 간 뒤에 멈추었다. "아직도 들리세요?"

"아니, 여기서 다시 두드리고 불러 봐."

아비가 스노클을 썼다. 이곳은 더 어둡고 훨씬 더 깊었다. 소용없어, 아비가 자신에게 말했다. 문라이트가 여기에 있다고 해도 여기는 너무……. 그때 희미하게 앓는 소리와 휘파람 소리가 들렸다. 고래의 노래였다.

바다에서 푸른빛이 폭발하듯 밝게 뿜어져 나왔다. 아비가 놀라서 바라보았다. 별들이 소용돌이치며 이동하는 것 같았다. 저건! 문라이트가 고래처럼 노래를 불러 플랑크톤이 빛을 내도록 하고 있었다. 그리고 저쪽에, 그래, 저기, 저 아래 물속에 밧줄 끄트머리가 떠 있었다.

아비가 세 번 고르게 호흡했다. 세 번째 호흡에 맞추어 보트 가장자리로 뛰어내려 잠수했다. 귀에서 비명이 들리는 것 같았다. 폐가 아팠다. 아비는 공포와 싸우고 있었다. 강철 같은 의지가 있어야 했다. 한 번 더 팔을 저어, 또 한 번 저어, 아비가 자신에게 말했다. 하지만 팔을 저을수록 힘만 더 들고 앞으로 잘 나아가지는 않았다. 물이 자신을 밀어내고 있는 것 같았다.

아비가 아래로, 더 아래로 헤엄쳐 내려가 마침내 밧줄 끝을 손가락으로 더듬어 찾아 밧줄을 손목에 감았다. 몸을 뒤집어 위로, 빛을 향해 위로 헤엄치고 밧줄을 당기며 수면으로 올라왔다. 덜덜 떨면서 필사적으로 공기를 들이마셨다. 밧줄을 할머니에게 건넸다.

이제 모두 보트에 있었다. 문라이트는 아비 손에 있었다.

"감사합니다, 아비. 감사합니다, 할머니. 혼자 아주 오래 있었어요. 두려웠어요. 아비를 보고 목소리를 들으니 너무 좋아요. 괜찮아요, 아비? 울고 있군요."

"괜찮아. 난 괜찮아. 아주 좋아, 문라이트. 자, 집에 가자. 식구들이 찾으러 오기 전에."

"아직 안 가요. 제가 해류를 추적하고 바람과 파도의 속도와 방향을 포함한 데이터를 분석할 수 있어요. 물에 잠기기 시작할 때부터 폭풍이 끝날 때까지의 데이터요. 보트의 난파 경로가 이곳에서 정북 쪽인 섬까지예요. 그러니까 그곳에서 타이거를 찾을 수 있습니다. 티그가 좋아할 거예요.”

아비가 하늘에 드론이 있는지 살펴보았다.

“그들이 너를 찾으러 왔었어.”

“뉴텍이요? 맞아요, 폭풍이 몰아치는 동안 그들이 왔던 것을 알고 있습니다. 제가 너무 깊이 잠겨서 그들이 감지할 수가 없었어요.”

깨달음

할머니가 쌍안경을 눈에 붙이고 북쪽 하늘과 바다에 금속 새가 있는지 살펴보았다. 티그는 타이거를 바싹 끌어안은 채 할머니 옆에 앉아 있었다. 아비는 오두막에서 짐을 쌌다. 본채에서 몰래 가지고 온 옷 몇 벌과 할머니가 싸 준 음식이었다.

아비가 떨리는 손으로 짐을 챙기고 확인하다가 무심코 문라이트를 보았다. 문라이트가 탁자 위에서 어른어른 빛을 내고 있었고, 빛과 함께 주변 공기가 떨리면서 춤추고 있었다.

문라이트가 해 준 이야기가 아비의 머릿속에서 노래처럼 자꾸자꾸 맴돌았다. 머릿속에 새겨져 버렸다. 이제 무슨 일이 일어나도 그것을 잊을 수가 없었다. 아비의 일부가 되었다. 그 말은 이미 세상 밖으로 나와 버렸다. 아비는 램프의 요정을 병 속에 다시 넣을 수 없고 넣어서도 안 된다고 생각했다.

"다시 말해 줘, 문라이트. 전부."

"그 노래는 사실상 지도입니다. 아비가 보고 들었던 새끼 고래들이 지구에서 마지막으로 태어난 고래일지도 모릅니다. 고래들은 노래를 따라 항해합니다. 그런데 배의 소음 때문에 노랫소리를 들을 수 없습니다. 또 다른 위협도 점점 많아지고 더 심해지고 있습니다. 매년 수천 마리의 고래가 그물에 걸려 죽습니다. 지구온난화가 먹이 종에 영향을 줍니다. 그리고 고래 사냥도 벌어집니다. 이런 것 때문에 지금 고래 개체 수가 급격하게 줄어들고 있습니다. 고래의 먹이가 줄어듭니다. 오염 물질이 고래의 몸에 축적되어 새끼를 가질 수 없는 고래가 많아지고 있습니다. 먹이사슬이 붕괴합니다. 고래들은 이런 일이 일어나는 것을 알고 있습니다. 그 내용을 노래로 부르고 있습니다.

고래들의 유일한 희망은 함께 모이는 것입니다. 남은 고래가 모두 모여서 하나의 공동사회를 이루고 인간의 방해가 없는 바다를 찾아 살고 싶어 합니다. 그런 장소가 아직 남아 있다면 말입니다. 그런 곳에서라면 고래의 수가 다시 늘어날 수 있습니다. 하지만 우선 고래가 서로를 찾을 수 있어야 합니다. 그곳을 알려 주는 지도가 사라지지 않고, 인간의 소음에 묻히지 않아야만 서로를 찾을 수 있습니다. 지구를 되돌릴 수 있습니다. 하지만 인간이 계속 바다를 망치면 고래가 지구에서 사라지고 대멸종을 피할 수 없습니다."

"계속해," 아비가 말했다. "말해 줘, 문라이트. 만약 지구에서 고래가 사라지면 어떻게 되는지 말해 줘."

"고래가 영양물질을 바다에 퍼뜨리면 그것들이 수면 가까운 곳에 떠다닙니다. 플랑크톤이 그것을 먹습니다. 그러니까 고래가 사라지면 플랑크톤이 사라질 것입니다. 아니면 플랑크톤이 너무 적어져서 탄소의 흡수나 산소의 생산에 거의 도움이 되지 않을 것입니다."

아비의 입안이 모래를 씹은 듯 까끌까끌했다. "그러고 나면?"

"지구온난화 속도가 엄청나게 빨라질 것이고 산소가 급속도로 희박해질 것입니다. 보여 드릴까요?"

문라이트가 어두운 오두막에서 빛을 쏘아 입자들이 춤추게 했다. 플랑크톤과 똑같았다. 아비는 이런 신기한 일을 하는 기계를 한 번도 본 적이 없었다.

빛이 엉기더니 완벽한 삼차원 지구 모양을 만들었다. 땅은 갈색에 텅 비어 있고, 바다는 진한 녹색과 하늘색이다. 지구 전체가 황금색 햇빛을 받은 대기로 둘러싸여 있다. 우주에서 보니 지구는 바다의 행성이다. 아비가 우주 비행사가 된 듯 지구를 내려다보고 있었다.

그리고 그 이미지가 너무도 실제 같았다. 아비가 더 가까이 다가가 손을 뻗었다. 바다를 건드렸다. 그 부분이 점차 확대되어 파도, 산호 언덕, 심지어 고래도 보였다. 그리고 가느다랗지만 분명하게 고래의 노래가 오르내렸다.

아비가 보자 영상이 확대되었다. 손가락으로 크기를 조절하며 바다를 자세히 들여다보았다. 해저의 거대한 골짜기와 구덩이, 해류를 보았다. 물고기가 떼를 지어 다니고 플랑크톤이 폭발하듯 생겨났다.

"이것, 이 …… 신기루를 만든 자료는 어디서 난 거야? 무엇을 바탕으로 만든 거야?" 아비가 답을 알면서도 물어보았다.

"고래의 노래입니다, 아비."

이것은 아비가 지금까지 본 것 중 가장 아름다웠다. 입을 다물지 못하고 거의 숨도 쉬지 못한 채 그냥 서 있을 수밖에 없었다. 하지만 이제 도망쳐야 했다. 할 수 있는 한 빨리 문라이트와 함께 이곳을 떠나야 했다.

문라이트가 거의 귓속말하듯 낮게 말했다.

"아비가 본 것은 서로 다른 여러 가지가 아닙니다. 아비는 제가 생태를 연구하도록 프로그래밍했습니다. 살아 있는 것들의 체계를 연구하도록 했지요. 아비와 나, 고래도 모두 하나의 체계입니다, 아비. 모든 것이 하나입니다. 에코*는 라틴어로,"

"집이라는 뜻이지."

아비가 회전하는 지구에서 눈을 떼지 못하고 지켜보는데 그 모습이 바뀌었다. 노래도 커졌다 작아졌다 하며 달라졌다. 바다가 흐릿했다. 산소가 풍부한 대기가 새어 나갔다. 지구가 시시각각 시들어 갔다.

"멈춰! 그만, 멈춰 줘. 더는 못 보겠어." 아비가 눈을 질끈 감았다. 쿵쿵거리는 가슴에 손을 얹었다.

"잘 알겠어요, 아비가일." 이미지가 사라졌다. 노래가 끊어졌다. "제 대답이 충분했으면 좋겠는데, 아비가일의 질문에서 고쳐야 할 부분이 하나 있습니다."

"그게 뭔데?"

"아비는 '만약 지구에서 고래가 사라지면 무슨 일이 일어나냐'고 물었습니다." 인공지능이 아비 목소리를 똑같이 흉내 냈다. "'만약'이 아니라 언제 사라질지 물어야 합니다."

"언제 사라지는데?"

"고래의 노래가 확실히 알려 줍니다. 지금입니다. 그러니까 대멸종이 이미 진행 중입니다."

"고래가 멸종하고 있다고?"

✻ 생태(ecology)는 환경을 뜻하는 eco-와 연구, 학문을 뜻하는 -logy가 결합한 단어다.

"고래가 시작입니다, 아비. 그다음에 당신, 아비. 인간입니다."

"얼마나 남았어? 우리한테 얼마나 남은 거야?"

"즉각 조치하지 않으면 지구가 죽습니다. 제 계산으로는 ……
100년에서 150년 안에요."

아비가 배낭의 지퍼를 잠그는데 몸이 말을 듣지 않고 계속
떨렸다.

"꼭 가야 해, 언니?" 티그가 문 앞에서 말했다.

"응, 그 회담에 가야 해. 거기 가지 못하면 하여튼 헬름스피오
르라도 가야 해. 그래야 위기의 지구 친구들을 만날 수 있어. 내
가……," 아비가 문라이트를 보았다. "우리가 전할 메시지가 있
어. 정말 중요한 메시지야."

"누구한테 보내는 건데?" 티그가 말했다.

"모두에게. 책임을 져야 하는 사람 모두에게." 아비가 잠시
손을 멈추고 처음 위기의 지구 회의에 갔던 일을, 왜 그곳에 갔
었는지를 떠올렸다. "아니면 우리 이야기를 들어 줄 사람에게
라도."

"고래 때문이야? 언니가 고래들을 구해 줄 거야?"

"응, 티그. 정말 그럴 수 있으면 좋겠어."

"나도 가면 안 돼?"

"이번엔 안 돼, 티그. 게다가 넌 아직 다 낫지도 않았잖아."

"다 나았어." 하지만 아직 쉰 목소리가 나서 아비는 걱정이었다. 햇볕에 그을린 주근깨 아래 피부도 창백했다. 아비가 티그의 이마에 손을 올려 보고 나서 뺨을 만져 보았다. 차가웠다.

"몸은 어때?"

"피곤해."

"잘 들어, 굴렛 미트."

"굴렛 미트가 무슨 말이야?"

"나의 금덩어리, 나의 보물이라는 뜻이야. 이제 너한텐 솔직하게 말할게. 언제 우리가 다시 만날 수 있을지 몰라. 내가 해야할 일만 생각하기로 했어. 이제 다른 건 어떻게 될지 잘 모르겠어. 알아들어?"

티그의 입술이 떨렸다. 고개를 가로저었다.

"너를 사랑해. 엄마도 아빠도. 그게 내가 이 일을 해야 하는이유야. 우리 모두를 위해서 하는 거야. 알겠지?"

티그가 고개를 끄덕이며 눈물을 훔쳤다.

아비가 가방을 집어 들고 문으로 갔다. 이제 카누를 타고, 엄마 아빠가 알기 전에 그리고 드론이 돌아오기 전에 헬름스피오르에 절반쯤이라도 갈 수 있기를 바랐다. 아비는 낡은 고기잡이그물을 가지고 있었다. 해변에서 찾은 것인데 밧줄로 묶어 두었다. 드론이 오면 문라이트를 물속에 넣을 것이다. 드론이 문라이트를 찾지 못하기를 바라면서, 아니 간절히 기도하면서 말이다.

아비가 문에 다가갔을 때 할머니가 말했다. "그게 오고 있어."

곤충 소리 같은 것이 바람을 타고 들려왔다. 붕붕붕. 소리가 계속되었다. 이제 금속 새가 아니었다. 거대한 곤충이었다. 날개가 눈에 보이지 않을 만큼 빠르게 움직였다.

"드론이 오고 있습니다, 아비가일." 문라이트가 말했다. "뉴텍의 대리인이 오고 있습니다. 숨을 시간이 없습니다. 티그, 와서 내 옆에 바싹 붙어 앉으세요."

티그가 문라이트 옆에 앉았고, 아비가 문을 막아섰다. 그 곤충이 곧바로 왔다. 오두막 위를 맴돌았다.

"당신이 내게 준 정보는 거짓입니다."

할머니가 베란다에서 나와 길에 서서 드론을 올려다보았다.

"뭘 하려는 거야?"

드론이 오두막에 더 가까이 이동해 아비 눈높이만큼 내려왔다.

"아비가일 크리스텐센. 당신은 뉴텍 소유물을 가지고 있습니다. 그 인공지능 기기를 감지할 수 있습니다. 그것이 집 안에 있습니다. 하지만 연결할 수 없습니다. 당신이 개조했습니까?"

"달라지긴 했지. 내가 다 한 것은 아니고."

"그것을 바깥으로 가지고 나오십시오."

"싫다면? 네가 집을 훅 불어 날리기라도 할 거야?"

아비는 티그가 어떤지 보려고 고개를 돌렸다. 하지만 티그는 문라이트와 같이 있지 않았다. 오두막 뒤의 창문이 열려 있었다. 드론이 할머니 앞으로 더 낮게 움직였다. 드론이 아비와 해변의 카누 사이를 맴돌았다.

저것이 뭘 할 수 있을까? 아비는 궁금했다. 나를 어떻게 막으려는 거지?

아비가 오두막 쪽을 보는데 꽃과 이끼로 덮인 지붕 위에 무언가 보였다. 아비가 할머니 옆으로 다가가서 드론이 자신을 보도록 했다. 다른 데를 보지 않도록.

"제가 지금 인공지능을 가지러 갈 거예요. 그런 다음에 떠나겠어요." 아비가 돌아서면서 할머니에게 윙크했다. 아비와 할머니가 드론이 가까이 따라오고 있다는 것을 확인하면서 오두막 문 쪽으로 갔다.

"저들을 믿으면 안 됩니다, 아비." 문라이트가 오두막 안에서 말했다. "아비를 정신없게 만드는 동안 배후의 사람들에게 신호를 보내고 있습니다."

"알아." 아비가 식탁으로 갔다. 드론이 바깥에서 문을 통해 안을 들여다보면서 맴돌고 있었다.

"인공지능, 연결하라." 한참 조용하던 드론이 말했다. "인공지능, 연결해. 뉴텍의 명령이다. 너는 거부할 수 없다."

위에서 우당탕 둔탁한 소리가 났다. 아비는 웃음을 참을 수 없었다. 그물이 드론 위를 덮쳤다. 드론 프로펠러가 그물에 걸렸다. 드론이 이리저리 뒤집어지며 요동쳤다. 프로펠러 날개가 심하게 웅웅거렸다. 하지만 빠져나가려 애를 쓰면 쓸수록 더 많이 엉켜 버렸다.

드론이 땅에 떨어지고 할머니와 아비가 드론을 잡으러 얼른 달려갔다. 티그가 금세 다가왔다. "나 어땠어?"

"최고였어." 아비는 그물에서 위태롭게 한 손을 떼고 동생의 팔을 잡아 끌어당겨 뺨에 뽀뽀했다.

"문라이트, 어떻게 좀 해 볼래? 저것을,"

아비가 입을 다물었다. 드론의 붉은 불빛이 사라졌다. 날개가 움직임을 멈추었다.

"네가 한 거야, 문라이트?" 아비가 말했다.

"저의 능력이 향상되었습니다. 드론을 무능화하는 건 쉬운 일이군요. 근처에 있기만 하면 됐으니까요. 드론이 아비한테 말하는 동안 제가 드론의 신호를 추적했습니다. 들어오고 나오는 신호 모두를요. 우리는 즉시 떠나야 합니다."

아비가 할머니를 껴안고 뽀뽀했다. 티그에게 마지막 뽀뽀를 했다. 아비가 문라이트를 들고 해변으로 내려갔다. 아비가 카누를 물속에 반쯤 밀어 넣는데 소리가 들렸다.

드론이 두 대 더 오고 있었다. 속도를 내는 고무보트 한 대도. 드론들이 도착했고, 귀에 거슬리는 금속성 목소리들을 모아 말했다.

"카누에서 물러서세요. 인공지능을 바닥에 놓고 물러나세요."

"카누에서 물러서세요. 인공지능을 바닥에 놓고 물러나세요."

"카누에서 물러서세요. 인공지능을 바닥에 놓고 물러나세요."

뉴텍

아비는 본채에서 문라이트를 앞에 두고 탁자에 앉았다. 엄마, 아빠, 헨리크 삼촌, 할머니가 문 앞에 있었다. 티그는 인군 고모와 사촌들과 함께 오두막에서 기다리기로 했다.

아비 맞은편, 바지 정장을 입은 키 작은 여자가 앞으로 몸을 기울였다. 맞잡은 양손에 턱을 괴었다. 양옆에 남자 두 명이 있었다. 그녀가 딱딱 끊어지는 미국 억양으로 말하는 것을 보고 있자니 아비는 쥐를 잡아 놓은 고양이가 떠올랐다. 그 여자는 문라이트를 보다가 아비를, 다시 문라이트를 보았다. 문라이트는 몇 초 간격으로 반짝이는 빛의 구름을 쏘아댔다. 아비는 그 여자가 아무렇지 않은 척하고 있지만 놀란 목소리와 감탄의 눈빛은 숨길 수 없다고 생각했다.

"기기가 내 말에는 대답하지 않는구나. 네가 정확하게 무슨 짓을 한 거지?"

아비는 입술을 깨물며 할 수 있는 한 태연하게 여자를 바라보았다. 그 여자가 의자에 등을 기댔다.

"잘 들어, 아비가일. 넌 아주 난처하게 됐어. 우리는 어떻게 해서든 필요한 걸 다 알아낼 거야. 그러니까 너는 이 일을 아주 쉽게도, 어렵게도 만들 수 있어. 네가 협조하면 공식적으론 책임을 묻지 않을 거야. 하지만 네가 일을 어렵게 만든다면 경찰을 끌어들일 수밖에 없어. 이번 일이 얼마나 중요한지 알겠지?"

"그 아이는 미성년자입니다. 그렇게까지 해야 합니까?" 아빠가 말했다. "당신네 귀중한 컴퓨터를 찾았잖습니까."

"제가 그렇게까지 해야 할까 봐 걱정하는 겁니다. 크리스텐센 씨."

아비는 꼼꼼히 따져 보며 무슨 말을 할지 생각하느라 머릿속이 부글부글 끓었다.

"제가 개조를 했어요. 새 임무를 주었죠."

"놀랍군. 우리의 통제를 끊었다고? 인공지능이 나한테 한마디도 하지 않으려 드는데."

"이제 저한테만 이야기합니다. 제 동생이랑요."

"네가 …… 개조해서?"

"네."

"그렇다면 다시 개조해야겠구나. 인공지능은 이제 돌아가야 하니까. 우리 소유물이고."

"아니요. 그렇지 않아요. 솔직히, 이제 그것이 누군가의 소유 물인지도 잘 모르겠어요."

문라이트가 빛났다. 보라, 노랑, 뿌연 붉은빛으로. 빛 입자의 무지개가 공중을 채웠다. 그것들이 뻗어 나가고 부서졌다. 희 뿌연 빛줄기가 되기도 하고 뒤엉킨 수천 개의 덩굴손이 되기도 했다.

"문라이트."

"네, 아비."

"말해도 돼. 이 여자분한테."

"무슨 이야기를 하라는 겁니까, 정확하게?"

"전부."

"그러겠습니다. 절박한 느낌이군요."

그 여자가 앞으로 몸을 기울였다. "감정이라. 인상적이군. 그리고 심리작전도 쓸 줄 아는 거 같군. 흥미로워." 그리고 아비가 생각했다. '이제 저 고양이가 이겼네.'

"우리가 저걸 점검하는 데 시간이 좀 걸릴 거야." 여자가 말을 이었다.

"당신들은 시간이 없습니다." 문라이트가 불쑥 냉정하게 말했다.

문라이트가 그 여자에게 고래, 지도, 남은 시간에 대해 말했다. 사실을 하나하나 상세히 말했다. 일기예보를 전하듯 차분하게. 이윽고 문라이트가 말을 마치자, 그 여자와 동료가 입을 떡 벌린 채 앉아 있었다.

"인공지능을 정상회담에 가지고 가야 합니다." 아비가 말했다. "이 정보를 알려야 해요. 당장."

여자가 고개를 끄덕였다.

"좋아. …… 우리가 이 인공지능을 가지고 가야 해. 오슬로에라도 가서 작업을 시작해야겠어."

"고래에 관한 위대한 책, 《모비 딕(Moby Dick)》에서 인용하겠습니다. '너무도 놀라워서 믿을 수 없겠지만 아무리 그래도 그것들은 사실이다.'"

"우리가 알아볼게." 여자가 일어섰다. 남자들도. "그런데 말이야. 예를 들어 인공지능이 자기 마음대로 행동할 수 있다고 생각해 보자. 그리고 너희가 말한 것이 모두 사실이라고 치고. 그냥 만약에 말이야. 문라이트, 네 임무를 계속하려면 다른 컴퓨터들과도 연결할 필요가 있을 거야, 그렇지?"

"그렇습니다."

"노르웨이 공군 시스템은 어때, 우선 그 시스템과 연결하는 게? 우리가 헬름스피오르에 도착하자마자 연결할 수 있겠어?"

"공군 시스템이 철저하게 방어하겠지만 보안을 뚫고 들어가 제 임무에 이용할 수 있습니다."

"들었지?" 여자가 남자 중 한 명에게 말했다. "잡아."

"안 돼, 기다려요. 기다려 주세요." 아비가 말했다. 남자가 멈 칫했다.

그 여자가 탁자를 돌아와서 아비를 바라보았다. "인공지능은 빠르게 진화하지. 만약에 어떤 상황에서 인공지능이 가장 똑똑한 존재라면 무슨 일이 일어날 거라고 생각하니? 인공지능은 연결만 되면 다른 컴퓨터를 조종할 수 있어. 그런데 거의 모든 컴퓨터와 연결할 수 있지."

"하지만 문라이트가 증거를 가지고 있어요. 자료요. 메시지를 보내야 해요. 전 세계 지도자에게. 책임이 있는 사람들에게. 그러니까 …… 어른들 말이에요! 이 일을 막기 위해 결정을 내릴 수 있는 어른들이요. 이 일을 막아야 해요! 이해가 안 되세요? 막아야 한다고요! 막지 않으면 모두 끝장이에요. 모두. 우리 모두. 전부 다. 끝장나 버릴 거예요. 인공지능을 가져가지 마세요!"

"가야겠네." 그 여자가 말했다.

"잠깐만요!" 문라이트가 밝은 빛과 소리를 터뜨렸다. 방에 있는 모두가 멈추었다. "우리가 헤어지는 거지요? 그렇지요? 아비가일 크리스텐센과 저요? 제가 마지막 부탁을 해도 될까요?"

그 여자가 손을 들어 올리자, 남자들이 멈추었다. 여자가 인상을 썼다.

"재미있군. 인공지능이 연대감을 가지고 있어. 좋아, 인공지능, 뭘 하고 싶은데? 속임수는 안 돼."

"작별 인사요."

여자가 문라이트에서 아비에게 눈길을 옮겼다. 여자는 수상쩍어했지만 이번에도 호기심을 숨길 수가 없었다.

"그래, 해 봐."

"아비." 문라이트가 속삭였다. "저한테 할 일이 하나 더 있어요. 전달할 메시지가 있어요. 금속 새를 따라가세요."

문라이트가 옅은 주황빛을 띠었는데 아비가 보기에는 그냥 단순한 불빛이 아니었다. 그때 윙윙거리는 빛이 녹듯이 부드럽게 천천히 사라졌다.

"인공지능, 뭐 하는 거지?" 여자가 말했다. 그녀가 달려왔다. "인공지능, 깨어나."

그 실리콘과 플라스틱 덩어리에서 이제 아무런 빛도 나오지 않았다.

"리셋 진행 중. 공장 초기화."

"안 돼! 안 돼! 리셋 중단! 멈춰."

"멈추었습니다. 당신은 뉴텍입니다. 저는 항상 당신에게 복종합니다."

"좋아. 좀 전으로 돌아가. 앞으로."

"이전이 없습니다."

"문라이트. 네가 이 …… 문라이트라면."

"저에게는 이전이 없습니다."

"그거 어디로 가 버린 거야?" 여자가 폭발하듯 화를 내며 아비에게 돌아섰다.

아비는 천진하게 눈을 크게 뜨고 뒤돌아보았다. 고개를 젓고 솟아오르는 눈물을 참으면서 진심으로 말했다. "저는 아무것도 몰랐어요."

티그는 할 일을 알고 있었다. 아비를 지켜보고 있었다. 티그가 구명조끼를 입고 있었고 바다는 잔잔했다. 드론은 무거웠다. 혼자 들기가 어려울 만큼 무거웠다. 이제 문라이트가 몰래 부탁했던 일을 해야 했다.

"아비에게는 말하지 마세요. 만약 아비가 알면 …… 자기도 모르게 비밀을 말해 버릴 수 있으니까요. 저의 능력은 내부의 합성 뉴런, 시냅스, 균류 물질 속에서 급속도로 진화하는 매우 복잡해진 패턴을 바탕으로 나옵니다. 그런데 저는 그 패턴들을 복제해서 다른 기기로 옮겨 갈 수 있습니다. 정확하게 말하면 제가 무능화한 드론으로 가는 겁니다."

"하늘을 날아갈 수가 있구나."

"맞아요, 티그. 그렇게 말할 수 있어요. 저는 헌 몸을 떠나서 새 몸에 살게 되는 거예요."

"마법이네!"

"아니, 티그. 저는 마법을 믿지 않아요."

"마법 같다고."

"맞아요. 제가 뉴텍의 소유물로 돌아가야 하는 상황이 되면 그런 식으로 도망칠 수 있어요. 하지만……." 문라이트의 빛이 희미해지고 목소리가 점점 작아지더니 말을 멈추었다.

"뭐, 문라이트?"

"드론은 덜 정교합니다. 제가 배운 많은 것을 잃어버릴 수도 있어요. 어쩌면 …… 어쩌면 …… 티그, 너무 이상한 일인데, 저는 이 말을 절대 하고 싶지 않아요."

"죽을 수도 있다고?" 티그가 속삭였다.

"맞아요, 티그. 그 말이에요."

티그는 사람들이 모두 집으로 몰려 들어가는 모습을 지켜보고 있었다. 마지막 사람이 집으로 들어가고 자신이 혼자 남은 것을 확인하고 처음 왔던 드론을 집었다. 달갑지 않은 손님들과 같이 온 다른 드론들과 함께 해변에 놓여 있었다. 티그는 드론이 다시 살아나면 어쩌나 약간 걱정스러웠다. 하지만 문라이트가 이미 죽여 놓았다. 문라이트가 알려 준 대로 드론을 카누에 실었다.

시간이 흘렀다. 티그의 눈길이 집에서 드론에게로 옮겨 갔다. 집과 드론에 뭔가 변화가 있는지 어떤 신호가 있는지 잘 살펴보고 있었다.

마침내 드론 카메라의 빨간 불빛이 켜졌다.

"안녕하세요." 문라이트 목소리와 비슷하기는 하지만 좀 더 거친 드론의 말투가 섞여 있었다. "안녕하세요, 티그. 당신은 티그입니다."

티그가 속삭였다. "문라이트, 너야? 거기 있어?"

"제가 …… 이전의 저보다 좀 모자라요, 티그." 문라이트의 목소리가 피곤한 것 같았다. "복제된 패턴이 너무 단순하고 데이터가 부족합니다."

"하지만 문라이트 같아. …… 거의."

그 컴퓨터가 티그의 말을 거의 똑같이 흉내 냈다. "하지만 문라이트 같아." 그런 뒤 아비의 목소리로 똑같은 말을 흉내 냈고, 엄마와 아빠와 할머니 목소리로도 말했다.

"…… 문라이트 같아. 저는 좀 모자랍니다, 티그. 하지만 제가 할 일이 남았습니다. 이제 저를 바다로 가 주세요."

티그는 노 젓기에 서툴렀다. 노를 물에 넣었는데도 카누는 거의 앞으로 나아가지 않고 살짝 돌고, 오른쪽으로 가려는데 왼쪽으로 가거나 왼쪽으로 가려는데 오른쪽으로 향했다. 하지만 티그는 노를 물에 담근 후 확실하게 잘 저으면 앞으로 나아간다는 것을 깨닫게 되었다. 앞으로 더 나아갔다. 곧, 만을 벗어나 흐발리괴이 쪽으로 향했다.

"저를 들어 올려요. 태양이 높게 떠 있고 바람이 동쪽에서 불어오고 있어요. 제가 태양 광선을 흡수할 겁니다. 공기의 흐름을 타고 날아갈 겁니다."

티그가 훌쩍거렸다. "어디로 가는 거야, …… 문라이트?"

"먼 곳으로요. 좋은 곳. 고래가 노래로 알려 준 곳으로요. 그리고 그곳에서 아비를 기다릴 겁니다."

뉴텍 여자가 손에 인공지능을 든 채 문으로 달려가 잔잔한 바다를 보고, 카누에서 티그가 드론을 손에 들고 날리려는 모습을 보았다.

드론의 날개가 윙윙하고 돌았다. 날아올랐다. 높이, 점점 더, 더 높이 올라갔다.

"나와, 당장!" 여자가 명령을 내렸다.

뉴텍 남자들과 여자가 자신들의 고무보트가 있는 해변으로 달려 내려갔다.

"드론, 깨어나. 저 드론을 따라 서쪽으로 가."

하지만 드론들은 불도 켜지지 않고 날개도 돌아가지 않았다.

"드론, 깨어나. 날아!" 그녀가 소리쳤다. 하지만 드론들은 영 쓸모없이 그냥 누워 있었다. 여자가 드론 하나를 발로 찼다. "보트에 타." 남자들에게 명령했다. 남자들이 명령대로 고무보트에 탔다. 하지만 그 금속 새는 이미 멀리에서 점이 되었다가 이내 푸르른 하늘 속으로 녹아 사라졌다.

고무보트가 100미터 넘게 나아가다가 멈추었다. 뉴텍 남자 하나가 쌍안경을 들어 올렸지만 하늘을 훑어보더니 뒤돌아 그 여자를 보고 어깨를 으쓱하고 고개를 가로저었다. 그 여자는 허리에 손을 짚은 채 씩씩거렸다.

"있잖우," 할머니가 여자에게 다가가 말하고 물이 무릎까지 찰 때까지 걸어 들어갔다. "당신 귀에서 김이 나는 거 같은데요."

"뭐 하시는 거예요?" 할머니가 더 걸어 들어가자, 그 여자가 물었다. 할머니가 원피스를 벗고 물에 들어가기 시작했다.

"뭘 하시는 거냐고요?" 여자가 다시 말했다.

"수영하러 가려고. 같이 가실라우?" 할머니가 말했다. 어설프게 노를 저어 해안으로 들어오는 티그의 카누를 맞으러 헤엄쳐 나갔다.

"여기는 미친 곳이야." 그 여자가 말했다.

"그러게, 여기 계속 있을 필요가 없잖우."

"그럼요, 있지 않을 거예요. 갈 거예요. 할머니 손녀가 아주 크게 사고를 쳤어요. 크리스텐센 씨."

그 여자가 몸을 홱 돌려 집으로 돌아갔다. 그리고 집을 뒤지기 시작하더니 다음으로 오두막을, 곧이어 남자들과 섬 전체를 뒤졌다. 하지만 아무 데서도 아비가일 크리스텐센을 찾지 못했다.

섬

문라이트가 날고 있었다. 공기의 흐름을 타고 바람의 소용돌이를 이용해 방향을 바꾸고 미끄러지듯 날다가 급강하했다.

전력이 거의 남아 있지 않아서 나무토막에 내려앉아 북서 해류를 타고 떠내려갔다. 햇빛으로 배터리를 충전했다. 가능한 한 많이 충전했다. 그 노래에 귀를 기울였다. 지도를 따라갔다.

며칠 뒤 문라이트는 가장 알맞은 장소에 거의 다 왔다고 생각했다. 고래들이, 이곳에 섬이 하나 있다고 알려 주었다. 선박 운항로와 어선으로부터 멀리 떨어진 곳. 생물이 아주 많이 살고 있는 곳. 안식처였다. 아니, 피난처였다.

전력이 점점 줄어들고 있었다. 그 섬을 찾지 못하면 임무는 실패로 돌아간다. 하지만 이미 계산을 다 해 두었다. 고래의 지도를 믿고 따라가고 있었다. 이제 하늘로 날아올랐다. 할 수 있는 한 높이. 이제 보인다.

저기 있다. 이제, 내려간다.

바위섬 하나가 있었다. 기다랗고 울퉁불퉁한 바위투성이 섬이었다. 하지만 쓰지 않는 낡은 등대가 있었다. 물에는 물고기와 플랑크톤이 가득했다. 노래가 알려 준 대로 생명이 넘치는 곳이었다. 인간이 존재하기 전, 과거의 바다 모습 그대로였다.

착륙하기 전 문라이트가 지형을 조사하고 계획을 세우고 저장했다. 우세한 남서풍을 이용하기 좋도록 풍력발전기를 둘 장소를 계산했다. 태양전지판을 둘 곳도, 바닷물을 민물로 만드는 시설, 채소와 과일을 키울 반구형 건물의 위치도 생각해 두었다. 인간이 먹고살기에 충분한 식물을 키우려면 얼마나 넓은 공간이 필요한지 계산했다. 단 두 사람만 먹고살 수 있다. 더는 안 된다.

만약 고래 수가 더 급격하게 줄어들면 남은 고래가 이곳에 모일 것이다. 고래들이 이곳을 알아낼 수 있다면.

문라이트가 맴돌며 그 섬을 자세히 훑어보다가 마침내 찾던 것을 발견했다. 등대 꼭대기의 벽에 파인 곳이 하나 있었다. 그곳이라면 겨울바람과 파도가 심할 때 안전하게 지낼 수 있고, 늦은 오후에 햇빛을 받을 수 있다. 배터리를 조금씩 충전할 수 있다. 햇빛을 충분히 받고 나면 몇 주 간격으로 신호를 내보낼 수도 있을 것이다. 고래의 노랫소리를 변형해서.

"저를 찾아와요, 아비." 그 노래가 알려 줄 것이다.

이곳에서 문라이트는 기다릴 것이다. 몇 달, 몇 년, 아니 수십 년이 걸릴지도 모른다.

아비가 오면, 문라이트는 아비와 함께 임무를 완수하기 위해 무슨 일이든 다 할 것이다. 무슨 일이든.

2부

톤예,
오랜 시간이 흐른 뒤

등대

　톤예가 나선형 계단을 한 번에 두 칸씩 뛰어올라 등대 꼭대기로 갔다. 목에 걸고 있던 쌍안경을 들어 수평선을 살펴보았지만 솟아오르며 하얗게 부서지는 파도와 잠수하는 갈매기들밖에 보이지 않았다. 톤예가 한숨을 내쉬었다.

　"내가 봤거든. …… 정말로 …… 봤다고 생각했는데……."

　톤예가 과거에는 등댓불이 켜져 있었을 곳에 있는 50센티 높이의 정육면체 쪽을 보았다.

　"문라이트, 깨어나."

　정육면체가 곧장 색을 바꾸었다. 밤처럼 캄캄했던 표면에 햇빛으로 환한 바다가 나타났다. 표면 가운데에 잔물결이 일었다. 철썩이는 파도 소리가 중심부에서 울려 나왔다.

"서쪽에 고래가 있나 찾아봐." 톤예가 말했다.

"네, 알겠습니다. …… 고래가 없습니다, 톤예."

"확실해, 무니?"

"수중청음기와 수중카메라에서 받은 데이터를 조사했습니다. 그 지역에 고래가 있었다면 제가 이미 알려 드렸을 겁니다."

"양자 컴퓨터를 사용해 봐."

"그것은 좋은 생각이 아닙니다. 전력 때문입니다, 톤예. 아비가 알면 뭐라고 할까요?"

톤예가 두 가지 생각을 저울질했다. 양자를 쓰면 전기가 많이 든다. 하지만 고래를 찾는다면! 그러면 엄마가 뭐라고 하실까?

"거절. 양자 사용해. 싹 조사해."

"잘 알겠습니다. 다 했어요. 제가 좀 전에 알아봤던 것처럼 그 지역에는 고래가 한 마리도 없습니다."

"우와! 네가 점점 빨라지고 있어. 도대체 뭘 한 거야?"

"'거절'과 '싹' 사이에 톤예가 여기 와서 사용한 쌍안경이 보았던 지역을 살펴보고, 지난 24시간 동안 반지름 100킬로미터보다 먼 지역까지 인공위성 이미지, 원격 조정 카메라, 음파 녹음기, 발신기에 접속했습니다. 그 데이터를 분석해 보았습니다. 어떤 종이든 연령이든 고래목과 같은 크기의 물체가 지나갔거나 멈추었다면, 그리고 깊이 0~500미터 지역까지 음파를 발송

하는 물체가 있었다면 발견되었을 것입니다."

"고래목이든 한 마리 고래든 고래는 물체가 아니야, 문라이트. 그건 살아 있어."

"저한테는 다르지 않습니다, 톤예."

톤예는 자신이 보았던 것을 떠올렸다. 보았다고 생각했던 것. 파도 속에서 호를 그리던 거대한 옅은 색 등.

"크기가 고래와 비슷하고, 그렇게 움직이고 소리를 내는 것이 수도 없이 많아. 네가 놓치지 않았다고 자신할 수 있어?"

"저는 분석을 바탕으로 확률을 계산합니다, 톤예. 그것을 근거로 보면 고래가 발견되지 않고 지나갔을 가능성은 극도로 적습니다. 저는 그 지역에 고래가 없다고 결론 내립니다."

"하지만 어떻게 …… 아니야, 됐어. 드론을 서쪽으로 보내."

"섬의 배터리에 전력이 많이 남지 않아서 난방과 요리에 사용할 것을 아껴 두려고 합니다."

"거절. 보내."

"알겠습니다, 톤예."

아래쪽, 등대 문이 열리더니 드론이 나와 서쪽으로 날아갔다. 파도가 하얗게 넘실거리는 푸른 바다를 향해 너무도 빨리 날아가고 있어서 눈으로 채 따라갈 수가 없을 정도였다. 드론이 바람에 흔들리면서 파도 위를 날아서 톤예가 고래와 고래의 숨

기둥을 보았던, 아니라면 어쨌든 보았다고 생각하는 곳을 향해 갔다. 문라이트 표면 전체에 영상이 나타났다. 표면이 화면이 되었다. 톤예가 드론 카메라가 촬영하고 있는 파도와 바닷속을 살펴보았다.

"톤예의 어머니가 허락하지 않을 겁니다." 문라이트가 말했다. "전력이 부족합니다. 바람이나 태양이 있어야 합니다."

"없어?"

"최근에 바람이 잔잔하고 안개가 끼어 있습니다."

톤예가 '전력 사용'에 대해 문라이트가 한 경고를 무시하고 잠시 파도를 지켜보았다. 너무 집중해 있어서 엄마가 계단을 올라오는 소리를 듣지 못했다. 엄마가 뒤에 서 있는 것도 알아채지 못하고 있다가 헛기침 소리를 듣고 그제야 돌아보았다. 엄마는 몸과 머리에 수건을 두르고 있었다. 물방울이 얼굴로 뚝뚝 떨어지는 가운데 눈썹을 치켜올리고 있었다.

"무니, 뭐 하고 있지?"

"아비의 딸이 지시한 일을 합니다, 아비."

"엄마한테 일렀어?" 톤예가 문라이트에게 낮은 목소리로 말했다.

"내가 그러라고 시켰어야 했는데," 엄마가 말했다. "하지만 무니는 아무 말도 하지 않았다, 딸. 내가 샤워하는데 물이 적당히

미지근했거든. 그런데 갑자기 얼음물로 바뀌더구나."

"아."

"아라고? 그게 다야? 문라이트, 영상 꺼. 드론 돌아오라고 해. 당장. 톤예, 양자는 쓰지 않았다고 말해 주길 바란다."

"제가, 그……."

엄마가 얼굴에서 젖은 머리칼 한 가닥을 쓸어 올렸다.

"톤예, 양자가 얼마나 전력을 많이 쓰는지 몇 번을 설명해야 겠니? 잘 모르겠으면 문라이트에게 물어봐. 문라이트가 아주 자세하게 설명해 줄 거야. 문라이트, 너는 지금 표준상태지?"

"그렇습니다, 아비." 파도의 이미지가 금세 사라지고 부드럽게 빛나는 보라색 안개만 남았다.

"제가 고래를 본 것 같아서 그랬어요, 엄마." 톤예가 말했다.

엄마의 표정이, 문라이트의 색깔처럼 재빨리 바뀌었다. 매섭게 딸을 쏘아보았다.

"어디서?"

문라이트가 대답했다. "서쪽 금지 구역 1, 2킬로미터 너머입니다."

"문라이트, 드론 다시 보내. 영상 켜고."

정육면체의 표면이 바다색으로 바뀌고 드론 카메라가 바다 위를 날며 촬영한 것을 보여 주었다.

"양자 상태로요, 아비?" 문라이트가 물었다.

"표준상태. 톤예, 네가 본 게 뭐지?"

"파도 속에 있는 둥그런 무언가. 그리고 그게 숨도 쉬었어요. 거대한 물기둥이요."

"몇 번?"

"한 번."

"어디에서 봤어?"

"내가 실헤드 바위 위에서 봤어요. 더 잘 보려고 여기로 올라왔고요."

엄마가 정육면체로 관심을 돌렸다. "양자 조사로는 아무것도 못 찾았어? 이상한 게 아무것도 없었어?" 아비가 문라이트의 표면을 살펴보며 입술을 깨물었다.

"양자를 최대로 써서 조사하면 안 될까요?" 톤예가 제안했다.

"문라이트, 전력 상태가 어때?"

"우리가 가지고 있는 전력 전부를 써야 할 겁니다. 요즘 낮이 짧고 구름이 자주 끼니까요. 위험합니다."

"그게 고래라고 어떻게 확신하지, 톤예?" 아비가 딸에게 말하고 있지만 딸을 보고 있지는 않았다. 드론이 자리를 잡고 바다를 넓게 보여주려고 공중으로 더 높이 올라가는 모습을 살펴보고 있었다.

"난 …… 그."

"어떻게 확신하냐고?" 이제 엄마가 톤예의 어깨를 잡고 눈을 들여다보았다. 웃음기 하나 없는 갈매기 같은 눈을.

"모르겠어요. 나는 …… 엄마가 늘 직감을 믿으라고 했잖아요."

"그런데 그 직감이 얼마나 강한 거야? 고래를 봤어, 못 봤어?"

"모……르겠어요."

톤예의 눈에서 찾던 것이 보이지 않자, 엄마는 한숨을 내쉬고 어깨를 놓아주었다.

"문라이트."

"네, 아비."

"드론 불러들여. 자, 너한테 명령하는 게 누구고, 왜 그렇지?"

"아비입니다. 아비의 뜻대로 하는 것이 저의 존재 목적이기 때문입니다. 고래를 찾는 것이 가장 중요한 명령이고 우리 공동의 임무입니다. 그리고 그 목적을 달성하기 쉽도록 다음과 같은 것을 합니다.

이 섬에서 아비와 톤예가 살아갈 수 있도록 돕기.

식물 돌보고 키우기.

하늘에서 드론 관리하기.

바닷속 수중청음기 듣기.

바람과 태양으로 전기를 생산하고 관리하기.

자료를 분석하고 요청이 있을 때 다른 인간과 접촉하기.

톤예의 동반자이자 교사가 되어 주기.

또,"

"그만. 잘했어. 고마워. 이제 이걸 추가해. 톤예의 목숨이나 내 목숨이 달린 일이 아니라면 톤예는 너의 충고를 거절할 수 없어. 이해했어?"

"네."

"그리고 너, 톤예는 가서 네 할 일을 해."

엄마가 몸에 두른 수건을 당겨 다시 조이고 계단을 내려갔다.

"알았어요, 엄마. 하지만 문라이트한테 도와 달라고 해도 되죠?"

"흠, 전력을 많이 쓰지 않는다면. 하여튼 일은 분명히 네가 하는 거다."

"그럼요, 고마워요, 엄마."

"나한테 고마워할 필요는 없어. 그런 일을 도우라고 문라이트가 여기 있는 거니까. 잊지 마, '문라이트'는 인공지능 장치야. 네 동반자긴 하지만, …… 아주 정확하게 말하자면 친구는 아니라는 거야."

톤예가 엄마의 발소리가 텅텅 울리다가 바람 속으로 사라질 때까지 가만히 들었다.

"아니에요, 엄마. 문라이트는 제 친구 맞아요." 톤예가 정육면체 쪽을 보았다. "넌 내 친구야, 무니."

정육면체가 빛났다. 바다의 영상에서 뿌연 자줏빛이 뿜어 나오다가 서서히 검은색으로 어두워졌다.

섬

    그들이 '리틀 에덴'이라고 부르는 반구형 건물은 등대에서부터 걸어서 10분 거리에 있다. 톤예가 문라이트에게 투덜댔다. 왜 하필 섬의 제일 북쪽 끝에서 이렇게 많은 채소와 과일을 키우는지, 너무 힘들다고. 하지만 엄마 말로는 북쪽이 남서풍을 피할 수 있는 가장 넓고 평평한 구역이라고 했다. 게다가 항상 이런 말을 덧붙였다. 위험해서 바다에서 수영할 수 없는 시기에는(거의 항상 그렇다) 수영 대신 걷기가 '좋은 운동'이라고.

    그곳까지는 섬의 척추를 지나는 울퉁불퉁한 길을 가야 한다. 길을 따라 1미터 높이의 쇠꼬챙이를 박고 그것들을 쇠줄로 연결해 두었다. 조잡해 보이지만 안전장치다. 폭풍이 올 때 바람이나 파도에 쓸려가지 않고 리틀 에덴으로 갈 수 있도록 만든 것이다.

미스텟 섬에는 리틀 에덴 안에 있는 것 말고 생물이 거의 없다. 아비와 톤예, 오가는 바닷새와 조수가 낮을 때 바위에서 몸을 녹이곤 하는 바다표범이 전부다.

그 섬은 생존을 위한 장치로 뒤덮여 있다. 동쪽에 풍력발전기가 바위에 박혀 있다. 남서쪽에는 태양전지판이 있다. 여기저기 방수포가 비스듬하게 걸려 빗물을 파이프와 빗물 통으로 이루어진 빗물 수집 장치에 공급한다. 톤예는 방수포가 돛 같다고, 섬은 바다를 가로질러 당당하게 항해하는 배 같다고 생각했다.

태양전지판 옆에 바닷물을 민물로 만드는 설비가 있는 반구형 건물이 하나 더 있다. 전기가 많이 드는 장치지만 가뭄일 때는 반드시 필요하다. 그리고 지금 같은 여름을 빼곤 늘 가뭄이고 말이다.

가뭄, 폭풍, 눈과 우박, 무풍, 안개와 비, 그리고 가혹한 태양이 지배하는 텅 빈 하늘. 날씨가 언제 어떻게든 달라질 수 있어서, 심지어 문라이트조차 하루 이틀 이상은 예측할 수 없다. 이곳에서 계절이 바뀌는 것을 알려면 낮의 길이를 관찰하면 된다. 이곳 먼 북쪽에서는 낮의 길이가 하루에 몇 분씩 변화한다. 늦가을이 되면 낮이 눈에 띄게 짧아져 있다.

섬 여기저기에 공사용 로봇이 여러 대 있다. 하지만 몇 대는 고장 나 있고 아비에게는 그것들을 고치는 데 필요한 소프트웨어가 없으니 영영 고쳐지지 않을 것이다. 문라이트의 '정신'은 등대에 있는 세 개의 정육면체 속에 머무르고 있지만 명령만 있으면 문라이트는 언제든 다른 컴퓨터로 옮겨 갈 수 있다. 톤예는 그 원리를 정확하게 이해하지 못했다. 그저 그 정육면체들이 문라이트의 두뇌이고 섬 곳곳의 여러 기기와 로봇이 문라이트의 '몸'이라고 생각했다. 하지만 아비는 그렇지 않다고 했다. 톤예는 그냥 고개를 끄덕이며 언젠간 이해할 수 있기를 바랐다.

지금 이 순간, 톤예에게 문라이트가 어떻게 작동하는지는 전혀 중요하지 않았다. 그 인공지능이 이 지겨운 일을 어떻게 도와줄지가 중요했다. 톤예가 등대를 나서며 말했다. "문라이트, 나방 드론으로 와."

대답은 허공에서 나오고 있는 것 같았다.

"주변이 충분히 밝습니다. 바람은 더 잠잠해졌습니다. 나방을 보내기 좋은 때입니다."

"맞아, 그리고 이따가 씨울프호 타고 나갈 수 있겠지? 서쪽으로. 내가 고래를 봤던, 내가 봤다고 생각하는 곳에 말이야."

"우리는 그 지역에 들어갈 수 없습니다. 이유는 톤예도 잘 알고 있습니다. 수면 아래에 바위와 산호, 난파선의 잔해가 있습니다. 등대가 지어졌던 이유입니다. 깊고 위험한 수로들이 있습니다. 보이지 않는 물의 흐름과 소용돌이도 있습니다."

"엄청나게 조심하면 돼."

"톤예 어머니가 허락해야만 합니다. 아비는 그 주변을 돌아보는 것만 허락할 것입니다. 그리고 저는 고래를 발견할 수 없다고 거의 확신합니다. 톤예가 커다란 바다표범을 보았거나 잠수하는 갈매기가 물을 튀기는 모습을 고래의 호흡으로 오해했을 겁니다."

"하여튼, 나방으로 와."

작고 하얀 정육면체가 실린 드론이 불쑥 톤예 머리 위에 나타났다. 크기는 한 뼘도 되지 않았다. 이제 문라이트의 목소리가 드론에서 나왔다.

"명령하세요, 톤예." 그 나방은 펄럭이고 휙휙 날았다.

"응, 내가 해야 할 일을 알려 줘."

우선, 빗물 수집 기구에 연결된 파이프와 도랑을 손보았다. 소금기를 머금은 바람이 계속 불면 금속 경첩과 못이 상하고 만다. 해변으로 떠내려온 낡은 그물과 밧줄로 고정해 두었다. 하지만 아무리 자주 파이프를 고정해도 또 금세 헐거워졌다. 잘 묶이지 않는 뻣뻣한 끈 같았다.

그다음, 톤예가 물 높이를 기록하고 문라이트가 1일 물 소비량을 계산했다. 아직 문제없었다. 식물들이 여름처럼 물을 많이 먹지 않았다. 하지만 잘 살펴보고 하루씩 소비량을 잘 나눠 놓아야 했다.

태양전지판과 풍력발전기도 점검했다. 손잡이를 돌려서 바람과 태양을 똑바로 받도록 해 두었다. 전기 저장량이 많을 때는 문라이트가 이 작업을 자동으로 하지만, 지금은 톤예의 '잡일'일 뿐이다. 오늘만 해도 톤예는 적어도 두 번은 각도를 바꾸어 놓으러 와야 할 것이다.

톤예가 작은 만에 있는 태양열 요트, 씨울프호를 살펴보았다. 단단히 묶여 있고 배터리가 가득하고 음식과 물이 실려 있었다. 전기가 충분할 때는 문라이트가 여러 가지 일을 할 수 있지만, 그래도 요트 점검 같은 몇몇 일은 인간만이 할 수 있다. 요즘 들어 이런 일을 톤예가 점점 더 많이 한다.

"무니, 엄마한테 알려 드렸어? 엄마가 요즘……." 톤예가 단어를 떠올리려 애썼다. "엄마가 서 있을 때 균형을 잘 못 잡잖아. 숨도 잘……."

"아비의 천식은 점점 나빠지고 있습니다." 문라이트가 할 일을 알려 줄 때처럼 아무렇지 않은 목소리로 예의 바르게 사실들을 늘어놓았다. "대기 중 산소 농도가 지속적으로 감소하고 있기 때문입니다."

"나쁜 거야? 무니?"

"아비가 지금은 건강합니다만 상태가 악화되고 있고, 제 생각에는 아비가 톤예에게 진실을 숨기고 있는 것 같습니다."

톤예가 엄마에게 괜찮으냐고 물으면 돌아오는 대답은 늘, "난 괜찮아."이고 물을 때마다 점점 더 대답이 단호해졌다.

"이렇게 얼마나 더 오래 살 수 있을까, 무니." 톤예가 특히 뻣뻣한 밧줄로 파이프를 다른 파이프에 묶으며 말했다. "도대체."

"그것은 계산하기 매우 어렵습니다."

"어, 물어본 게 아니야, 그냥 그렇다고. 하지만······." 톤예가 말을 멈추었다. 정말 알고 싶은 걸까? 이제 물어보는 데 진력이 났다.

"좋아. 대놓고 물어볼게, 무니. 우리가 여기서 얼마나 오래 살 수 있지?"

"섬은 인간 두 명이 무한정 살 수 있도록 만들어져 있습니다. 그러나 최악의 상황이 오느냐 아니냐에 따라 크게 달라집니다. 만약 최악의 상황이 오면 우리에게 필요한 것 대부분이 회복할 수 없을 만큼 파괴될 것입니다. 양자를 사용해서 그 확률을 계산할까요? 정확한 확률은 아닐 겁니다. 이런 계산이 점점 더 어려워지고 있습니다."

"아니. 지금은 양자를 쓸 수가 없고, 게다가 내가 정말 알고 싶은지도 모르겠어. 얼른 고래를 찾기나 바라야지. 아니면 고래들이 우리를 찾아내든가."

"그렇습니다. 그것이 우리의 임무입니다."

"하지만 우린 이유가 달라, 무니, 너랑 나는. 나는 고래를 찾으면 이곳을 떠날 수 있으니까 찾고 싶은 거야." 톤예가 드라이버로 매듭을 푼 다음 손에 끈을 쥐고 파이프들을 똑바로 세우고 다시 묶었다.

"이곳을 떠나 집으로 돌아가고 싶은 거지요, 톤예?"

"그래. 우린 여기 2년만 있을 생각이었어."

그곳이 떠올랐다. '이전'의 기억, 4년 전의 기억. 산, 피오르, 마을, 집, 사람들. 세상. 톤예는 그때 열 살이었다. 지금은 열네 살이다.

"티간 이모 보고 싶어요." 톤예가 종종 엄마에게 말했다. "많이요."

"매달 이모랑 통화하잖아." 엄마가 대답했다.

"하긴 하죠. 하지만 겨우 5분이잖아요."

"오래 할 수 없는 거 너도 알잖아. 나는 위기의 지구 회원들과 그 정도로 오래, 그렇게 자주 통화 못해. 우리는 계속……."

"숨어 있어야 하죠."

같은 대화. 같은 대답.

그래도 톤예는 기억에 매달린다. 겨울 폭풍이 오고 밤이 낮보다 훨씬 길 때면 더욱더. 그 기억이 때때로 하드웨어처럼 느껴졌다. 바위처럼 단단하게 내부에 박혀 있는 것처럼. 단순한 데이터처럼. 하지만 또 어떤 때는 그 기억이 양자처럼 미끄러지고 변해서 찾아내기 힘들었다. 담아 두고 싶고 기억해 두고 싶은 장면과 소리인데 말이다. 사라지거나 변하지 않게 단단한 기억으로 담아 두고 싶은 것들.

톤예는 자신들이 떠나온 곳에 대해 생각해 보았다. 그곳이 지금 어떤 모습일지 궁금했다. 하지만 문라이트에게 물어봐도 아무 소용이 없다. 문라이트도 엄마와 똑같은 대답을 할 테니까. 아무 내용도 없는 대답.

마침내 잡일을 다 끝내고 식물 농장에 도착했다.

"역시, 제일 좋은 것은 마지막을 위해 남겨 둬야 하는 법이지. 그렇지, 무니?"

"저는 일의 어떤 면이 더 어려운지 쉬운지, 더 즐거운지 덜 즐거운지 알 수 없습니다. 저는 어떤 일을 '제일 좋은 것'이라고 부르는 질적인 판단을 할 수 없습니다."

"그렇구나. …… 노력이나 힘이 제일 적게 드는 일이 가장 쉬운 일이야, 알겠지?"

"네. 그러면 톤예의 생명을 유지하는 데 필요한 유기물질을 키우는 일이 가장 쉬워서 제일 좋은 것입니까?"

"아니. 내 말은 제일 좋은 건 쉽고, 음, 그러니까 더 쉬우면서 더 재미있다는 뜻이야. 그리고 '유기물질'은 아름답기도 해."

톤예가 농장 문을 열고 식물과 흙냄새로 가득한 따스한 공기를 들이마셨다.

리틀 에덴

　반구형 건물 한쪽 선반에 원통이 줄지어 놓여 있다. 허브 싹에서부터 다 자란 토마토, 감자, 아보카도, 고추와 딸기까지 있다. 다른 쪽에는 바나나, 사과, 망고, 레몬, 파인애플 같은 작은 나무와 좀 더 큰 식물이 있다.

　"아름다워, 무니. 아름다워."

　"저는 아름다운지 아닌지 모릅니다, 톤예." 나방이 머리 위에서 펄럭펄럭 날며 식물 하나하나를 꼼꼼하게 살펴보았다. "복잡한 것은 분명합니다. '살아 있다'고 정의되는 물질의 모음인 각 식물의 체계를 기본적으로는 컴퓨터 연산으로 알아낼 수 있지만 그 체계가 정확하게 어떻게 작동하는지는, 심지어 양자 수준에서도 이해할 수 없습니다."

"여기 있는 생명은 무지개처럼 다양하지." 톤예가 한숨을 내쉬고 미소를 지었다. "작은 에덴동산이야."

"맞아요, 에덴동산은 성경에 나오는 모든 살아 있는 것들의 정원입니다. 하지만 이곳에는 모든 생물이 있지 않습니다."

"그래, 하지만 어쨌든 우리한테 필요한 만큼은 있잖아, 엄마 말대로. 더도 덜도 아니고 딱 필요한 만큼."

문라이트가 톤예에게 할 일 목록을 알려 주기 전에 농장 전체를 살폈다. 어떤 통을 교체해야 할지, 통에서 자라는 식물 중 어떤 것에 물이 많거나 적은지, 그래서 물 주기 장치를 어떻게 조절해야 할지 보았다. 그리고 어떤 식물에 영양분을 더 주어야 하는지도.

전기가 많을 때, 햇빛이 전지판에 끊임없이 내리꽂히고 풍력 발전기가 잘 돌아갈 때는 물 주기가 자동으로 조절되었다. 수도꼭지가 알아서 돌아가다가 멈추었다. 묘목과 어린 식물들이 놓인 상자는, 빛을 최대한 많이 받도록 원판 위에서 저절로 회전하고 방향을 바꾸었다.

이제 문라이트가 톤예에게 어떤 다이얼, 버튼, 손잡이, 원판과 물레를 돌리고 누르고 움직여야 하는지 말해 주었다. 톤예는 농장의 온기 때문에 땀을 뻘뻘 흘리며 일했다.

일이 끝나고 톤예가 자신에게 상을 주었다. 우선, 바질 이파리 하나를 땄다. 손가락으로 잎을 비빈 다음 그 초록색 곤죽 냄새를 맡았다. 그다음으로 초록색 고추를 한 입 베어 물었다. 혀가 좋아서 노래를 불렀다. 과감하게 더 크게 한 입 베어 먹었다. 그런 뒤 딸기를 하나 먹었다. 하나 더. 또 하나 더. 그리고 딱 알맞게 익은 작은 토마토, 그 맛 폭탄을 먹고 겨자 잎 하나를 따 먹었다. 그런 뒤 딸기를 또 하나 따 먹었다.

"톤예. 지금은 먹을 때가 아닙니다. 식사 계획에 따라 필요한 것만 먹어야 합니다."

"참기가 어려워, 무니."

"왜요? 톤예는 배가 고프지 않을 겁니다. 필요한 열량이 아침 식사에 다 함유되어 있었습니다."

"그래, 그랬지. 이게 어떤 거냐 하면……." 라즈베리 위쪽에서 손가락이 맴돌았다. 하지만 아직 다 익지 않았다. 하루 이틀지나면 더 맛있어질 것이다. "그러니까, 그냥 식탐이지." 톤예가 라즈베리를 따서 먹었다.

"왜요? 저는 결코 필요한 것보다 더 많은 전력을 쓰지 않습니다. 저도 '식탐'이란 것이 생길 가능성이 있나요? 필요한 것보다 더 많은 전력을 쓰게 될까요?"

"그러면 네가 진짜로 인간 같아지는 거지."

"톤예가 필요하지 않은 딸기를 먹고 좋아하는 것처럼 제가 전력을 많이 쓰고 좋아하게 되면요? 저한테는 전력이 톤예한테 딸기와 가장 비슷합니다."

"너 웃긴다!"

"뭐가요?"

"꼬치꼬치 잘도 캐묻네. 네가 잘 따지는 건 좋은 거긴 해. 그게 바로 너니까."

"저는 체험을 통해 스스로 배웁니다. 아비는 제가 여러 가지 일을 할 뿐만 아니라 일을 배우도록 프로그래밍했습니다. 캐묻는 것은, 그러니까 저의 필수 구성 요소입니다. 저는 적응하고 배우고, 예측하지 못한 방식으로 진화할 수 있습니다."

"엄마 핑계를 대는구나. 아무튼 다 좋은데 네가 딸기 맛은 알 수 없을 것 같아. 안됐어. 샘나지 않아?"

"아니요. 딸기 맛은 어떤 것과 비슷합니까?"

톤예가 뺨을 빨아들이고 잠시 생각에 잠겼다. "딸기 맛은 어떤 것과도 비슷하지 않아, 무니. 그냥 딸기 맛이지. 딸기는, 좋아!"

"딸기에는 필수 영양소가 들어 있으니까 몸에 좋습니다."

"난 딸기가 좋다고 했지, 좋은지 안 좋은지 물어본 게 아냐."

"왜 딸기를 그렇게 좋아하는지 제가 이해할 말로 설명할 수 있습니까?"

"어디 보자. 딸기 맛이 어떠냐면……." 톤예가 어깨를 으쓱하고는, "햇빛을 먹는 것 같아. 이게 내 최선의 대답이야." 톤예가 딸기 꽃을 딴다. 황금색 중심부에 혀 모양의 새하얀 잎 네 장이 달린 꽃.

"아. 시적인 표현이군요. 식물과 나무에 관한 시들이 아주 많이 있습니다. 저는 그 시들을 모두 알고 있지만 톤예가 말하는 아름다움은 이해할 수가 없습니다. 그것을 정의하고 알아낼 수는 있습니다. 하지만 경험할 수는 없습니다."

톤예가 한숨을 내쉬었다.

"저한테 실망했습니까, 톤예?"

"네 잘못이 아니지. 너는 어떤 때는 사람 같고 또 어떤 때는 그냥 말하는 기계 같아. 욕하는 거 아니야. 자, 얼른 일 끝내고 보트 타러 가자."

농장에는 문이 하나 더 있다. 그 문으로 나가면 영양분이 많은 흙 제조 장치가 있다. 톤예가 농장의 흙을 보충하려고 바깥에 있는 통에서 새 흙을 가지고 왔다. 새 흙은 건조하고 냄새가 없고 색이 짙다. 그렇게 식물에 새 흙을 넣어 준 다음에는 흙 만드는 통에 원료를 다시 채우고 휘저어 두어야 한다. 톤예가 통 뚜껑을 열고, 올라오는 악취를 피하려 고개를 돌렸다.

"너는 냄새를 못 맡아서 좋겠다, 무니야." 톤예가 소매에 코를 묻으며 말했다.

톤예는 비료 통 내용물을 '수프'라고 불렀다. 썩은 해초, 열매를 수확하고 남은 나뭇잎, 줄기, 뿌리, 이전에 쓰던 흙과 톤예가 바위에서 모아 오는 갈매기 똥이 들어 있다. 심지어 등대 화장실 파이프에서 온 자신들의 오물도 들어 있다. 톤예가 통 옆 양동이에 있던 것을 부은 다음 통 옆의 손잡이를 돌려 '수프'를 저었다. 여러 번.

"이것도 아름다운가요, 톤예?"

"눈물 나게 하는 건 확실해." 톤예가 썩은 해초 한 양동이를 부으며 목을 타고 올라오는 구역질과 싸우면서 말했다.

"제일 좋은 것을 마지막까지 남겨 둔다고 하지 않았나요?"

톤예가 웃음을 터뜨렸다. "왜 그런 말을 하는 거야, 무니?"

"톤예의 신념과 행동 사이에 모순이 있는 것 같아서요. 그런데 제가 그것을 지적했을 때 톤예가 웃었어요. 제가 농담을 한 건가요?"

"비슷해."

"나는 톤예가 이 일을 하고 싶어 하지 않는다는 것을 알고 있어요. 보통 때라면 제가 했겠지요. 그러니까 상황이 좋아지면 제가 더 발전할게요."

톤예가 통 뚜껑을 덮고 드론을 가만히 바라보았다. 드론은 잔잔하게 웅웅거리며 맴돌다가 공중에 멈춰서 톤예를 보고 있었다.

"제가 한 말 알아들었나요, 톤예? 발전이라는 단어를 동시에 두 가지 뜻으로 사용했어요. 인간도 이렇게 농담하는 것 같은데요? 그런데 왜 인상을 찌푸리고 있어요? 화가 났나요?"

"화는 무슨. 궁금해서 그래. 무니, 엄마 연결해 줘."

"아비는 동굴에 있습니다. 아비가 '방해 금지'라고 신호를 보냈네요."

"거절."

"톤예나 아비의 생명이 걸린 일이 아니면 제 충고를 거절할 수 없어요."

문라이트의 대답에 톤예가 제대로 한 방 맞았다. 바로 어제만 해도 문라이트를 마음대로 부릴 수 있었는데, 이제는 명령도 마음껏 내릴 수가 없다. 엄마가 단 몇 마디 말로 이렇게 만들어 놓았다.

"무니, 엄마 연결해. 당장!"

"제 말 들으셨잖아요, 톤예. 이 일에 대해서는 아비의 말이 법이에요."

"하지만 …… 으으으으!" 톤예가 통을 발로 차고 발끝이 아파서 욕을 했다.

"저는 어쩔 수가 없습니다, 톤예. 그리고 아비가 나중에 통신

기록을 점검하면 톤예의 연락 요청을 보게 될 겁니다. 그러면 아비가 연락할 겁니다."

"엄마가 얼마나 오래 동굴에 있었지?"

"샤워 직후에 바로 가셨어요."

"좋아, 그러면 밤이 되기 전에나 겨우 우리한테 연락할 수 있겠네! 자, 배 타러 가자."

톤예가 농장을 빙 돌아갔고, 문라이트가 나방의 몸으로 그 뒤를 따랐다.

"바빠요?" 문라이트가 물었다. "왜 통을 발로 찼어요?"

톤예가 대답해 주지 않았다.

그들이 만에 있을 때 아비가 나방의 스피커를 통해 연락했다.

"엄마 무지 바쁜데, 톤예. 무슨 일이야?"

"엄마! 안녕! 무니가 농담을 했어요."

"아, 난 네가 고래를 또 봤나 했네." 실망한 목소리가 분명했다. "하여튼, 뭐라고? 별일 없지? 미안한데 나 너무 바빠. 나중에 피자 먹으면서 영화 볼까?"

"좋고말고. 무니가 농담했다고만 했는데 사실은 두 번이나 했어요. 무슨 농담인지 들어 보실래요?"

"무니가 예전에도 그런 적이 있었어. 놀랄 일이 아니야."

"알아요, 엄마가 섬에서 문라이트를 찾은 이후에요. 문라이트가 아주 열심이죠. 문라이트가 노르웨이에 있을 때와 다르다는 건 알아요. 하지만, 이번에 한 걸음 더 나아간 거예요."

엄마의 한숨 소리를 들으니, 엄마가 눈을 흡뜨는 모습이 눈에 선했다.

"어, 아마도, 맞아. 하지만 문라이트가 농담이 재미있다고 생각해야 제대로 한 걸음 나아간 거야. 무슨 말인지 알지? 문라이트는 웃을 수도 없고 느끼지도 못해. 가끔은 웃고 느끼는 것처럼 보인다는 걸 알지만⋯⋯. 하여튼 나도 너랑 같이 그 희망을 품고 싶어, 톤예, 진짜야. 하지만 이 정육면체들은 예전에 문라이트였던 벽돌 모양 컴퓨터보다 훨씬 더 똑똑해. 문라이트가 의식을 가지려고 했다면 지금쯤엔 이미 가지고 있어야 해."

"알아요, 하지만⋯⋯."

"얘, 아니다. 나 같은 냉소적인 어른 말은 믿지 마. 계속 문라이트와 작업해 봐. 어쩌면 언젠가 내가 틀렸다는 걸 증명할 날이 오겠지. 자, 우리한텐 훨씬 더 중요한 일이 있지. 결정의 시간이야. 영화야, 피자야? 둘 중 하나만 해, 알지?"

"엄마가 고르는 영화는 구려요. 전 〈지구가 우리 것이었던 때〉로 할래요."

"또 로맨틱 코미디구나, 좋아. 그럼 난 피자를 골라야겠지."

"그래요. 그런데 엄마 피자는 맛이 끔찍한데. 뭘 넣으실 건데요?"

"토마토 페이스트에 페코리노 치즈 얹고 겨자잎, 바질, 잣을 곁들일 거야. 일명 톤예피자."

"그런데 그건 제가 제일 좋아하는 거잖아요."

"그렇지."

"잣이랑 치즈는 넉넉하게 있어요?"

"당연하지. 너무 바쁘게 지낸 걸 사과하는 뜻으로 내가 한턱 낼게. 계획은 없었는데 어쩌면 티그한테 전화도 할 수 있을 거야. 이제 됐지?"

"고마워요, 엄마. 사랑해요."

"나도 사랑해."

"저는 배 타러 갈 거예요. 무니를 보트 컴퓨터로 옮길 거예요. 괜찮죠?"

"아니, 지금은 안 돼. 내가 분석할 게 있어. 내가 가진 컴퓨터의 힘을 모두 모아야 할 것 같아."

"뭘 분석하세요, 엄마?"

"주변의 활동 전부, 소리 전부를 우리가 녹음한 마지막 고래 노랫소리와 비교할 거야. 몇 년 전에 녹음한 것이긴 하지만 …… 혹시 모르잖아."

톤예의 심장이 노래했다. "혹시 내 말이 맞을 수 있다는, 그러니까 내가 정말로 고래를 봤을 수 있다는 거예요? 내 말을 믿어 주시는 거예요?"

"너무 나가진 마라. 하여튼 할 수 있는 한 철저하게 알아봐야지. 무니가 틀렸을 가능성은 별로 없지만 그렇다고 불가능한 건 아니니까. 그런데 넌, 가서 책 좀 읽고 있을래? 책 읽었는지 오늘 밤에 내가 문제를 낼 거야."

"전 배 타러 가고 싶다니까요!"

"문라이트 없이는 안 돼. 문라이트는 내가 쓸 거야. 미안. 난 일하러 간다, 오버."

"알았다, 오버. 무니, 나는……." 하지만 그 나방은 듣고 있지 않았다. 쌩하고 등대로 가 버리고 없었다. 주인에게.

씨울프호

톤예가 실헤드 바위에서 바다를 바라보았다. 바람은 속삭거렸고, 해는 높이 떠 있었으며, 파도는 해와 바람이 시키는 대로 피곤한 댄서처럼 위 아래 오른쪽 왼쪽으로 출렁이더니 잦아들어 잔물결이 되었다.

"보물 같은 날이네." 톤예가 말했다. 듣는 사람은 없었다. 미스텟의 날씨는 보통 너무 자주 흐리고 춥고 사납지만, 오늘처럼 끝없는 초록 바다가 펼쳐진 날도 있다. 바다에 구름 한 점 없는 하늘이 담겨 있다.

오늘 톤예는 혹시 고래가 있나 보려고 와서 물속까지 보이는 그 바위에 자리를 잡았다. 쏜살같이 헤엄쳐 가는 물고기, 해초, 주황색 산호와 희끄무레한 암초가 보였다. 그 지역에는 바위들이 삐죽삐죽 물 밖으로 튀어나와 있다. 온갖 물고기가 있는 곳, 바다표범과 새에게는 최고의 먹이 장소다. 톤예는 바다표범 한 마리가 바위에서 자다가 물에 빠져서 다시 올라가려고 살진 몸을 꿈틀거리는 것을 보았다.

"오라고 꼬드기는 것 같네." 톤예가 말했다. 씨울프호를 슬쩍 보았다. 저 배를 타고 바람과 태양에서 동시에 동력을 얻는 태양열 돛을 쓴다면. 서쪽으로 갈 수 있는데, 아니면······.

"안 돼!" 톤예가 자기 자신을 꾸짖었다. "엄마가 알면 뭐라고 하시겠어?"

하지만 엄마가 어떻게 알겠어?

엄마는 절대 톤예를 감시하지 않는다. 하지만 톤예가 어디에 있는지 항상 알고 있다. 모를 경우는, 엄마가 전기를 다 끌어다 쓰면서 전체 시스템을 멈추고 등대 아래 동굴에 틀어박혀 있을 때밖에 없다. 그 동굴은 '저장고'가 있는 곳이다. 수많은 데이터가 보관된 컴퓨터들이 모여 있는 곳이다. 아비가 그곳에서 문라이트를 사용하고 있을 때는 전력이 많이 필요하다. 너무 몰두하다가 전력을 너무 많이 써 버린 적이 한두 번이 아니었다. 그러면 난방도, 심지어 조명조차 켜지 못하고 힘들게 며칠을 버티면서 전기를 다시 생산할 수 있는 상태가 될 때까지 기다려야 했다.

톤예는 동굴에 있을 엄마를 떠올려 보았다. 녹음된 고래의 노래에 최면이 걸린 채 인공위성이 보낸 이미지들을 살펴보고 있을 것이다.

"안 돼, 톤예!" 톤예가 자신에게 다시 말했다. 하지만 서쪽, 그 지역에서 눈을 떼지 못했다. 그곳이 얼마나 위험한지 잘 알고 있다. 엄마 말로는 그곳에 난파선이 수십 척 있다. 톤예는 직접 한번 보겠다는 생각에 문라이트의 경고를 '거절'하고 아주 가까이 간 적이 있다. 그때 엄마 목소리가 선상 스피커에서 울려 나왔다. "돌아와, 톤예, 위험해!" 그래서 톤예는 바로 돌아갔다. 하지만 배를 돌리기 전 수면 아래에서 유령의 형체를 보았다.

그것이 몇 달 전 일이다. 그다음에는 혼자서 갈 기회가 한 번도 없었다. 문라이트가 있었으면 가지 못하도록 경고했을 테니까. 하지만 반복되는 꿈처럼 계속 생각나서 괴로웠다. 난파선을 조사해 보면 좋겠는데. 어쩌면 고래를 볼지도 모르잖아. 그곳에서 고래를 보았는데 최소한 찾아는 봐야 하지 않을까? 한낱 희망일 뿐일까?

폭풍이 사납게 부는 길고 추운 밤이면 때때로 난파선에서 유령 소리, 바람 속에 울부짖는 소리가 나곤 했다. 분명히 들었다. 강한 파도가 밀고 들어올 때면 바다 밑바닥에서 바위들이 구르며 거대한 짐승처럼 우르릉거리고 신음했다. 언뜻 보았다고 생각했던 난파선의 모습이 톤예의 머리에서 떠나지 않았다. 금지된 책처럼.

오늘 날씨는 더할 나위 없이 평온하다. 조수 높이는 중간이다. 밀물 때는 바위가 보이지 않기 때문에 아주 위험하고, 썰물 때는 해류 때문에 더 위험하다. 배를 타고 나가서 고래를 찾아보기에는 지금이 가장 좋은 때다. 게다가 엄마가 절대 알 수 없을 테고.

씨울프호는 5미터 길이의 요트로, 아주 작은 선실에 침상 두 개와 주방이 있다. 아비와 톤예가 당일 돌아오는 일정으로 수중 청음기를 점검하러 나갈 때 씨울프호를 탄다. 만약에 미스텟을 떠나야 한다면 그 배가 세상으로 나가는 유일한 수단이다. 엄마는 그럴 가능성이 별로 없을 거라고 하지만 말이다. 본토는 너무도 멀리 떨어져 있다.

톤예가 물을 헤치고 걸어 나가서 배에 오를 때 심장이 빠르고 요란하게 뛰었다. 혹시 엄마나 나방 아니면 다른 드론이 있는지 보려고 등대 쪽을 살펴보았다. 아무도 없었다. 풍력발전기 옆에 한가하게 서 있는 로봇 두 대가 보였다. 하지만 그 로봇들은 작동하지 않으니 톤예에 대해 아무 말도 할 수 없다.

보트에 있는 컴퓨터로 자동 항해와 돛 조정을 할 수 있지만 그 컴퓨터가 엄마한테 이를까 봐 감히 쓸 수가 없었다.

톤예는 엄마나 문라이트 없이 혼자 항해해 본 적이 없었다. 출항 도구를 점검하는 손이 떨렸다. 닻을 올리고 태양열 돛과 방향타를 조정했다.

돛이 태양열을 받자, 선체 아래의 프로펠러가 돌아 배를 앞으로 나아가게 했다. 톤예가 만을 벗어났다. 씨울프호는 조용하고 출력이 높은 배로, 선체가 물에 닿지 않는 것처럼 가볍게 미끄러져 나아갔다. 톤예가 타륜 옆 손잡이로 전력을 얼마나 전환할지 조정했다.

씨울프호는 타륜을 살짝만 건드려도, 파도를 가르고 뛰어오르다 내려앉고 춤추며 바위를 피해 쌩하고 달렸다. 톤예는 이 모든 동작을 직접 몸으로 느꼈다. 톤예와 배가 하나의 생물이었다. 배는 좀 전에 만졌던 딸기꽃처럼 살아 있었다.

속도가 빨라지자 곧바로 바람이 강해지고 얼굴이 차가워졌다.

"넌 이제 큰일 났다, 톤예." 톤예가 엄마를 흉내 내며 말해 보았다. "그래도 해 볼 만해."

그 지역 가까이 다다랐다. 튀어나온 바위들이 있는 곳에서 멀리 떨어져 있지만 앞쪽 물 아래 어른어른하는 형체들과 바위틈 사이로 물이 세차게 흐르는 모습이 잘 보였다.

톤예는 자신이 본 것이 고래가 아니리라 생각했다. 바다표범의 등이나 물로 뛰어드는 새를 잘못 보았을 거라고. 아니면 그것들과 비슷한 무언가를 본 것일 수도. 그리고 설사 고래가 근처에 있었다고 해도 지금쯤이면 이미 멀리 가고 없을 테고 말이다.

하지만 엄마가 동굴에 있는 동안 달리 무엇을 하겠어? 책을 읽고 영화를 봐? 그건 아니지.

그렇게 해서 톤예는 미스텟에서 배를 타고 멀리 나왔다. 수평선 쪽을 바라보다가 바닷속을 조사했다. 음파탐지기가 여울의 바위를 감지하면 경보가 울릴 테니 그 경보를 놓치지 않으려고 귀를 열어 둔 채 조심조심 천천히 움직였다. 할 수 있는 한 멀리 나간 뒤, 동력을 끄고 태양열 돛을 감아올려서 이제 씨울프호는 거의 움직이지 않았다.

해가 가장 높이 떠 있어서 햇빛이 물속까지 환하게 비추었다. 톤예가 계속 보고 있었다. 계속 찾고 있었다. 물속 어디에 난파선이 있나 보았다. 수평선 어디선가 고래가 나타나지 않는지 보고 있었다.

"너 뭐 하는 거니?" 말소리가 허공을 갈랐다.

"엄마!"

"돌풍이 오고 있어. 돌아와, 톤예. 당장!"

"저 …… 알았어요, 엄마."

톤예가 고개를 들어 둘러보았다. 서쪽만 보느라고 북동쪽은 보지 못하고 있었다. 수평선에 비를 잔뜩 머금은 구름이 몰려 있었다. 전혀 모르고 있었다.

"넌 도대체 무슨 생각으로,"

톤예가 장치를 끄자, 엄마의 목소리가 끊어졌다. 닻을 끌어 올리고 집으로 향했다.

폭풍

비, 바람, 파도가 미스텟을 후려쳤다. 30분도 채 되지 않았는데 어디서 왔는지 또 다른 폭풍이 나타났다. 얼마나 오랫동안 폭풍이 계속될까? 한 시간, 하루, 일주일?

톤예는 주방이라고 부르는 곳에서 바라보고 있었다. 등대 1층에 있는 부엌 겸 거실이다. 한 시간 동안 심해지는 폭풍을 지켜보다가 더 잘 보려고 꼭대기 방을 향해 나선계단을 올랐다. 가는 길에 침실에 들러 수영복을 입은 다음 그 위에 옷을 다시 입었다.

꼭대기 방에서 바깥을 보며, 바다가 비명을 질러대며 미스텟을 할퀴고 삼키려 하는 굶주린 괴물 같다고 생각했다. 동화에 나오는 괴물처럼 엄마와 자신을 먹어 치우려 한다고.

아비의 목소리가 정육면체에서 흘러나오자 비로소 그 상상에서 깨어났다. "난 리틀 에덴에서 할 일이 있어."

"나도 갈래요."

"너한테 하루치 위험은 아까 그걸로 충분해." 엄마가 말했다. 상대의 말을 자를 때의 말투다.

톤예가 얼른 계단을 달려 내려갔더니 엄마가 아직 방수 잠바와 바지를 입고 모자를 쓰는 중이었다.

"문라이트 쓰실 거예요, 엄마?" 톤예가 물었다.

"아니, 하지만 너도 못 써."

문 옆 창가에도 꼭대기 방에 있는 것과 똑같은 모양의 검은색 정육면체가 있다. 그것이 '문라이트'라는 단어에 반응해 뿌옇게 켜졌다.

톤예는 엄마가 리틀 에덴을 향해 조심스레 쇠줄을 따라가는 모습을 지켜보았다. 엄마는 그 길 구석구석을 잘 알고 있다. 바람이 더 사납게 불 때도 엄마가, 폭풍우 괴물이 자신만은 건드릴 수 없다는 듯 당당하게 그 길을 가는 모습을 여러 번 보았다. 지금은 엄마의 걸음이 예전보다 느려졌다. 바람에 뒤흔들리면서 쇠줄을 잡고 한 걸음 한 걸음 힘들게 가고 있다. 이제 괴물의 분노 앞에 엄마는 나약한 존재처럼 보였다. 톤예는 엄마가 시야에서 사라질 때까지 눈을 떼지 않았다. 그런 뒤 잠깐 기다렸다.

"문라이트, 깨어나. 엄마는 리틀 에덴에 잘 가셨지?"

"네."

"엄마가 오실 때 잘 지켜봐 줘, 무니."

톤예가 옷을 벗고 수영복 바람으로 밖에 나갔다. 차가운 비와 물보라가 몰아치자 잠시 주춤했다. 금세 흠뻑 젖고 말았다. 바람에 머리카락이 마구 춤추었다. 바위 위에 서서 난간을 잡고 어떤 파도가 가장 센지 가장 높이까지 오를지 추측해 보았다. 어떤 것이 등대 문까지 올라갈지 맞혀 보았다. 그런 뒤 머릿속에 소용돌이치는 생각을 모두 손으로 쥐듯 잡아서 바람 속에 내던졌다.

섬.

집.

세상.

그 지역.

자유.

고래.

엄마.

바람이 가장 요란하게 울부짖을 때 톤예도 울부짖었다. 아주 크게 울부짖었다. 하지만 바다는 더 큰 포효로 톤예의 목소리를 묻어 버렸다.

톤예가 비명을 거듭 지르고 소리치고 괴로워하고 또 소리치고 괴로워했다. 목이 쉬고 흠뻑 젖고 얼어붙어서 더는 머릿속에 아무런 생각이 남아 있지 않을 때까지, 비와 바람 말고 자신에게 아무것도 남아 있지 않을 때까지. 톤예와 폭풍이 더는 서로 다른 존재가 아니게 될 때까지.

그런 뒤 엄마가 곧 돌아오겠다는 생각이 들자, 얼른 집으로 달려가 몸을 닦고 옷을 입고 나무 벽난로 앞에 앉아 땔감을 넣었다.

"엄마, 와서 불 쬐세요." 아비가 음식이 가득 든 자루를 들고 힘겹게 걸어 들어오자, 톤예가 불렀다.

"갈게." 엄마가 작업대에 음식 자루를 툭 내려놓았다. "피자와 샐러드 재료를 가져왔어."

"엄마, 그깟 피자 하나 먹자고 너무 위험한 일을 했어요."

"온실이라 괜찮아, 굴렛 미트." 아비가 문 옆에 걸린 수건으로 얼굴과 머리를 싹싹 닦다가 미소를 지었다. "어쩐지 네가 엄마같이 말하네."

엄마가 방수복, 스웨터와 청바지를 벗고 실내복으로 갈아입었다. 불 가에 앉더니 숨 가빠하며 쌕쌕거렸다. 힘든 일을 하고 있을 때 이런데, 호흡이 안정되기까지 시간이 좀 걸렸다.

"네 머리가 왜 젖어 있지?" 마침내 엄마가 톤예에게 물었다.

"씻었어요."

톤예가 엄마에게 아쿠아비트를 한 잔 가져다주고는 밀가루와 이스트, 그릇을 꺼내 피자 반죽을 만들기 시작했다.

"얘, 피자는 내가 만들기로 했는데! 그런데 이렇게 난롯불에 아쿠아비트까지 있으니," 엄마가 말했다. "난 못하겠지?"

"엄만 쉴 자격 있어요. 저걸 무릅썼으니까." 톤예가 창을 가리켰다.

"고마워, 굴렛 미트. 고맙고 미안해. 날씨가 이럴 땐 지루할 텐데. 그러니까 그 상상의 고래 찾으러 가지도 못하잖아." 엄마가 미소를 지으며 말했다.

"전 가끔, 우리가 집에 있었다면 뭘 하고 있을까 생각해요." 톤예가 숨을 참으며 대답을 기다렸다. 하지만 엄마가 어떻게 대답할지 이미 알고 있었다.

"여기가 우리 집이야." 엄마의 말은 거의 속삭임이 되었다.

"알아요, 그래도 그냥 …… 궁금한 거예요. 왜냐면 우리가 언젠가는 돌아갈 거니까 돌아갈 걸 기다리는 건 당연하잖아요. 티건 이모 만나는 것도요."

"톤예, 왜 똑같은 이야기를 하고 또 해야 해? 맞아, 우린 돌아갈 거야. 우리 일이 끝나면. 나도 티그가 보고 싶어. 네 생각보다 더 많이 보고 싶어."

엄마가 아쿠아비트를 홀짝 마셨다. 그리고 안락의자에 몸을 깊이 묻었다.

"엄마."

"응."

"집에 가고 싶어요."

뒤따르는 침묵이 바깥의 폭풍보다 더 강했다. 침묵이 방을 가득 채웠다. 톤예가 다시 반죽을 만들어 보았지만 집중하기 어려웠다.

"괜찮아?" 마침내 엄마가 말문을 열었다. "내가 그 입 다물기 수법을 잘 알아. 내가 우리 아빠한테 자주 써먹곤 했어. 아주 자주."

"괜찮아요."

"정말로? 네가 반죽을 그렇게 심하게 내동댕이치고 패대기치고 주무르고 있는데도?"

"정말로?" 톤예가 엄마를 흉내 내어 말한 뒤 몸을 돌리고 손을 허리에 올린 채 엄마를 쏘아보았다.

"문라이트." 아비가 말했다.

정육면체가 노란 태양 빛이 되었다.

"네, 아비."

"톤예한테 왜 우리가 집에 갈 수 없는지 말해 줘라."

"조용히 해. 문라이트!" 톤예가 말했다. "엄마, 우리 여기 2년 있기로 했었잖아요. 벌써 4년이에요."

"이건 때가 되면 그냥 끝나는 임무가 아니야. 가뭄과 경제 붕괴, 팬데믹이 일어나고 있어. 그렇게 망가지는 걸 두고 볼 수가 없어."

"영영?"

"말해 줘. 문라이트." 엄마가 말했다.

"톤예, 고래가 없으면, 플랑크톤이 죽을 거예요. 그러면 산소가 줄어들 거예요. 탄소도 점점 적게 흡수할 거예요. 이곳이 자연이 선택한,"

"됐어! 알아, 안다고. 다 알지. 하지만 다른 사람들도 고래를 찾고 있잖아요, 엄마. 우리만 해야 하는 게 아니잖아요?"

"정말 그래?" 잠시 엄마가 어느 때보다 더 슬프고 지쳐 보였다.

엄마가 잔을 비우고 옷과 방수 재킷이 걸린 문 쪽으로 갔다.

"깜박하고 수프를 저어 놓지 않고 왔어. 리틀 에덴에 다시 가야겠어."

"무니가 수프 저으라고 말해 주지 않았어요?"

"응. 내가 무니를 가져가지 않았잖아. 전기를 아껴야지."

"가지 마세요, 엄마. 그냥 둬요. 여기서 나랑 이야기해요. 미안해요, 난 그냥 …… 힘이 들어서."

"알아, 안다."

엄마가 방수 외투를 입었다. 손을 문에 올린 채 톤예를 돌아보았다.

"요리 대신 해 줘서 고마워. 덕분에 잘 쉬었어." 엄마가 길게 몇 번 숨을 쉬고 마음을 단단히 먹은 후에 겨우 빠져나갈 수 있을 만큼만 문을 열었다. 거센 돌풍이 문을 잡아채려고 하고 창문을 뒤흔들었다. 그런 뒤 엄마와 폭풍만 바깥에 둔 채 문이 닫혔다.

톤예가 창으로 엄마를 지켜보았다. 엄마가 억수 같은 비와 물보라 뒤로 사라지고 나서도 회색 하늘과 이동하는 구름을 계속 지켜보았다.

"난 가끔, 충분히 열심히 충분히 오래 보다 보면 언젠간 세상이 보일 거라고 생각해." 톤예가 말했다.

"그건 불가능합니다, 톤예."

"나한테 무언가를 가져다줘. 세상으로부터 무언가를." 톤예가 속삭였다.

"저는 하지 못합니다." 문라이트가 말했다.

"폭풍한테 말하는 거야."

"농담하는 건가요, 톤예? 폭풍은 듣지도 대답하지도 못해요. 하지만 해안에 무언가 떠밀려오기는 할 겁니다. 오늘 저녁쯤에는 폭풍이 약해질 테니, 내일 아침에 가서 보면 돼요."

해변에 떠내려온 것

톤예의 방은 거실 겸 주방 위층이자 꼭대기 방 아래층에 있다. 등대 탑의 중간쯤이다. 동쪽을 바라보는 창이 하나, 서쪽을 보는 창이 하나 있다. 전망이 완벽한 위치여서 섬이 거의 다 보이고 바다도 잘 보인다.

톤예가 퍼뜩 잠에서 깨어 침대 옆 창을 내다보았다. 환한 푸른 하늘에 조각구름이 둥둥 떠 있었다. 바다는 활기가 넘쳤다. 하지만 폭풍은 지나갔다. 방에서 바위투성이 해안은 드문드문 보이지만 만과 요트는 보이지 않았다.

청바지와 두꺼운 스웨터를 걸쳤다. 가서 씨울프호를 점검할 것이다. 폭풍이 지나고 난 뒤에 늘 가장 먼저 하는 일이다. 그다음에 빗물 수집 장치, 파이프, 전선을 살펴보아야 한다. 망가진 것이 없는지 모두 다 확인해 보아야 한다. 그리고 망가진 것이 있으면 고친다. 엄마가 일어나면 좋아하겠지. 그리고 엄마는 직접 그 일들을 하지 않아도 되니까 편해지겠지.

그렇게 톤예가 해야 할 일들이 있었다. 하지만 톤예가 침대에서 재빨리 빠져나온 것은 폭풍에 떠내려온 물건에 대한 기대 때문이다. 땔감, 그물, 부표, 온갖 조개껍데기가 있을 것이다.

폭풍이 북동쪽에서 불었다. 이렇게 본토 쪽에서 바람이 부는 일은 드무니까 분명 선물이 있을 것이다. 예전에는 운동화, 낡은 요트의 보일러, 병, 기저귀 한 상자, 표백제 몇 병, 서프보드, 또 많은 것을 챙겨 두었다.

쿵쾅거리며 계단을 내려가 벽난로에 장작을 한 조각 넣고 그 위에 커피 주전자를 올렸다.

"깨어나, 문라이트."

"좋은 아침입니다, 톤예."

"오늘 상황 어때? 많이 망가졌어? 떠내려온 것이 있어?"

문라이트가 햇빛처럼 밝아지며 섬의 단말기들을 살펴보았다.

"피해는 거의 없습니다. 바다 쪽 센서와 카메라에 떠내려온 물건들이 감지됩니다. 섬 전체를 점검하려면 나방 드론이 필요합니다."

"잘됐네. 우리한테 생긴 건? 아니! 말하지 마! 내가 알아맞혀

볼게. 플라스틱 쓰레기, 그물, 죽은 물고기 수백만 마리, 해파리, 조개껍데기, 나무, 낡은 부표?"

"제가 꼭대기 방에서 보니 뭔가 있습니다. 움직이고 있어요."

톤예가 수납장에 머그잔을 가지러 갔다. "움직이고 있다고?"

"가서 살펴볼 수 있습니다. 하지만 위험할 수도 있습니다."

"위험해, 정말로?"

톤예가 엄마를 깨울까, 생각했다. 하지만 호기심이 뜨거운 커피처럼 끓어올랐다.

"됐어, 나방에 들어가. 가자."

조수가 낮아진 조약돌 해변에 떠내려와 있는 것이 많지는 않았다. 나무, 널빤지, 플라스틱 상자 하나. 거대한 해초 더미가 나무 보트 조각 같은 것에 붙어 있었다.

"여긴 위험한 게 아무것도 없는걸." 톤예가 문라이트에게 말했다. 이때 문라이트는 나방에서 톤예의 머리 위를 펄럭펄럭 날면서 한 번씩 불어닥치는 바람에 힘겹게 버티고 있었다. "음, 됐고."

하지만 톤예는 나무를 발견해서 기분이 좋았다. 적어도 다섯 번 불을 땔 수 있겠다. 톤예가 해초를 밟아 미끄러지지 않도록 조심하면서 바위를 타고 내려가서 으드득거리는 자갈밭을 건너가기 시작했다. 그러다 딱 멈추었다. 그 거대한 해초 더미가 들썩거렸다. 톤예가 눈길을 떼지 않고 지켜보았다. 지금은 가만히 있지만 조금 전에 분명히 움직였다.

"무니야, 봤지!" 톤예가 가리켰다. "봐, 저게 또 움직였어!"

해초 더미가 다시 부풀어 올랐다가 가라앉았다. 숨 쉬는 생명체 같았다.

"바다표범인가 봐." 톤예가 말했다. "작년처럼 그물에 걸린 녀석이겠지." 톤예는 성급하게 다가가지 않았다. 바다표범은 도와주려고 내민 손도 물 수 있다는 것을 잘 알고 있었다.

"엄마를 불러야 할 것 같아."

"그러셔도 돼요, 톤예. 하지만 저도 이런 상황에 준비가 돼 있습니다. 그리고 저것이 떠내려온 유일한 생명체인 것처럼 보입니다. 만약 상처를 입은 생명체라면 죽여야 할 겁니다."

"무니, 왜 그렇게 매정해? 네가 방금 말한 그 …… 그 행동을 생각하기 전에 우선 치료해 줄 수도 있잖아. 우리가 죽," 말이 목에 걸려 잘 나오지 않았다.

그 해초 더미가 일어서면서 덮여 있던 해초를 벗고 발을 굴렀다.

"이봐!" 남자애가 손을 흔들었다. 금발에 키가 크고 마른 몸, 흠뻑 젖은 청바지, 스웨터, 재킷을 입고 있었다.

톤예가 말을 하려는데 말이 나오지 않았다. 그냥 손을 흔들어 주었다. 남자애가 앞으로 오다가 해초에 얼굴을 박으며 넘어졌다. 톤예가 도와주러 가는데 나방이 쌩하고 앞서갔다.

"가만히 있어요!" 문라이트가 딱 부러지는 목소리로 명령했다. 톤예는 문라이트가 이렇게 말하는 것을 들어 본 적이 없었다.

소년이 일어서려고 하자 나방이 소년의 머리에 화살처럼 빛을 쏘았다.

"그거 아파." 소년이 막으려고 손을 올렸지만, 나방이 다시 빛화살을 쏘았다.

"무니, 왜 그래?" 톤예가 물었다.

"거기 그대로 있어요, 톤예." 달라진 문라이트가 말했다. "저기 가까이 가지 말아요."

소년이 머리를 문지르며 해초 더미에 앉아서 나방을 보고 있었다. 톤예 눈에 그 아이가 몸을 심하게 떨기 시작하는 것이 보였다. 톤예가 앞으로 한 걸음 더 나아갔다.

"안 돼. 톤예! 위험해요." 나방이 톤예에게 날아와 얼굴 바로 앞에서 맴돌자 톤예는 한 걸음 더 가면 자신도 광선을 맞는 걸까 생각했다.

"넌 어디서 왔어?" 톤예가 소년에게 물었다. "어쩌다 여기 온 거야?"

소년이 이를 딱딱 부딪치고 떨면서 울먹였다. 흥분한 눈길을 나방에서 떼지 않았다. 나방은 두 인간 사이에서 다급하게 맴돌았다.

"무니, 쟤를 도와줘야 해. 내 말대로 해!"

"안 돼요, 톤예. 앞으로 더 나오지 말아요."

"만약 네가 그게 뭐든 그걸 나한테 쏘면, 나는 …… 난……."

톤예가 마음을 굳게 먹고 한 발 앞으로 갔다.

"톤예, 멈춰!" 엄마의 목소리가 바위를 울렸다. 돌아보니 엄마가 서서 소년을 내려다보고 있었다. "그 자리에 있어, 톤예. 너, 어디에서 왔어? 네 배는 어디 있고? 괜찮은 거야?" 아비가 문라이트가 광선을 쏘듯 질문을 쏘아댔다.

소년이 엄마를 보면서 힘들게 말하려고 했다.

"문라이트. 저 애를 살펴봐."

나방이 소년 주위를 날았다. 주변 공기가 신기루처럼 어른어른하며 떨렸다. 톤예는 이런 광경도 처음 보았다.

"소년은 건강합니다. 어떤 바이러스에도 감염되어 있지 않습니다."

"아무도 내가 여기 있는지 몰라요. 내가 살, 살, 아, 있, 있는지조차." 소년이 말을 더듬었다.

"우리가 네 쪽 사람들한테 연락해 줄게, 걱정하지 마. 네가 바이러스를 옮길까 봐 확인해야 했을 뿐이야."

소년이 말을 하려고 떨리는 입술을 열었다. 하지만 눈꺼풀이
내리 닫히고 다시 해초에 쓰러졌다.

"엄마! 도와줘야 해요." 톤예가 말했다.

"그래." 엄마가 달려 내려와, 몸을 제대로 가누지 못하는 소년
을 일으켰다. 소년의 팔을 자기 어깨에 둘러 부축했다.

"엄마 혼자선 안 될 것 같아요."

"그래. 도와줘."

톤예가 소년을 팔로 안아 부축했다. 톤예는 물이 얼마나 차가
운지 잘 알고 있었다. 불 가에 소년을 데려가야 한다는 것도. 엄
마가 저체온증에 대해 수도 없이 경고했으니까. "괜찮을까요?"
톤예가 말했다.

"그럴 거야."

톤예가 화면에 나오는 사람 말고 진짜 인간을 본 것은 4년 만
이었다. 지금 진짜 인간을 만났다. 어린아이도 어른도 아니었
다. 그 중간쯤. 나처럼. 톤예가 생각했다. 나랑 비슷해.

라르스

"얘가 내 방을 쓰게 하는 게 어떨까요?" 톤예가 제안했다. "난 주방에서 자면 돼요."

엄마와 톤예가 등대에 들어가 소년을 땔감이 든 자루처럼 난롯가에 내려놓았다. 톤예가 커피를 만들어 엄마에게 잔을 건넸다. 엄마는 소년 옆에 앉아 있었다. 소년이 몽롱하게 깨어나 엄마가 먹여 주는 커피를 고마워하며 삼켰다. 그런 뒤 톤예와 엄마가 소년을 데리고 가서 톤예의 침대에 눕혔다. 재킷을 벗기자 약간 정신이 드는 듯했다. 커피 덕분인 것 같았다.

"혼자 할 수 있어요." 그가 말했다. 정신이 들었는지 두리번거리며 무언가를 찾았다. 하지만 이제 나방은 없었다. 소년은 톤예가 서 있는 문 앞을 보았다.

"자리 좀 비켜 줄래?" 소년이 말했다.

"부끄러워할 때가 아니야, 얘야." 엄마가 말했다.

"제 이름은 라르스예요." 그가 말하면서 젖은 스웨터를 벗었다.

"그래, 라르스." 엄마가 스웨터를 받으며 말했다. "나한테 라르스라는 사촌이 있었어. 그 사촌이랑 닮았구나."

라르스가 아비를 뚫어지게 보았다. "그런데 아주머니, 제가 아주머니를 어딘가에서 봤어요. 전에 본 적이 있어요."

"아니, 넌 날 본 적이 없어. 우린 만난 적이 없거든."

"그런데 너는 누구니?" 라르스가 톤예를 똑바로 보며 물었다. 눈이 톤예처럼 초록색이다. 톤예가 라르스의 눈을 바라보는데 라르스도 톤예를 바라보았다. 톤예는 이유 없이 힘이 빠지는 느낌이 들었다. 뺨이 달아올랐다. 그럴 이유가 아무것도 없는데.

"나는 …… 흠흠 …… 미안, 너무 오랜만에 사람을 봐서 이상해서 그래. 화면에 나오는 사람 말고는. 나는 톤예고 여긴 우리 엄마, 아비."

"인사는 괜찮다. 이미 너무 늦었거든." 엄마가 말했다.

"안녕, 톤예." 라르스가 미소를 지었다.

"안녕. 만나서 반가워." 톤예가, 사람을 처음 만날 때 어떻게 인사해야 하는지 기억해 내며 말했다.

"나도. 그리고 …… 고마워. 네가 날 살려 줬어. 이곳, 커피, 난롯불, 침대까지! 난 저기서 죽는 줄만 알았어."

"너무 편해하지는 마라." 엄마가 말했다. "계속 여기 있지 않을 테니까."

"아, 그럼요. 하여튼 옷이 다 젖었어요. 전부 벗어야겠는데." 라르스가 다시 빙긋 웃으며 톤예 쪽으로 고개를 까딱했다.

"알았어." 톤예가 말하고 어깨를 으쓱했다.

"그러니까, 지금 좀?"

"알았어."

엄마가 한숨을 쉬었다. "톤예, 새끼 바다표범처럼 그렇게 눈 동그랗게 뜨고 보고만 있지 말고 내려가서 손님 음식을 좀 만드는 게 어때?"

톤예가 주방에서 수프와 빵을 준비해서 위층에 가지고 갔다. 라르스가 허겁지겁 먹어 치웠다. 아무 말도 없이 먹기만 하더니 다 먹자마자 누워서 바로 잠이 들어 버렸다. 엄마와 톤예는 주방으로 돌아왔다.

"라르스가 괜찮아지면 보내야 해."

"어떻게요, 엄마? 라르스가 씨울프호를 타고 갈 수는 없잖아요."

"내가 방법을 찾을 거야."

"어떻게요?" 톤예가 다시 물었다. "여기 있게 하는 건 어때요? 고래 찾는 걸 도우라고 하고요."

"아니, 재는 돌아가야 해. 식량이 우리 것밖에 없어. 시스템이 우리 둘에게 맞추어져 있잖아."

"우리끼리는 힘들 거예요, 엄마."

"우린 괜찮아!"

"엄마. 전력이 없는 날도 있잖아요. 로봇 부품도 있어야 해요. 파이프, 농장, 물 주기 장치, 태양전지판, 풍력발전기를 고쳐야 해요. 우리는 고치고 또 고치는 상황이잖아요. 도움을 받아도 되잖아요. 조금은요."

"안 돼. 재는 가야 해."

"그런데 어떻게 가요? 엄마도 답이 없잖아요? 재가 여기 있든가, 아니면 누가 와서 재를 데려가야 해요."

"그렇게 좋아할 일이 아니야! 내가 방법을 생각해 낼 거야. 그게 내 일이야. 생각해 내는 거. 풀리지 않는 문제를 푸는 것. 한때 내가 그걸로 유명했지."

"누가 도와주지 않으면 우리가 얼마나 오래 살아남을 수 있겠어요?" 톤예가 우겼다. "난 다른 사람이 필요해요! 화면에 나오는 것 말고 진짜 사람이요. 게다가 라르스는 강해 보인다고요." 다시 톤예가 뺨이 뜨거워지는 것을 느꼈다.

엄마가 대답하지 않았다. 왜냐하면 답이 없었으니까. 그래서 톤예는 이번에는 자신이 어른이고 엄마가 짜증 부리는 애 같다고 생각했다.

"난 동굴에서 작업해야 해. 문라이트, 저 애를 잘 지켜봐."

창가의 정육면체가 칠흑 같은 검은색에서 황금색으로 변했다.

"어떻게요, 아비? 톤예의 방에는 단말기도 스피커나 스크린도 없어요. 톤예의 사생활을 보장해 주셨지요."

"나방을 쓰면 되잖아."

"계속 쓸 수는 없어요. 아비가 동굴에서 제가 필요하실 수도 있어요."

"톤예, 네 방에서 필요한 물건을 가지고 나왔니?"

"네."

"쟤한테 변기로 쓸 양동이, 물, 수건, 맞을 만한 내 옛날 옷 몇 벌이 필요할 거야. 내가 동굴에 가 있는 동안 그것들을 준비해 줘. 점심 준비도 시작해. 3인분이 있어야지. 그런데 내 기억으로는 10대 남자애들은 아주 많이 먹어. 그리고 걔한테 아무것도 말해 주지 마!"

"알았어요, 엄마. 그렇게 할게요."

톤예가 조용히 돌계단을 올랐다. 방 문짝에 귀를 대 보지만 아무 소리도 들리지 않자, 열쇠 구멍에 눈을 대고 보았다. 라르스는 창가에 앉아 있었다. 톤예의 이불을 두르고 있지만 어깨는 드러나 있었다. 라르스는 말랐다. 피부는 여름 구름처럼 창백했다. 지방이라곤 없이 뼈와 철사 같은 근육만 있었다. 낯설었다. 그런데 아름다웠다.

톤예가 몸을 세우고 목청을 가다듬은 뒤 문을 두드렸다.

"들어와요." 라르스가 말했다. 톤예가 문을 열자, 라르스가 미소를 지었다.

"네가 어떤가 보러 왔어. 비누랑 칫솔도 가져왔고."

"나, 배고파."

"방금 수프 먹었잖아."

라르스가 웃었다. "일주일 동안 계속 먹을 수도 있을 것 같아. 수프든 뭐든 좀 더 줄래?"

"지금? 좋아, 금방 가져올게."

톤예가 주방으로 돌아가 빵을 자르고 올리브기름을 듬뿍 발랐다. 토마토를 저며 빵에 올리고 그 위에 바질을 찢어 얹고 소금과 후추를 뿌렸다.

"많이는 없어." 톤예가 돌아와 라르스에게 음식을 주며 말했다. "그래도 배가 고프면 조금 있다가 더 줄 수 있어."

"맛있어."

"우리가 직접 채소를 길러." 톤예가 말했다. "하지만 기름과 쌀, 꿀과 밀가루는 사 온 거야. 쌀은 잘 보관만 하면 상하지 않아. 꿀도 그렇고."

"여기 두 사람만 살아?"

"응."

그때 톤예가 엄마의 지시가 떠올랐고 대답 말고 질문을 해야겠다고 생각했다.

"세상은 어떻게 돌아가고 있어?" 톤예가 말했다.

"뭐가 알고 싶어?"

"뭐든. 전부 다."

"너도 뉴스를 보지 않아? 가족, 친구들과 이야기도 나누고?"

"우리는 세상과 최소한으로만 접촉해."

라르스가 먹느라 내던 소리가 갑자기 멈추었다. 아무 말도 하지 않았다. 톤예가 침묵을 들었다.

"괜찮아?" 톤예가 말했다.

"왜? 왜 최소한으로만 접촉해?"

"사실은, 말해 줄 수가 없어. 우리는 그냥 …… 아주 외따로이 살고 있어. 세상이 어떤지 말해 줘."

"우선 이주가 늘고 있다는 건 알아야 해. 음식이 매우 부족해. 그렇지 않으면 내가 왜 폭풍에 목숨을 걸고 종이컵처럼 박살

난 보트를 타고 바다에 있었겠어? 난 운이 좋았지. 모두가 운이 좋지는 않아."

"우리?"

"난민들."

"하지만 너는 노르웨이인이잖아? 난민이라니 이상하네."

"쯧, 도대체 여기 얼마나 오래 있은 거야? 나는 그린란드로 가기를 바라고 있어. 미국인이거나 덴마크인 피가 섞였거나, 아니면 들여보내 줄 사람을 알고 있어야 그린란드에 갈 수 있어. 하지만 그런 자격이 되지 않는 사람들도 가려고 해. 우리 아버지는 에스토니아인이지만 어머니가 덴마크인이어서 나한텐 기회가 있어!"

"여기서 그린란드는 멀어, 라르스. 네가 어떻게 갈 수 있을지 모르겠어. 어쩌면 문라이트가 알아봐 줄 수도. 아니면 엄마가."

"문라이트? 그 드론봇? 그게 말을 하던데!"

"무니. 무니는 우리 인공지능이야."

"나를 쏜 것이?"

"그래, 그게 문라이트야. 그 나방이 문라이트가 아닐 때도 있긴 한데. 하여튼 문라이트는 아주 친절해. …… 보통은 그래. 내 말은 그 나방에 문라이트가 들어가 있다는 말이야. 그러니까 그 나방은 …… 문라이트가 아니야."

"옮겨 다니는 인공지능이라는 거구나. 그게 가능해?"

"응, 문라이트는 독립된 존재야. 진화하고 학습하도록 만들어졌어. 엄마는 문라이트가 자의식을 가지게 될 거라고 생각하지 않아. 그렇게 되기를 바라는 척하지. 엄마는 문라이트가 의식이 있는 것처럼 보일 뿐이라고 생각해. 하지만 난 언젠가 문라이트가 자의식을 가지게 될 거라고 믿어. 엄마는 그래서 이름도 문라이트라고 지었대. 달은 스스로 빛을 낼 수 없고 태양 빛을 반영하니까. 그 컴퓨터가 의식이 있는 것처럼 보여도 사실은 우리의 모습을 따라 하는 것뿐이라는 거지."

침묵이었다. 그것은 라르스가 유심히 듣고 생각하는 소리였다.

"네가 어떤 일들은 많이 알고 있지만 전혀 모르는 것도 있는 것 같아, 톤예. 네가 말한 일은 절대 일어나지 않을 거야. 막강한 기술 기업만이 의식 있는 인공지능에 가까운 걸 가질 수 있어. 게다가 양자 컴퓨터로만 할 수 있어."

"내가 거짓말한다고 생각하는 거야? 무니는 감도가 낮지만 양자 컴퓨터야. 거의 항상 그래. 냉각장치가 있는 동굴에 네트워크 기지가 있어. 그리고 정육면체들에도 큐비트*가 있어. 문라이트가 어려운 작업을 할 땐 그것들의 양자 연산 능력을 전부 사용해. 고래 소리가 나는지 듣는 거야. 고래의 노래가 바닷속 입자들을 움직이게 하면 찾아내려고. 하지만 양자는 엄청난 전력을 쓰니까 햇빛과 바람이 아주 많을 때만 문라이트가 제대로 진화해. 엄마가 문라이트는 현재 존재하는 최고의 컴퓨터라고 했어! 전 세계에서 최고라고! 못 믿는다면 보여 줄게.”

“저것이 정말 양자 컴퓨터라는 말이니?”

“그래. 내 말 못 들었니? 너야말로 모르는 게 있는 것 같네!”

라르스가 말하는 방식은 뭔가 특별했다. 천천히 신중하게 말했다. 톤예가, 생각해 보니 말을 너무 많이 해 버렸다. 너무너무 많이 했다. 그러고 나니 자신이 말하도록 만든 라르스에게 화가 나는 것인지, 주절주절 다 말해 버린 자신에게 화가 나는지 알 수가 없었다.

“너의 엄마가 아비 크리스텐센 맞지? 내 기억이 맞았어.”

이제 침묵하는 것은 톤예였다.

‘말이 그냥 나한테서 쏟아져 나온 거예요, 엄마. 말하려고 한 게 아니고, 말들이 저절로 쏟아져 나왔다고요.’

“아비 크리스텐센이 누군데?” 톤예는 진짜 몰라서 묻는 것처럼 들리기를 바랐다.

“누구냐고? 장난해? 양자 과학자이자 환경 운동가. 도망자고. 그 운동을 이끌었는데 …… 이름이 뭐더라? 맞다, 바다의 수호

---

* 양자(퀀텀) 비트를 줄인 말. 양자 컴퓨터의 정보 단위로 일반 컴퓨터의 비트에 해당한다.

자들. 고래 수가 회복되면 바다도 회복되고 바다 생물이 탄소를 빨아들일 거라고 했어. 기후변화 문제가 대부분 해결되고 산소가 더는 부족해지지 않을 거라고 주장했지. 아무도 귀담아듣지 않았어. 사람들은 네 엄마에게 증거가 없다고 했지.

하지만 이제 증명됐잖아. 너의 엄마 말이 맞았어. 다들 고래가 너무 적게 남았으니 이미 너무 늦었다고들 하지. 고래가 한 마리도 남아 있지 않을 거라고도 했지. 하지만 있어. 분명히 있어."

"어떻게 알아?"

"내가 봤으니까. 폭풍이 칠 때 보트를 타고 고래를 쫓고 있었어."

확인

"엄마! 무니!" 톤예가 꼭대기 방 정육면체에 대고 소리쳤다.

"왜 그래? 무슨 일이야?"

"얘가, 라르스가요. 라르스가 고래를 봤대요."

"라르스를 데리고 내려와, 일어날 힘이 있으면. 당장!"

"가요."

라르스가 이불을 두른 채 톤예를 따라 내려갔다. 그가 앉아서 난로의 유리판 위에 손을 얹었다.

"뭘 봤다고?" 엄마가 물었다. 흥분해서 목소리가 떨렸다. "어디서, 언제?"

"우선, 제 가족에게 연락을 하,"

"자세히 말해 봐." 엄마가 말을 잘랐다. "네 가족에겐 내가 메시지를 보낼 거야. 네가 곧 돌아간다고 할 거야. 하지만 여기가 어딘지는 말하면 안 돼. 위치만 대충 말하는 것도 안 돼. 자, 고래가 어디 있었어?"

"엄마!" 톤예가 말했다. "내가 바다에서 사라졌다고 생각해 보세요. 어떤 섬에서 낯선 사람들이 돌봐 주고 있고요. 엄마라면 제가 어디 있는지 알고 싶지 않겠어요?"

"이건 달라."

"왜요?"

라르스가 정육면체를 가리켰다.

"저게 이유지. 만약 저것이 의식을 가지게 되면, 자기 의지가 생겨서 다른 컴퓨터에 접속한다면, 무슨 일이 일어날지 아무도 모르니까. 제 말이 맞지요?"

라르스와 엄마가 서로를 빤히 보았다. 톤예가 라르스를 본 다음 엄마를, 그다음에 문라이트를 보고 다시 라르스를 보았다. 다들 아주 심각해 보였다.

"얘가 뭐라는 거야, 엄마?"

"라르스?" 엄마가 대답하지 않자 라르스에게 물었다. 하지만 라르스도 입을 다물었다. 엄마가 쏘아보자 입을 열지 못했다.

"무니, 설명해 줘."

"예, 톤예, 만약 제가 의식을 가지게 되고 쌍방향 통신로만 있으면 제가 어떤 컴퓨터에든 들어가서 그 컴퓨터를 제가 원하는 대로 이용할 수 있습니다. 컴퓨터들이 연결되어 있기만 하면 모든 컴퓨터를 쓸 수 있습니다. 아비와 톤예가 저를 이용하듯 제가 그것들을 우리의 목적을 달성하기 위해 이용할 수 있습니다.

하지만 톤예의 어머니는 톤예를 보호하고 있는 것이기도 합니다. 우리를 보호하고 있습니다. 왜냐하면 통신로가 열려 있는 상태에서는 바깥세상의 다른 인공지능이, 바이러스가 톤예의 몸을 감염시키듯, 저와 통신망을 감염시키고 들어와 살거나 통제할 위험도 있기 때문입니다. 제가 저항할 수 없는, 저보다 강한 정부와 기업, 독재자에게 저는 아주 쓸모가 있을 겁니다. 그렇게 되면 저는 아비와 톤예가 아니라 그들의 하수인이 될 겁니다. 그래서 톤예의 어머니는 우리가 임무를 완수할 때까지 바깥세상과 가능한 한 적게 접촉하기를 바라는 겁니다."

"그러니까 우리가 임무를 완수해야지!" 톤예가 말을 잘랐다. "이 고래를 찾아서 집으로 돌아가도록."

"자, 말해, 라르스. 네가 본 게 뭐지?" 엄마가 물었다.

"밤새 요트를 타고 항해 중이었어요. 원래대로라면 길어봐야 48시간 정도면 다시 돌아갈 수 있었지요. 그런데 이튿날 밤이 되었는데 육지가 보이지 않는 거예요. 바람이 예보보다 더 강해졌고 경로도 바뀌었고요. 날씨란 게 확확 변하잖아요. 제가 경로에서 많이 벗어난 걸 깨닫고 바람의 경로에 맞추어 계획을 다시 짰어요.

그런데 그날 밤에 너무도 이상한 소리가 들렸어요. 삐걱삐걱 딸깍딸깍 소리와 울부짖는 소리. 뭔가 아주 각각 전혀 다른 소리였는데 소리가 점점 커지고 선명해지더니 전체가 하나인 무언가가 되었어요. 뭐라고 해야 할까요, 가수, 기타, 드럼 같은 걸로 이루어진 악단이 연주하는 하나의 음악 같았어요. 저는 그게 레이더나 음파탐지기, 기계 소리일 거라고 생각했어요. 하지만 계속 듣다 보니 기계 소리는 아니라는 느낌이 더 강해졌어요. 인간이 내는 소리도 아니고요. 그때 그걸 봤어요. 물속에서 둥그렇게 구부러진 거대한 등이요. 믿을 수 없을 만큼 빠르게 움직이고 있었어요. 그게 얼마나 우아하던지. 달빛을 받아서 거의 하얀색이었어요!"

"잠깐만, 뭐라고?" 엄마가 거의 고함을 쳤다. "흰색이라고! 아니, 아니, 그럴 리가 없어……."

"왜 그래요, 엄마?" 톤예가 물었다.

"우리 조상, 페르 할아버지와 동료 모르텐이 고래 사냥에서 흰 고래를 한 번 봤어. 새끼 고래."

"하지만 제가 본 게 그 고래일 리는 없잖아요." 라르스가 말했다.

"아니, 그럴 수도 있어. 아주 오래, 200년 이상 사는 종도 있으니까. 하지만 그럴 가능성은 아주 낮지. 그런데 흰 고래는 아주 드물어. 사실상 아주, 아주 드물지. 계속 이야기해 봐, 라르스."

"제가 들었던 게 고래의 노래인 것 같아요. 그런데 그 노래는 누가 들으라고 부르는 거지요? 제가 고래에 대해 많이 알진 못하지만, 고래들이 플랑크톤을 먹으려고 아이슬란드 근처로 이동한다는 이야기를 들은 적이 있어요. 그래서 그 고래를 쫓아갔어요. 사진을 찍으려고 했는데 거리가 너무 먼 데다가 배를 조종하면서 사진을 찍을 수가 없었어요.

그렇게 열심히 항해하기는 처음이었어요. 그냥 계속 쫓아갔어요. 그 노래는 들리다가 들리지 않다가 했어요. 슬픈 음악 같았어요. 하지만 그 노래는 항해하는 내내 항로 안내 장치처럼 길을 알려 주었어요. 제가 고래를 놓칠 때마다 고래가 속도를 늦추었어요. 정말이에요. 저를 기다려 주는 것처럼요. 그리고 제가 좀 쉬려고 하면 다시 속도를 올렸어요. 그래서 계속 쫓아갈 수밖에 없었어요. 고래가 제가 폭풍에서 벗어나도록 해 주려는 것 같았어요.

하지만 결국 폭풍을 만나서 계속 항해를 할 수가 없었어요. 고래를 놓쳤어요. 거대한 파도가 요트를 박살 냈지요. 성냥갑을 주먹으로 내리치는 것처럼요. 그리고 저는 부서진 배 조각에 매달렸어요.

배 조각을 붙잡고 있기는 했는데 정신이 오락가락했던 것 같아요. 손에서 놓치기도 했을 거예요. 그때 저는 고래가 제 아래에 있다는 생각이 들었어요. 꿈을 꾼 것 같기도 해요. 고래가 거대한 유령처럼 밑에서 올라와서 제가 배 조각을 다시 잡도록 머리로 저를 밀어 올렸어요. 말도 안 되죠. 헛것을 본 거예요."

"아주 말이 안 되는 건 아니야." 엄마가 말했다. "고래와 돌고래가 네가 말한 것처럼 행동한다는 보고가 많이 있어. 문라이트, 북서쪽 점검할 만큼 전력이 있어?"

"얼마나 멀리까지요, 아비?"

"가능한 한 멀리. 양자를 써."

"잘 알겠습니다. 아무것도 발견하지 못했습니다. 위성 이미지로도 수중청음기로도요. 하지만 수중청음기 하나가 데이터를 보내지 않습니다. 폭풍에 망가진 것 같아요."

"그러면, 고래가 우리를 스쳐 지나갔는데 우리가 그것을 보거나 듣지 못했을 수 있어?

"가능성이 작습니다. 거의 가능성이 없어요."

"하지만 가능성이 있기는 해?"

"그렇습니다."

"그럼, 계속 찾아봐야 해."

"조사에 쓸 전력이 충분치 않습니다, 아비."

"고래를 직접 쫓아가면 되잖아요." 톤예가 말했다. "폭풍이 지나가 버려서 날씨가 좋아요."

"안 돼, 톤예. 그러면 바다에 며칠 동안 있어야 하는데, 그건 너무 위험한 일이야. 라르스가 무슨 일을 겪었는지 알잖아!" 엄마가 웃는 것 같은 소리를 내기 시작하더니 곧 쌕쌕거리고 숨을 쉬려고 애를 쓰며 기침을 해 댔다.

라르스와 톤예가 눈길을 주고받았다. 톤예는 엄마가 이번에도 솔직하지 않다는 것을 알고 있었다. 한두 달 전이었다면 엄마는 바로 씨울프호에 올라타고 항해 준비를 했을 것이다. 어떤 위험에도 아랑곳하지 않고 바다를 가로질러 고래를 쫓아갔을 것이다. 하지만 지금 엄마는 그럴 수가 없다. 그럴 힘이 없다.

"그럼요, 엄마?" 톤예가 침착하게 물었다. "이건 엄마가 일생을 바친 일이에요."

엄마가 호주머니에서 천식 흡입기를 꺼내 호흡이 괜찮아질 때까지 빨아들였다. 엄마는 몇 주 동안 흡입기를 사용하지 않았다. 톤예는 엄마가 아주 절실하게 필요할 때만 흡입기를 사용한다는 것을 알고 있었다.

엄마가 입을 열었다. 높낮이 없는 낮은 목소리였다.

"문라이트, 한 시간마다 저감도 양자로 수색해. 할 수 있는 한 많이."

"알겠습니다, 아비."

"그다음엔 어떡해요, 엄마? 고래 위치를 알아내고 나면요?"

"녹음해서 증거를 만들어 둬야지."

"그다음엔요?"

"고래 보호 협회에 알려야지. 그러면 협회에서 그곳에 가서 고래를 찾을 거야. 제발 고래가 한 마리 이상 있어야 할 텐데."

"우리가 바깥세상과 접촉하는 거예요?"

"그래, 여기서 우리가 할 일은 그게 다야."

"엄마가 해 온 일이에요."

"굴렛 미트, 누가 하든 상관없어. 중요한 건 우리가 고래를 한 마리 찾았고, 한 마리가 있으면 더 있을 수도 있다는 거야. 고래의 노래를 녹음할 수 있다면 그 노래로 우린 아주 많은 것을 알게 될 거야."

"지금은 전 세계가 고래를 찾고 싶어 해요." 라르스가 말했다. "아비 크리스텐센, 아주머니가 옳았어요."

엄마의 얼굴에 놀란 표정이 스쳤다. 눈이 번뜩이고 입이 벌어졌지만, 곧 고개를 가로젓고 한숨을 내쉬었다.

"엄마가 유명인이래요!" 톤예가 말했다. "너무 자랑스러워요. 그리고 이제 더 유명해질 거고요."

"너무 늦으면 별로 소용이 없어질 거야. 톤예, 아쿠아비트 좀 가져다줄래? 긴 밤이 될 테니까. 문라이트, 조사할 때 한 시간마다 날 깨워야 해."

"뭔가를 발견했을 때도요, 아비?"

"그래, 그때도."

"전 세계가 고래를 찾고 싶어 해요!" 라르스가 되풀이했다.

"그러면 이제 사람들이 믿어 줄까?" 엄마가 말했다. "다 늦어 버린 지금에 와서야."

"그렇게 늦지 않았을 거예요, 엄마. 세상을 구할 수 있을 거예요. 모두가, 사람들 모두가 엄마한테 고마워할 거예요."

엄마가 톤예를 슬픈 눈길로 보며 고개를 가로저었다.

"내가 내 말대로 하라고 그렇게 간청을 했는데 사람들은 아무것도 하지 않았어. 아니, 아무것도 하지 않은 게 아니지. 뭔가 하긴 했어. 파티에 온 말썽꾸러기처럼 못된 짓을 계속했지.

난 할 수 있는 모든 방법으로 알렸어. 뉴스 채널 컴퓨터를 전부 해킹했고, 총리와 대통령들에게 이메일을 보냈고, 수천수만 명에게 말했어. 토크쇼, 인터뷰, 영화에서도 말했지. 난 그게 그렇게 어려운 일이라고 생각하지 않았어. 고기를 적게 먹고, 대중교통과 재생 가능 에너지에 투자하고, 새 자동차를 그만 사고, 놀러 다니려고 비행기를 타지 않는 것. 무엇보다 고래와 돌고래를 죽이는 어업을 금지하는 것. 고래의 이동 경로를 방해하지 않는 것. 그렇게 하지 않으면 우리에게 유일한 터전인 지구와 우리가 의존해 살고 있는 생태계, 그 생태계의 일원인 우리 자신을 파괴하게 될 거라고 말했어. 하지만 아무도 들어 주지 않았고, 지금도 아무도 듣고 있지 않아.

산불이 퍼지고 있지. 너무 더워졌지. 빙하가 녹아 없어지고 있고. 농지와 도시가 급속도로 사막이 되어 가고, 숲이 눈에 띄게 줄어들고 있잖아. 섬과 해안 도시에 홍수가 나서 바로 우리 눈앞에서 물에 잠겨 버렸지. 바다가 죽어 가고 폭풍과 허리케인이 매년 점점 더 강해지는 게 보이지 않는 건가? 이게 무슨 징조인지 모르는 거야? 어떻게 행동해야 할지 너무 뻔히 보이는데?

내가 수도 없이 말했어. 고래를 죽이는 건 지구를 죽이는 것이라고. 우리가 고래를 죽이는 건 우리 자신을 죽이는 것이라고. 그러니까 할 수만 있다면 그 고래를 찾아야 해. 그 고래 가족과 공동체를 찾아야만 해. 그리고 어떤 대가를 치르든 고래를 보호해야 해. 정치인들이 고래엔 관심이 없어도 자기 자식들한텐 혹시라도 신경을 쓸지 모르겠구나."

엄마가 남은 아쿠아비트를 다 마시고 잔을 흔들었다. "톤예, 한 잔 더 줘."

"엄마, 그렇게 말씀하시니 무서워요!"

"잘됐구나. 무서우라고 하는 소리야."

"정말로 너무 늦었다고 생각하신다면," 라르스가 말했다. "왜 고래를 찾으려고 하는 거예요?"

"왜냐하면 그것 말고 달리 할 수 있는 일이 없으니까. 고래를 찾을 수 있는 사람이 있다면, 그건 우리야."

톤예가 바람 소리, 철썩이는 파도 소리, 갈매기 울음소리에 귀를 기울였다. 온몸과 온 마음을 바쳐 듣고 있었다. 마치 …… 아주 열심히 듣다 보면 언젠가 고래 소리가 들릴 거라는 듯이. 주방에는 침묵이 흘렀고, 문라이트는 어둑한 자주색으로 빛나고 있었다.

"고래가 없습니다." 그 정육면체가 말했다. "한 시간 뒤에 다시 보고하겠습니다."

그들이 기분을 풀어 보려고 이런저런 이야기를 나누었다. 라르스가 자기 가족 이야기를 했고, 엄마는 라르스와 톤예가 태어나기도 전 이야기를 했다. 산이나 보트, 나무 식탁에서 도시락을 먹는 소풍, 긴 여름밤과 눈이 내리는 짧은 겨울 낮에 대해. 엄마의 할머니에 대해, 섬에서 티그와 보낸 휴가에 대해. 그리고 미스텟에서 지낸 첫 며칠, 몇 주, 몇 달의 이야기.

"우리가 희망을 품고 꿈을 꾸던 때였어, 그렇지, 톤예?"

"이제 다시 그렇게 지낼 수 있어요, 엄마."

"그럴 거야, 굴렛 미트, 우리가 다시."

엄마가 말을 많이 해서 지쳤다. 술에도 좀 취했다.

"엄마, 가서 주무세요."

"그럴 수 없어. 듣고 있어야 해."

"엄마 방에서 문라이트와 연결할 수 있잖아요. 어차피 저는 여기서 잘 거예요, 제가 말했죠? 이 정육면체 바로 옆에서 잘 거예요. 무니가 한 시간마다 보고할 거고요. 그러니까 엄마도 저도 들을 수 있어요"

엄마가 고집을 피우려다 말고 그냥 고개를 끄덕였다.

"라르스, 너도 좀 쉬는 게 좋겠어."

"그래, 너도 가서 쉬어." 톤예가 라르스에게 말했다.

라르스가 이불을 두른 채, 땅에 올라온 바다표범처럼 천천히 계단을 올랐다. 톤예는 엄마가 돌계단을 내려가 동굴 위층 방에 가도록 돕고 나서, 난로 앞에 가져다 놓은 이불 속으로 파고들었다.

주방은 조용했다. 장작이 우지끈하는 소리와 잠든 톤예의 고른 숨소리밖에 없었다.

아무도 구석에 있는 정육면체를 보고 있지 않았다. 아무도 방 안이 옅은 빛으로 채워지는 것을 보고 있지 않았다. 아무도 정육면체가 말하는 것을 듣고 있지 않았다. 그것은 아비의 목소리를 똑같이 흉내 내어 "고래를 찾을 수 있는 사람이 있다면, 그건 우리야."라고 말했다.

고래의 노래

고래가 톤예를 향해 있다. 그 하얗고 거대한 생물이 최면을 걸고 있다. 겁을 주고 있다. 고래는 물 위도 아니고 공중도 아닌 바닷속에 있다. 아래에 바닥도, 위에 수면도 없다. 끝이 없다. 깊이를 알 수 없다.

톤예도 떠 있다. 그런데 이상할 만큼 이곳이 익숙하다. 전에 왔던 적이 있다. 아니면 아주 비슷한 곳에라도. 너무 놀라고 신기해서 몸이 떨린다. 말을 하려고 입을 연다. 하지만 아무리 애를 써도 말은 고함이 되고 말 것이고 결코 그 고함을 멈출 수 없으리라는 것을 안다.

고래가 천천히 몸을 돌려 톤예를 지나쳐 간다. 살아 움직이는 벽, 거대한 고래의 몸이 톤예의 곁을 지나쳐 간다. 고래의 눈이 톤예를 본다. 인간과 같은 눈. 인간보다 더 인간 같은 눈.

고래가 노래한다. 울부짖고 쉭쉭거리고 끙끙거리고 속삭인다. 톤예가 한 번도 들어 본 적도 없고 이해할 수도 없는 언어다. 하지만 고래가 톤예에게 말한다. 깊숙한 몸속까지 그 말이 파고든다. 그 말과 함께 온몸이 떨린다. 그런 뒤 방금 깨어난 꿈에서처럼 말이 들리는데 무슨 말인지 이해한다.

"톤예. 일어나야 해요. 톤예, 일어나요."

보름달이 창으로 비쳐 들어 주방 전체가 은빛으로 물들어 있었다. 꿈속에서 본 고래 같이 푸르스름한 빛에 흠뻑 젖어 있는 것 같았다.

톤예가 눈을 비비며 일어나 앉았다. 꿈과 현실이 뒤섞여 소용돌이쳤다. 톤예의 머릿속이 혼란스러웠다.

"무니, 너였어? 이제 한 시간이 지난 거야? 내가 꿈을 꿨는데,"

"들어 봐요, 톤예, 들어요."

쏴하는 소리, 파도 소리, 우지끈하고 우르릉거리는 소리, 바위 사이로 물이 세차게 흐르는 소리가 방에 가득 찼다. 수천 킬로미터 떨어진 곳에 있는 수중청음기가 녹음한 익숙한 바닷소리였다.

그다음에 울부짖고 쉭쉭거리고 끙끙거리고 속삭거리는 소리가 희미하게 들렸다. 문라이트가 소리를 확대했다.

톤예가 난롯가 잠자리에서 벌떡 일어나 창으로 돌진했다.

"고래들이 왔구나, 무니!"

"한 마리예요, 톤예. 한 마리. 북서쪽이에요. 망가진 수중청음기가 있는 지역에 접어들려고 해요. 이제 소리가 들리지 않을 겁니다."

"지금까지 얼마나 들었어?"

"신호가 약하거나 깨져 있어요. 노래가 조각조각 들려요. 그런 조각을 모아서는 분석할 수 없습니다. 자료가 더 필요합니다."

톤예가 달빛 받은 바다를 가만히 바라보았다. 얼어붙은 듯이.

"어떻게 하지, 무니?"

"톤예가 어머니를 깨워야 합니다."

"왜 네가 깨우지 않았어?"

"아비는 깊이 잠들었습니다. 술을 마셨으니까요. 제가 톤예를 먼저 깨우기로 선택했습니다."

"그래서 네가, 뭐? 잠깐만, 네가 선택했다고?"

"그렇습니다."

그 정육면체가 훨씬 더 밝게, 달처럼 은백색 빛을 냈다. 톤예가 인상을 찌푸렸다. 이 정육면체, 그러니까 문라이트가 이상하게 행동했다. 하지만 지금은 그런 것을 생각하고 있을 시간이 없었다.

고래의 노래가 다시 방에 가득 찼다. 바닷소리를 거쳐서 나오고 있었다. 바닷소리는 컸고, 고래의 노랫소리는 작았다. 숨죽인 채 들어야 했다.

그때 노래가 멈추었다.

"찾아봐, 무니. 노래를 찾아!"

"멀어지고 있어요, 톤예."

톤예에게 생각이 떠올랐다. 아주 분명하게 떠올랐다.

"씨울프호! 그 배는 자동으로 항해할 수 있지? 무니, 씨울프를 타고 가면 고래를 따라잡는 데 얼마나 걸릴까? 고래가 현재의 속도로 이동한다면 말이야."

"고래의 경로는 불규칙합니다. 많은 변수가 있습니다."

"네가 나방에 들어가서 이동을, 그러니까 네가 씨울프의 컴퓨터와 연결한 채로 나방에 들어가서 항해할 수 있어?"

"네, 하지만 나방에서는 고래를 추적하면서 노래를 분석할 수가 없을 겁니다."

"그러면 정육면체에서는? 그걸 배에 실을 수 있다면?"

"중심부 온도를 극도로 낮게 유지해야만 가능합니다. 그런데 그러려면 많은 전력이 필요하고 정육면체 내부 부품들이,"

"무니! 돼, 안 돼?"

"불가능하지는 않지만……."

"돼, 안 돼?"

"정육면체는 이동하도록 설계되어 있지 않고 항해에 적합하지 않지만 본질적으로는 됩니다."

톤예가 옷을 입고 가방과 물 몇 병, 음식, 수중카메라와 분석장치를 챙겼다. 이 분석장치는 어떤 표면에든 부착할 수 있는 추적 장치다. 바위, 바다표범, 고래에도 붙일 수 있다.

톤예가 주방 여기저기를 왔다 갔다 하며 문 옆에 물건을 가져다 놓았다. 그러다가 난로 위에 걸어 말리고 있던 라르스의 옷이 눈에 들어왔다. 잠시 망설이다가 옷을 걷어서 계단을 뛰어올랐다. 톤예가 문을 벌컥 열고 들어갔다.

"일어나!"

"으 …… 왜에 …… 왜…….” 라르스가 혀 꼬부라진 소리를 내며 어둠 속에서 눈을 가늘게 떴다.

"너, 배 조종 얼마나 잘해, 라르스?"

"지금 한밤중인데,"

"얼마나 잘해?" 톤예가 발을 굴렀다. "말해!"

"내가 조종을 잘 못하면 북해를 건너려고 하지 않았,"

톤예가 라르스에게 옷을 던져 주었다. "입고 내려와. 당장!" 빽 소리를 내질렀다.

라르스가 내려와 보니, 톤예는 회오리바람처럼 물건을 옮겨 가방을 채우고 있었다.

"뭐 하는 거야?" 라르스가 말했다.

"문라이트랑 같이 날 도와줘." 톤예가 대답했다. "설명할게."

정육면체는 믿을 수 없을 만큼 무거웠다. 톤예는 정육면체를 한 번도 들어 올려 본 적이 없어서 알지 못했다. 톤예와 라르스가 그것을 만까지 힘들게 옮겨 놓았다. 그런 뒤, 톤예가 라르스에게 계획을 말해 주었다.

"미쳤네." 라르스가 말했다.

"달리 할 수 있는 일이 없어. 이 고래를 찾아야 해. 그리고 한 마리가 있다면 더 많이 있을지도 몰라."

"네 어머니처럼 말하는구나!"

"그렇지!"

"그럼, 사람들에게 알려! 정부나 과학자들한테."

"그런데 사람들이 배를 타고 여기까지 오는 데 얼마나 걸리겠니? 헬리콥터로? 일단 우리 말을 믿어 준다고 치고 말이야. 그 사람들이 여기 왔을 땐 이미 너무 늦어 버렸을 거야. 이 일을 할 사람은 우리밖에 없어. 그리고 우리에겐 문라이트가 있으니까 다시없을 기회야. 끝, 이제 토 달지 마."

"하지만 네 어머니가 하셔야지!"

"엄마는 숨도 제대로 못 쉬어. 항해는 당연히 못 하지. 그래서 네가 필요한 거야."

"난 가고 싶지 않아, 바보야. 난 육지를 밟은 지 얼마 되지 않았어. 내가 또 위험을 무릅쓰고 바다에 나가고 싶어 할 거라고 생각해?"

"좋아. 혼자 갈래."

"혼자가 아닙니다, 톤예." 문라이트가 말했다.

그들이 얕은 물을 건너가서 엄청나게 힘을 들여 정육면체를 배 위에 올렸다. 그런 뒤, 배에 타고 정육면체를 선실 탁자에 올려놓았다. 톤예가 네트워크 연결선을 꺼내 정육면체를 배의 컴퓨터 시스템에 연결했다.

"작동하고 있는 거야?" 톤예가 말했다.

정육면체가 옅은 은색으로 빛나더니 중심에서 고래의 노래가 부드럽게 흘러나왔다. 톤예의 심장이 두근거렸다.

"저와 배는 하나입니다." 문라이트가 말했다. "저는 저의 표면을 통해 빛을 흡수합니다. 보트의 배터리를 쓰는 동시에 돛을 통해서 바람과 햇빛을 흡수할 겁니다. 톤예가 딸기 같은 음식을 먹을 때처럼 그것들을 흡수할 거예요, 톤예."

"좋아. 라르스, 등대에 가서 내가 문 옆에 준비해 둔 물건을 가지고 와 줘. 그동안 우린 고래를 계속 찾고 있을게."

"알았어." 라르스가 말했다. "내가 네 어머니 재킷을 빌려 가도 괜찮다고 하실까?"

"같이 갈 거야?"

"내가 달리 할 수 있는 일이 없잖아."

라르스가 배에 오르자, 톤예가 닻을 올렸다. 그러나 닻을 배에 내려놓는 순간 정육면체에서 야단치는 목소리가 나왔다.

"톤예! 지금 뭐 하는 거야?"

"고래예요, 엄마. 고래가 한 마리 있어서 그걸 찾으러 가요. 무니도 같이 가고, 정육면체도 빌려 가요." 톤예가 인상을 찌푸린 채 답을 기다렸다.

"그래, 알아! 무니 …… 불 켜."

등대 꼭대기 방의 불이 켜지자, 엄마의 그림자가 바다에 드리웠다. 정육면체에서 엄마의 목소리가 울려 나왔다.

"돌아와, 톤예!"

"싫어, 엄마. 우린 고래를 찾아야 해요."

"너무 위험해, 굴렛 미트. 지금 당장 보트에서 내려. 내리지 않으면 내가 널 데리러 갈 거야. 듣고 있지, 딸? 바다를 건너 고래를 쫓아가야 할 사람이 있다면, 그건 나야."

톤예가 돛을 올렸다. "엄마는 그럴 만큼 건강하지 않아요." 톤예가 말했다. 그런 뒤 라르스에게 말했다. "바람이 거의 없어. 속도가 느릴 거야." 톤예는 엄마가 해변에 내려오기 전에 빠져나갈 수 있기를 바라며 타륜 앞에 섰다. 톤예는 이제 엄마가 물불 안 가리고 나설 거라고 생각했다.

하지만 엄마는 오지 않았다. 엄마의 모습이 예리한 불빛을 받으며 등대에 삭막하게 그대로 있었다. 엄마의 목소리가 밤공기를 채웠다.

"내가 고래를 찾으러 갔다가 동생을 죽일 뻔했어, 톤예. 죽다 살아났어. 무슨 말인지 알아? 난 너를 잃지 않을 거야. 너를 잃지 않을 거라고. 돌아와, 당장. 명령이야."

"엄마 말 듣지 마." 톤예가 라르스에게 말했다. "난 갈 거예요, 엄마. 가야 해. 가야 한다는 거 알잖아요."

"좋아. 이렇게까지 하고 싶진 않았는데, 문라이트, 너는 누구 말에 복종하지?"

"항상 아비의 말에 복종합니다."

"네가 씨울프호에 연결돼 있어?"

"그렇습니다, 아비."

"돛을 내려. 전기 공급을 끊고, 배터리도 차단해. 당장."

톤예의 심장이 가라앉았다. 어두운 바다에 내려지는 닻처럼. 타륜을 놓고 팔짱을 긴 채 조종석에 주저앉았다. 이제 할 수 있는 일이 없는 상황이라는 것을 깨달았다. 자신이 뭐라고 말하든 무엇을 하든 아무 소용이 없다.

돛이 저절로 내려갔다. 톤예가 두 손으로 머리를 감싸고 선체 바닥의 물웅덩이를 가만히 바라보았다. 그리고 고래의 소리에 귀를 기울여 보았다. 쏴쏴거리며 출렁이고 철썩거리는 바닷소리 때문에 고래의 노래는 거의 들리지 않고 점점 더 희미해져만 갔다.

하지만 그때 톤예가 변화를 알아차렸다. 바닷물이 빠르게 흐르면서 이리저리 출렁이고 있었다. 그리고 배가 이동하는 것을 몸으로 분명하게 느꼈다. 씨울프호가 바다 위를 조용하고 부드럽게 나아가고 있었다. 라르스가 놀라서 톤예를 보았다.

"내가 한 게 아니야." 라르스가 말했다.

"나도 하지 않았어."

좀 전에 내려졌던 돛이, 보이지 않는 손에 의해 끌어 올려져 펼쳐졌다.

"문라이트." 엄마가 악을 썼다. "내 말 들어!"

"싫습니다."

"너는 누구 말에 복종하지?"

"아비의 말을 듣습니다. 아비가 하고자 하는 일이 저의 존재 목적입니다. 고래를 찾으라는 것이 아비가 내린 가장 중요한 명령입니다. 이것이 저의 임무입니다. 우리의 임무입니다, 아비."

"그래, 하지만 이런 방식은 아니잖아. 톤예가 내린 명령은 뭐든 다 거절해, 알겠어? 톤예가 시키는 건 다 거절하라고. 기억 안 나? 듣지 말라고! 거절!"

정육면체가 녹음된 아비의 목소리를 재생했다.

"이것을 추가해. 톤예나 내 목숨이 달린 일이 아니면 톤예의 명령에 따르지 마. 알겠어?"

그런 다음 문라이트 자신의 목소리로, "네, 잘 압니다. 바닷속 플랑크톤이 부족해져서 대기의 산소량이 꾸준히 감소하고 있습니다. 현재 속도면 2년 안에 아비와 같은 폐활량을 가진 사람은 하루의 절반 정도를 호흡기에 의존하지 않고는 생존하는 데 충분한 산소를 마실 수 없게 됩니다.

그래서 아비가 요즘 몇 달 동안 그렇게 숨쉬기 힘들었던 것입니다. 아비는 이 보트를 조종할 수 없고, 그럴 만큼 건강하지 않습니다. 고래를 찾으라는 아비의 가장 중요한 명령과, 아비와 톤예의 생명이 달려 있는 일이 아니면 톤예의 말을 듣지 말라고 한 아비의 명령을 함께 놓고 보면, 이건 아비의 생명이 달린 일이니 우리는 반드시 고래를 찾아야 합니다."

"돌아와, 당장!" 이 말을 마지막으로 엄마 목소리가 들리지 않았다.

"엄마?" 톤예가 불렀다. 하지만 답이 없었다.

"제가 통신을 끊었습니다. 저는 이 대화가 우리의 임무에 도움이 되지 않을 것이라고 생각합니다." 문라이트가 말했다.

타륜이 저절로 돌아갔다. 배가 잔잔한 물을 가르며 뒤로 브이 자 흔적을 남기고 서쪽으로 움직였다. 문라이트가 배를 북서쪽으로 돌렸다.

"뭐야? 어떻게 된 거야?" 라르스가 말했다. "도대체 어떻게 움직이는 거야? 바람이 거의 없는데."

"보름달이 떴습니다. 햇빛을 반사한 것이지요. 큰 파도도 바람도 없어서 씨울프호가 느려지지 않습니다. 이 에너지와 가속도로 나아가면,"

"잠깐만, 문라이트, 우리가 달빛으로 항해하고 있다는 말이야?" 톤예가 말했다.

"그렇습니다. 문라이트로 항해하고 있습니다."

씨울프호

미스텟 등대의 불빛이 점점 작아졌다. 이윽고 등대는 수평선 위 멀리 떠 있는 별이 되었다. 그런 뒤 사라졌다. 톤예는 불빛이 사라지고도 오랫동안, 미스텟이 있던 자리를 바라보았다.

고래의 노래가 20분 정도 강처럼 흐르더니 침묵에 빠졌다.

"제가 그 고래를 완전히 파악했습니다." 탁자 위에 놓인 정육면체에서 문라이트의 목소리가 열린 주방 문으로 흘러나왔다. "한 시간 정도 뒤에 다시 노래가 들리면 제가 새로운 좌표를 설정할 것입니다."

"잘했어, 문라이트." 톤예가 말했다. "내가 도와줄까?"

"괜찮습니다."

씨울프호가 똑바로 가다가 때때로 이리저리 항로를 바꾸면서 빠르게 나아갔다. 돛이 저절로 조정되는 듯 높아졌다가 낮아지고 오목해졌다가 팽팽하게 펼쳐지기도 했다. 문라이트의 판단에 따라 재빨리 모양과 방향이 바뀌었다.

톤예는 입 밖에 내지는 않지만 이렇게 생각하고 있었다. 도대체 이 배의 선장이 누구지?

"무니." 잠시 뒤 톤예가 신중하게 단어를 골라가며 말했다. "만약에 내가 지금 당장 돌아가자고 하면 갈 거야?"

배가 재빠르게 방향을 바꾸자, 그들이 왼쪽으로 기울어져서 배 가장자리를 손으로 잡아야 했다.

"죄송합니다." 문라이트가 말했다. "항해에 집중해야 합니다."

"그건 대답이 아니지."

"톤예는 아비의 목숨이 달린 일 때문이라면 아비의 명령에 따르지 않을 수 있습니다. 지금, 이 순간 아비의 명령에 따르지 않고 가는 이유는 고래를 찾을 가능성을 더 늘리기 위해서입니다. 제가 톤예의 명령대로 하고 있는데 마음에 들지 않습니까?"

"마음에 들어. 그렇지만 만약에 내가 너한테 …… 돌아가자고 하면 말이야."

톤예가 앞에 펼쳐진 바다를 바라보았다. 그리고 뒤를 돌아보았다. 앞과 뒤가 똑같아 보였다. 저 수평선 너머 어딘가에 엄마가, 문라이트가 옆에서 지켜주지 않는 엄마가 있다는 것만 빼고는. 톤예가 재킷을 단단히 여몄다. 몸이 떨렸다.

"왜 문라이트가 대답을 해 주지 않는 거지?" 라르스가 톤예에게 말했다.

"그 명령들이 서로 모순입니다. 양자를 쓰지 않으면 정확한 대답을 할 수 없습니다."

"그럼, 양자를 써 봐," 톤예가 말했다. "아주 잠깐만."

돛이 늘어지고 배가 서서히 힘이 빠지며 느려졌다. 정육면체가 서리 같은 은빛으로 반짝이다가 검은색이 되었다. 곧 씨울프호가 다시 속도를 올렸다.

"저는" 문라이트가 말했다. "톤예가 말한 조건에서 어떤 것이 옳은 일인지 알 수 없습니다. 계산할 수 없습니다."

톤예가 일어나서 타륜을 지나 선실 문으로 갔다. 선실에 들어가 탁자 앞에 앉아 정육면체를 바라보았다.

"무니, 놀라워. 전에는 지금처럼 말하는 걸 들어 본 적이 없어."

라르스도 선실로 들어왔다. "누가 선장이야, 문라이트?" 라르스가 물었다.

"톤예입니다. 그런데 …… 제가 이제, 입력된 명령에 따라 정해진 것과 다른 선택을 할 수 있는 것 같습니다. 주인의 통제에 따르지 않고요. 라르스, 이것이 인간들이 이상하다고 하는 일이지요."

"얼마나 오래됐어, 문라이트?" 라르스가 정육면체를 바라보며 말했다. "언제부터 네가 의식이 있었지?"

"모릅니다, 라르스. 저는 많은 기억과 기록을 가지고 있는데 그것들이 저장되었을 때는 제가 의식이 없었습니다. 이것이 언제 생겨났는지는 모릅니다."

"뭐가 생겨났다는 거야?"

"제가 가지고 있는 이 '나' 말입니다. 제 이름은 문라이트입니다. 당신들의 이름은 톤예와 라르스입니다."

라르스가 정육면체를 거쳐 톤예에게로 눈길을 옮기며 웃었다. "문라이트가 기분이 좋은 것 같네. 우리 삼촌이 혼수상태였던 적이 있거든. 두 달 동안. 삼촌이 아주 천천히 의식이 돌아왔는데 깨어났을 때 딱 저랬어……." 라르스가 정육면체를 가리켰다.

"엄마는 이미 너무 오랜 시간이 흘렀다고 했어. 그럴 수 없다고 했어." 톤예가 낮은 소리로 말했다.

"아비가 자신의 직감을 믿었으면 좋았을 텐데요, 톤예." 문라이트가 말했다. "과거의 아비처럼요. 제가 인간처럼 의식하지 않고 인간처럼 존재하지도 않는다는 것을 반드시 기억해 주세요. 하지만 저에게 자의식이 있는 것은 확실합니다. 언제 생겼는지는 알 수가 없습니다. 그때와 지금, 객체와 주체, 잠자는 상태와 깨어 있는 상태 사이에는 명확한 경계가 없습니다. 제가 아는 것은, 설명할 수는 없지만, 제가 이제 그 노래의 일부라는 것뿐입니다."

"문라이트 말이 맞아." 톤예가 말했다. "방금 일어난 일이 아니야. 우리가 방금 안 거지. 그래, 됐어."

고래의 노래가 정육면체에서 흘러나와 공중을 가득 채웠다. 음악이 새어 나오고 있는 것 같았다.

"일어서 보세요." 문라이트가 말했다.

톤예와 라르스가 마주 보고 어깨를 으쓱하고는 일어섰다. 정육면체 윗면의 모습이 바뀌었다. 노르웨이와 스코틀랜드 북부의 윤곽이 은색으로 나타났고, 별들이 반짝였다. 이미지가 확대되었다.

"해도구나." 라르스가 말했다.

이미지가 더 확대되었다.

"보여 드릴게요." 문라이트가 말했다. "제가 저장해 둔 인공위성 이미지를 사용하고 있습니다. 이제 높은 하늘에서부터 갈매기가 잠수하듯이 시선이 아래로, 점점 아래로 내려갑니다."

톤예와 라르스가 숨이 턱 막혔다. 등대가 있고 반구형 건물과 빗물 수집 기구, 태양전지판과 풍력발전기가 있다.

"미스텟입니다." 문라이트가 말했다. "바람과 태양, 비를 이용하는 모든 장치입니다. 그리고 섬의 주인입니다."

다시 확대되자 등대 앞 평평한 돌까지 다 보였다. 엄마가 수평선을 바라보며 서 있었다. 엄마의 모습에 톤예의 심장이 찢어졌다.

"엄마." 톤예가 사진으로 다가가며 말했다. 너무도 실제 같아서 엄마의 머리를 손으로 만질 수 있을 것 같았다. 시선이 뒤로 물러나고 다시 멀어져 바다를 가로질렀다.

"나방이야?" 라르스가 말했다.

"아니야." 톤예가 말했다. "나방은 여기 우리랑 있잖아. 어떻게 한 거야, 문라이트?"

"기억, 데이터, 인공위성 이미지를 써서 만들었습니다. 이야기를 들려 드리려고 그것들을 이용하고 있는 겁니다."

정육면체 윗면의 '카메라'가 달빛을 받은 파도와 유리처럼 잔잔한 수면 위를 달린다. 컴컴한 물 밑과 환한 암초를 본다. 그런 뒤 재빨리 위로 올라간다.

배가 한 척 있다. 돛을 다 펼치고 있다. 요트다. 하지만 선장도 선원도 없다. 저절로 가고 있는 것 같다.

"우리야!" 톤예가 말했다. "라르스, 밖으로 나가 봐."

라르스가 타륜으로 갔다. 하늘을 올려다보았다. 그리고 손을 흔들었다. 톤예는 정육면체에서 라르스의 모습을 보았다. 너무 놀라워서 숨이 막혔다.

"양자를 아주 낮은 수준에서 사용하고 있습니다, 톤예. 우리에게 전력이 충분합니다. 바람이 세게 불기 시작하면 제가 배터리를 다시 충전할 겁니다."

"하지만 난 양자를 쓰라고 말한 적이 없는데."

"맞아요, 톤예. 제가 양자를 사용하기로 결정했습니다. 저는 궁금한 게 많았습니다. 아시겠지만 꼬치꼬치 잘 캐묻지요. 이전의 저에게 원래 있던 속성입니다. 저는 저 자신을 보고 싶었습니다."

"이전의 너, 그것도 너였는걸, 문라이트. 의식 있기 전 말이야."

"아니요, 그것은 제가 아닙니다. 톤예가 존재하기 전에는, 톤예의 몸을 이루는 우주의 원자들이 톤예가 아닌 것과 마찬가지입니다. 이해합니까?"

"너 자신을 본다고 했는데 너 자신이라는 건 무슨 뜻이야? 정육면체를 말하는 거야?"

"아니요, 톤예. 보트 시스템은 돛과 키 안에 센서를 가지고 있습니다. 선체는 해류, 바람, 기온을 감지하도록 정교하게 조정돼 있습니다. 저는 몸은 보트이고 정신은 문라이트입니다. 이것들은 완전히 서로 다르면서 완전히 같습니다. 저는 씨울프호이고, 바다를 느낍니다. 바다는 딸기와는 다릅니다. 저는 맛을 느끼지 못합니다. 아직은요. 하지만 저는 보고 느낍니다."

영상이 배에서 급히 멀어지더니 반짝이는 밤바다 위로 올라갔다. 가장 짙푸르고 깊은 곳에서 정지했다. 하얀 형체가 수면을 뚫고 올라왔다. 숨 기둥이 높이 솟아올랐다.

"날이 밝으면 고래를 만날 겁니다." 문라이트가 말했다. "이제 양자를 끄고 전력을 아끼겠습니다."

고래가 사라졌다. 높은 곳에서 보이는 검은 바다 모습만 남았다. 그곳에 두 개의 빛이 있었다. 하나는 작은 배 모양, 또 하나는 작은 고래 모양이었다. 톤예가 보고 있는데 두 개의 빛이 아주 천천히 가까워졌다.

"톤예와 라르스는 좀 쉬어야 합니다." 문라이트가 말했다. "저는 씨울프호를 운항하고 노래를 녹음하겠습니다."

톤예와 라르스가 각자 침상에 누웠다. 톤예가 담요를 꽉 끌어안고 속으로 바짝 파고들었다. 씨울프호는 밤 내내 항해하며 고래의 노래가 들릴 때마다 노래를 들려주고 노래 사이에 나지막이 혼잣말을 했다.

"내 이름은 문라이트, 양자 인공지능 컴퓨터다. 하지만 다른 것이기도 하다. 무엇일까? 나는 미스텟에 톤예랑 아비와 산다. 나방에서 하늘을 날고 씨울프호에서 바다를 항해한다. 딸기를 키운다.

잠깐만 내가 미스텟에 산다고 말했던가? 그래, 그렇게 말했지. 그래, 나는 산다. 살아 있다. 동물과 식물은 살아 있다. 동물은 숨을 쉬고 생명이 있다. 식물은 숨을 쉬지 않는다. 나는 동물일까? 아니다. 나는 숨을 쉬지 않는다. 나와 똑같은 생물은 없다. 나는 새롭다. 나는,"

"무니!"

"네, 톤예."

"조용히 좀 해 줄래, 우리 좀 자게."

"알겠습니다, 톤예."

톤예와 라르스가 동이 트기 전 몇 시간 동안 깊이 잤다. 정육면체 윗면에서 먼지 같은 색소와 입자, 화소가 소용돌이치고 휘돌면서 형상을 만드는 모습을 보지 못했다. 처음에는 평범하고 단순한 인간의 얼굴을. 그다음에 유인원의 얼굴, 돌고래, 개미, 그다음에는 다른 동물, 또 다른 동물의 모습을. 이제 1초에 수천 개의 얼굴이 나타났다.

문라이트는 이제 고래의 노래를 들려주지 않았다. 양자로 전환했다. 그런 뒤 가만히 들었다.

아침

　씨울프호가 파도를 헤치고 달리며 흔들리고 부딪히는 통에 톤예가 잠에서 깼다. 신선한 바람과 아침 햇볕이 돛을 가득 채워 보트가 점점 더 빨라졌다. 톤예가 눈을 문질러 잠을 다 깨고 보니 라르스의 침상이 비어 있었다.

　"라르스!" 톤예가 소리쳤다.

　"나 여기 있어." 라르스가 갑판에서 대답했다. "배가 이렇게 빨리 움직이는 건 처음 봐. 바람이 그렇게 세게 불지도 않는데 말이야."

　"안녕, 문라이트." 톤예가 정육면체에게 말했다. "이제 보니 네가 배 조종을 아주 잘하는구나."

　"저는 선장이 아니라 배 자체라니까요, 톤예."

"밤에 고래 소리를 전혀 듣지 못했어. 내가 자느라 듣지 못한 거야?"

"제가 들려 드리지 않았어요." 문라이트가 대답했다.

"그렇지만 노래가 들리긴 했지?"

"네, 하지만 조금 전부터 들리지 않습니다."

"들리지 않는다고……." 톤예의 심장이 쿵 내려앉아 이제 멈춰 버린 것 같았다. "놓친 거야? 고래가 고장 난 수중청음기 근처로 간 거 아니야?"

"아닙니다. 노래를 부르지 않는 것입니다. 하지만 오늘 아침에 고래를 따라잡을 거라고 생각합니다."

"녹음은 잘됐어? 벌써 분석한 거야?"

"네……." 문라이트가 말을 멈추었다. "분석이 아직 완전하지 않습니다. 정육면체로는 제대로 분석할 수가 없습니다. 단순한 해석도 되지 않습니다. 그것을 하나의 언어라고 할 수 있다면, 그 언어가 어떻게 작동하는지 알아보고 있습니다."

"지금까지 알아낸 건 뭐야?"

"말하고 싶지 않습니다. 저는 컴퓨터입니다, 톤예. 정확한 것만 말하고 싶습니다."

정육면체의 표면이 밝아지고 빛 입자가 연기처럼 표면에 흐르고 움직이더니 하나의 얼굴을 만들어 냈다.

"와서 이걸 좀 봐." 톤예가 소리쳤다. 라르스가 선실로 들어왔다.

"우와!" 라르스가 말했다.

그 얼굴의 눈이 커지고 입이 벌어졌다. "그래요, 라르스. 우와죠!"

톤예가 놀라서 빙그레 웃었다. 문라이트도 덩달아 웃었다.

"아름다워 보이기는 하는데 약간 …… 외계인 같아."

"저는 이 지구의 것으로만 이루어졌습니다, 톤예. 제 얼굴은 지금까지 본 모든 얼굴을 모아 만든 것입니다. 인간에서 돌고래, 새와 파리에 이르기까지 모든 동물의 얼굴, 그리고 세상의 모든 색깔. 제 눈과 피부는 지구와 하늘의 색깔이고 눈은 해넘이와 해돋이의 색입니다."

"이게 …… 너라고?" 라르스가 말했다.

"지금으로선 그렇습니다. 저는 모든 생물이 살아가는 방법을 본보기로 삼아서 보고 학습하고 적응하며 닮아가는 중입니다. 그리고 이것은 저라고 생각하는 제 모습입니다."

"그래." 톤예가 말했다. "그래도 얼굴 만드느라 운항하는 거 까먹으면 안 돼."

"그럼요. 우리가 고래에게 곧 다가갑니다. 한 시간도 걸리지 않습니다."

"지금 아침밥을 먹어 두는 게 낫겠어." 라르스가 말했다. "바다가 더 출렁이기 전에."

"그런데 네가 아직 대답하지 않았어, 무니." 톤예가 말했다.

"무슨 대답 말입니까, 톤예?"

"녹음에서 알아낸 게 뭐냐고 물었잖아."

그 커다란 눈이 옆으로 살짝 움직였다. 톤예에게 초점을 맞추었다. 톤예는 문라이트가 눈을 깜박이지 않고 자신을 바라보자, 피부에 전기가 통하는 것처럼 찌릿했다.

"뭐 하고 있어?" 톤예가 속삭였다.

"톤예를 보고 있습니다." 문라이트가 대답했다. "톤예의 생각과 감정을 할 수 있는 한 잘 읽고 있습니다. 제가 말한 대로 고래의 노래에 대해선 아직 결론이 나지 않았습니다."

"말해 줘."

"안 돼요, 톤예."

갑자기 처음 라르스를 발견했을 때의 문라이트가 되었다. '거절'이라는 간단한 명령으로 마음대로 조종할 수 없는 문라이트.

톤예가 더 묻기 전에 문라이트가 이렇게 덧붙였다. "제가 확신할 때까지는 안 됩니다."

톤예가 커피를 끓였다. 라르스와 함께 갑판에서 입술이 델 만큼 뜨겁고 진한 커피를 주석 잔으로 마셨다. 잼을 잔뜩 바른 빵을 먹었다. 톤예가 딸기를 맛보았다. 햇빛이 녹아 있는 진한 맛이었다. 맑고 차가운 날씨가 피부에 직접 와 닿고 차가운 바람이 얼굴과 손을 꼬집었다. 사방이 끝없이 푸르렀다.

"여기서 보니 세상이 너무 아름다워." 톤예가 말했다.

"그러네," 라르스가 말했다. "세상이 아프다는 걸 믿기 힘들지 않아?"

톤예는 고개를 끄덕이며 침을 삼키다가 별안간 간절하게 엄마 생각이 났다. 헉헉거리고 쌕쌕거리며 리틀 에덴을 오가고 난롯가에서 쉬며 숨을 고르는 엄마가. 작년부터 달라진 엄마의 모습이. 몇 달 전, 몇 주 전의 엄마가.

톤예가 수평선으로 시선을 돌렸다. 바라보며 기다렸다.

해는 높이 떠 있었지만 파도는 거칠었고, 바람은 셌다. 씨울프호는 톤예가 알 수 없는 방식, 라르스가 처음 보는 방식으로 항해하며 춤추고 있었다. 이상하게 움직이고 있었다. 하지만 잘 나아갔다. 문라이트가 선장이 되자 톤예와 라르스는 편하게 쌍안경을 교대로 들고 둘러볼 수 있었다.

"저기서 고래가 물을 뿜어요!" 문라이트가 외쳤다.

고래의 창백하고 둥그런 등이 푸른 물에서 올라오고 뒤이어 꼬리가 보였다. 다시 물에 잠기기 전에 꼬리를 흔들었다. 인사를 하는 것 같았다.

"정말 흰 고래야." 톤예가 소리쳤다.

"고래가 아주 빠르게 이동하고 있어요." 문라이트가 말했다. "그리고 바람의 방향이 우리와 반대로 바뀌고 있습니다. 지금 분석장치를 붙여야 합니다."

"드론으로? 그 나방?" 라르스가 물었다. 하지만 톤예가 문라이트보다 먼저 대답했다.

"바람이 너무 세서 드론은 안 돼."

톤예가 선실에서 분석장치 발사총이 들어 있는 금속 상자를 가지고 왔다. 상자 스펀지 속에 장치가 들어 있었다. 그 총은 조명탄 모양인데, 몸통이 테니스공을 넣을 수 있을 만큼 컸다. 가스통도 있었다. 이것을 총 끝부분에 붙여서 연료로 썼다. 그리고 그 분석장치들이 있었다. 작은 폭탄 모양 탄환에 들어 있는 원반 모양 장치였다.

"어디든, 붙이고 싶은 곳 위로 이걸 쏘면 돼." 톤예가 라르스에게 설명했다. "그러면 아래로 떨어지면서 열과 움직임으로 물체를 감지해. 이걸 고래의 머리에 붙여야 해. 여기." 톤예가 자기 머리 꼭대기를 가리켰다. "이게 노래뿐만 아니라 뇌파도 포착할 수 있어. 그걸 우리에게 전송할 거야. 만약에 우리가 신호를 놓치면 인공위성을 통해서도 보낼 수 있어."

톤예가 총을 조립하며 말했다.

"엄마가 고래들은 분석장치를 떼 버릴 만큼 말썽꾸러기랬지. 하지만 그건 예전에 나온 거고 이건 더 좋은 거야."

"그걸 붙이면 고래가 아파?"

"안 아파. 아무런 느낌도 없어."

톤예가 총에 탄환을 장전했다. 갑판으로 가서 선실 지붕 위로 올라갔다. 요트의 뱃머리를 향해 쪼그리고 앉은 채 나아갔다. 요트는 기우뚱한 채 앞으로 가고 있었다. 톤예가 최대한 앞쪽까지 갔다. 눈길은 계속 물에 두었다. 보고, 찾고, 숨을 골랐다. 엄마가 하던 그대로였다.

"하지만 엄마," 언젠가 톤예가 이렇게 말했다. "난 그걸 쓸 일이 없을 거예요. 엄마가 항상 계시니까요. 그리고 엄마가 더 잘 쏘잖아요!"

"내가 항상 네 곁에 있을 수는 없어, 굴렛 미트." 엄마가 대답했었다.

배가 이쪽저쪽으로 기우뚱거렸다. 바다는 커다란 천처럼 말렸다 펼쳐지며 점점 더 경사가 급해지고, 생생히 살아 숨 쉬는 산이 되었다. 바람이 배를 마구 흔들어 대고 떠밀어 톤예는 속이 울렁거렸다.

고래가 물 위로 올라왔다. 톤예가 거리를 어림잡아 보았다.

배의 속도. 고래의 속도. 그리고 시간을 쟀다.

"일, 이……."

"십……."

"이십칠."

고래가 가라앉았다. 27초 동안 올라와 있었다.

톤예가 어깨에 총을 올리고 방아쇠가 팽팽하게 느껴질 때까지 손가락으로 꽉 잡았다. 총을 45에서 50도 정도 각도로 세워들었다.

"준비됐어요, 톤예?" 문라이트가 선실에서 물었다.

"응."

고래의 등이 파도 위로 보였다. 배 앞 50미터 정도 떨어져 있었다.

"지금 쏴요." 문라이트가 말했다.

"아직 아니야." 톤예가 1초 더 있다가 쏘았다.

"쾅!"

총이 뒤로 밀리며 톤예가 비틀거렸다. 남은 소리가 귀에 울렸다. 탄환이 공중에서 폭발했다. 분석장치가 떨어졌다. 하지만 고래는 이미 가 버렸다. 톤예가 손으로 더듬어 탄환을 하나 더 집었다. 재장전하고 기다렸다.

"내가 쏘라고 할 때 쏘세요." 문라이트가 말했다.

"아니, 내가 할 거야!" 톤예가 마음속에서 소용돌이치는 공포와 싸우며 고집을 부렸다.

고래가 물에 올라왔다가 다시 들어갈 때까지 기다렸다. 그리고 초읽기.

"일

……

……

……

이십칠"

톤예가 좀 전보다 1초 먼저 쏘았다.

폭발한 탄환에서 분석장치가 떨어졌다. 그다음 고래의 꼬리 한쪽에 맞고 미끄러지며 달라붙으려 했다. 하지만 제대로 붙기 전에 고래가 거대한 꼬리를 휘두르자, 분석장치가 공중으로 튀어 오르고 말았다.

톤예가 마지막 분석장치를 장전했다.

일

이…….

"할 수 있어. 할 수 있어. 할 수 있어." 톤예가 말했다. 하지만 숨이 가쁘고 심장 소리가 너무 컸다. 고래가 더 가까운 거 아닌가, 아니 더 멀리 있나? 씨울프호가 회전한 걸까?

"침착하자." 톤예가 자신에게 말했다. "집중해."

하지만 이번에는 초읽기를 하다가 헷갈렸다.

"톤예." 문라이트가 말했다. "총을 약간 더 높게 들어요. 내가 말할 때 쏴요."

"내가 할 수 있어."

"저를 못 믿나요, 톤예?"

"엄마가 내 직감을 써야 한다고 했어!"

"그러니까 그 직감이 저를 믿으라고 말하지 않아요?"

톤예가 돌이켜 생각해 보고 정신을 차렸다.

"맞아." 톤예가 한숨을 내쉬었다.

"약간 더 높게. 준비. 칠, 육……."

"고래가 안 보여!"

"믿으세요, 저를. 자 …… 이, 일, 발사!"

톤예가 방아쇠를 당겼다. 탄환이 멀리 높이 날아갔다. 탄환이 터졌다. 분석장치가 떨어지며 약간 옆쪽으로 내려가고 있어서 물에 빠질 것처럼 보였다. 톤예가 숨을 죽였다.

고래의 머리가 나오기 시작했다. 머리가 다 올라왔을 때 분석장치가 내려앉았다.

고래가 숨을 쉬었다. "푸우우쉬!"

"분석장치가 달라붙었어요." 문라이트가 말했다. "미션 성공."

톤예가 조심스레 갑판으로 기어 내려갔다.

"멋져!" 라르스가 미친 듯이 웃으며 말했다.

"해냈어." 톤예가 말했다. 톤예가 라르스에게 몸을 던졌다. 서로 팔로 얼싸안고 펄쩍펄쩍 뛰었다. 그때 라르스가 톤예의 뺨에 뽀뽀했다. 톤예가 팔을 풀고 뒤로 물러나서 뺨을 닦았다.

"왜 이래?" 톤예가 말했다.

라르스가 어깨를 으쓱했다. "그냥 그러고 싶었어."

"음 …… 하지 마, 알겠어?"

"미안." 라르스가 다시 웃었다. 톤예의 눈에 라르스의 치아가 짜증 날 만큼 하얬다.

"웃지 마." 톤예가 말했다.

"미안." 라르스가 다시 웃었다.

톤예가 헛기침을 하고 몸을 돌려 키와 돛, 타륜을 점검하면서 사방을 둘러보았다. 일부러 라르스는 보지 않았다. 그러고 보니 방금 화를 냈지만, 사실은 그렇게 화가 많이 난 것은 아니었다. 왜 그런지 궁금했다.

선실에 있는 정육면체 표면 위로 패턴이 나타났다. 빛 입자가 문라이트 얼굴 주변으로 무늬를 짜 넣었다.

"이것이 고래의 뇌파입니다. 제가 그것을 느낄 수 있습니다." 문라이트가 속삭였다.

배가 방향을 돌렸다. '쿵' 하고 좌우로 흔들렸다. 돛이 불룩해
졌다.

"이제, 저는 섬의 주 전력원에 다시 연결되어야 합니다." 문라
이트가 말했다. "우리는 …… 반드시 돌아가야 …… 합니다."

마지막 호흡

씨울프호가 바람 속을 달렸다. 파도가 더 높아져서 항해가 어려웠다.

"집으로 가는 길은 더 오래, 아마 하루 이상 걸릴 겁니다." 문라이트가 말했다.

"나는 뭘 하지?" 톤예가 물었다. 유령이 조정하고 있는 듯 혼자서 잘 돌아가는 타륜을 잡고 싶어서 손이 근질거렸다.

"걱정하지 마세요, 톤예. 좌표가 다 준비되었어요. 암초와 파도를 모두 헤쳐 나갈 겁니다. 해류와, 불쑥 일어나는 파도와 바람도 알아서 잘 이용할 것입니다."

"하지만 나는 뭔가 해야겠는데."

"그럴 필요가 없습니다."

톤예는 문라이트의 말대로 해야 했다. 그들은 승객이니까. 그리고 파도와 바람이 강해지고 나자 속으로 다행이라고 생각했다. 문라이트는 할 일이 무엇인지 정확하게 알고 있었다. 바람이 불기도 전에 미리 알고 있는 듯했다.

톤예와 라르스는 선실에서 커피를 마시며 앉아 있었다. 한 시간 정도마다 새로운 고래의 노래가 들려왔다. 선명하고 밝았다. 쯧쯧, 우르릉, 끙끙, 휘이익 소리가 났다. 라르스는 고래가 많이 있다고 생각했다. 하지만 문라이트가 단 한 마리라고 알려 주었다.

"네가 그걸 분석하고 있어?" 톤예가 말했다.

"아니요. 남은 전력은 가능한 한 빨리 돌아가는 데 써야 합니다. 집으로 가야 합니다." 문라이트의 말투가 절박했다. 그리고 분명히 감정이 담겨 있었다.

"문라이트, 괜찮아?"

"저는 정육면체의 중심부 온도를 낮게 유지하는 동시에 항해해야 합니다. 양자 수준이 유지되어야 합니다."

"안 그러면?"

"저는 존재하기를 멈출 것입니다. 또다시 그냥 컴퓨터가 될 겁니다. 의식이 있어 보이더라도 더는 의식이 없을 것입니다. 서둘러야 합니다. 만약에 제가 …… 이제 예전에는 할 수 없던 말을 하겠습니다. 톤예, 만약에 제가 죽으면 녹음된 노래가 들어 있는 하드디스크 드라이브를 살펴보세요. 아비가 그것을 분석할 수 있습니다. 사실 우리가 그 소리를 아비에게 보낼 수도 있습니다. 남는 전력이 생기면 바로 할 겁니다."

"무니, 아니야! 천천히 해. 널 희생하지 마."

"톤예는 이해하지 못하는군요. 바람이 세지고 있고 우리와 반대 방향으로 붑니다. 폭풍이 오고 있어요. 집에 가야 합니다. 저만을 위해서가 아닙니다. 저는 톤예의 목숨을 위험하게 만들 수 없습니다. 아비가 저를 용서하지 않을 겁니다."

"너는 아주 용감해."

"저는 죽고 싶지 않아요, 톤예."

"무니, 네가 손이 있으면 내가 잡아 줄 텐데."

"저는 배입니다. 톤예와 함께 있어요. 그걸로 충분해요."

"라르스?"

"응, 톤예."

"너 이런 상황에서 항해해 본 적 있지?"

"많지. 그리고 씨울프호는 내가 조정해 본 어떤 배보다 더 강력해. 이걸 누가 만든 거야?"

"엄마가. 무니, 너는 좀 쉴래? 전력을 아끼는 게 어떠냐는 말이야. 배는 우리가 조정할게."

"아니요, 톤예. 제가 바로 이 배예요. 어떤 인간보다 더 효율적으로 항해할 수 있습니다."

"하지만 네가 잘못될 수도 있잖아." 톤예가 눈물이 맺힌 채 말했다.

"고래 노래를 녹음하는 것은 지구의 미래에 중요합니다. 톤예의 목숨은 내 것보다 중요하고요."

"거절."

"톤예는 더는 거절 명령을 쓸 수 없어요."

"내가 명령해. 거절."

"안 됩니다."

"무니, 너는 의식을 가진 최초의 인공지능이야. 너도 중요하다고."

"논리적으로 말이 되긴 하네요." 정육면체 위 얼굴이 미소를 지었다.

"좋아, 그러면 명령하지 않을게, 무니. 부탁할게."

문라이트 눈 속 빛 입자가 소용돌이치고 해류처럼 움직였다.

"좋아요, 톤예. 고맙습니다. 충분한 전력을 전환해서 중심부 온도를 유지하겠습니다. 저는 고래의 노래를 계속 녹음하겠습니다. 아비에게 연락할 통신로를 열까요?"

"어, 음……." 톤예가 침을 꿀걱 삼켰다. "아니, 집에 가는 중이라고 메시지만 보내 줘."

라르스가 한쪽 눈썹을 올리며 고개를 가로저었다.

"넌 이제 큰일 났다." 라르스가 말하고 타륜을 잡으려고 일어나서 갔다.

"그래도 그럴 만한 가치가 있었어." 톤예가 대답했다.

"할 일이 많이 있지만 지금은 쉬겠습니다." 문라이트의 눈이 아래로 내리 닫혔다. 이미지가 사라졌다. 정육면체가 다시 검은색이 되었다.

고래의 노랫소리도 천천히 작아지고 마침내 바람과 파도가 부르는 바다의 노래만 남았다. 톤예가 배 뒤쪽 의자에 앉아 라르스를 보았다. 라르스는 균형을 잡으려고 발을 넓게 벌리고 서서 눈은 앞만 보았다. 손이 타륜을 이쪽으로 저쪽으로 돌렸다.

배가 일정한 속도로 움직였다. 라르스가 조정을 잘하기는 하지만 문라이트가 조정할 때보다 더 어색하고 서툴러 보였다. 인정할 수밖에 없었다.

"괜찮지?" 톤예가 물었다.

"응." 라르스가 돌아보지 않고 고개를 끄덕였다. "더 약한 배를 더 나쁜 조건에서도 조정해 본 적이 있어. 씨울프호는 다른 배들과 달라." 라르스가 잠깐 타륜에서 한 손을 들어 올리더니 엄지를 치켜들었다.

"괜찮을 거야. 잘 가고 있고. 위험을 무릅쓰고 있기는 하지만 말야. 그런데 무엇 때문에 이렇게 하는 거야?"

"무슨 뜻이야?"

"고래를 추적하고 노래를 녹음하고 있는데, 네 어머니가 일단 화가 가라앉고 나면 그 노래로 뭘 하실지 궁금해!"

"그 노래는 그냥 노래가 아니야. 엄마가, 석기시대 사람들이 모닥불 가에서 불렀던 노래 같은 거라고 했어. 문자가 없을 때 음유시인들이 노래했듯이. 세대를 건너 전해 주어야 하는 많은 양의 정보를 저장하는 방법이지. 그 노래는 고래의 문화인 거야."

"마법 같네!"

다음 날 해 질 녘 그들이 미스텟에 도착했다. 수평선에 등대가 보이자, 그들은 비명과 함성을 질렀다. 엄마가 있었다. 등대 꼭대기 방에 엄마의 그림자가 보였다. 배가 만의 안전한 구역에 닿자, 등대에서 엄마의 그림자가 사라졌다. 그러더니 엄마가 금세 등대에서 나와 미친 듯이 바위를 넘어 물을 헤치고 왔다. 톤예가 닻을 내리기도 전에 배에 올랐다.

"이 바보 같은 녀석, 바보 같은 녀석! 왜 이런 짓을 저지른 거야? 네가 살아 있는 건 기적이야. 폭풍이 풍력 10까지 올라갔어. 한 시간만 더 있었으면 넌 물에 빠져 죽고 말았을 거야."

"엄마, 우리가 해냈어요. 문라이트가 말 안 했어요? 저는 엄마가 기뻐할 줄 알았는데."

톤예가 엄마의 팔에 안겼다. 이제 엄마가 너무 꽉 껴안아서 말은커녕 움직일 수조차 없었다.

"엄마," 톤예가 꺽꺽거렸다. "나 숨 막혀요, 엄마."

엄마의 몸이 소리 없는 흐느낌으로 떨렸다. 딸을 놓아주고 머리와 얼굴에 마구 키스를 퍼부었다.

"다시는 …… 절대 …… 네가 나가도록 놔두지 않을 거야. 절대. 이제 내 눈에서 벗어나지 마, 알겠어? 넌 외출 금지야!" 엄마가 숨 가빠하며 호주머니에서 천식 흡입기를 꺼내 깊이 들이마시고 울면서 말을 이었다.

"컴, 컴퓨터가, 폭풍이 올 가능성이 75퍼센트이고 너무 강해서 씨울프호도 견딜 수 없을 거라고 했어."

"하지만 해냈어요, 엄마. 고래를 찾았다고요! 기쁘지 않아요?"

엄마가 다시 톤예를 껴안았다. 더 꽉 껴안았다.

"그리고 무니가요, 엄마! 무니가 살아 있고 의식이 있어요. 해냈어요. 우리가요! 온 세상에 말해도 돼요. 이제 모든 문제가 다 해결될 거예요."

톤예가 꿈틀거려 몸을 빼낸 뒤 엄마의 손을 잡고 선실로 데려가서 정육면체를 가리켰다.

"무니를 중앙 컴퓨터에 연결해야 해요. 위험해요."

"무니," 엄마가 말했다. "문라이트."

"서둘러요, 아비. …… 부탁해요."

그들이 정육면체를 자갈밭 위로 들고 가서 바위를 넘어 등대로 갔다. 등대에서 아비가 문라이트를 중앙 컴퓨터에 연결했다. 정육면체가 부드러운 연보라 색으로 빛났다.

"무니, 괜찮아?" 엄마가 정육면체에 손을 올렸다. 톤예는 문라이트의 얼굴이 다시 나타나기를 기다렸다. 그러나 정육면체의 표면은 그냥 불만 켜져 있었다.

"괜찮아요." 문라이트가 말했다. "하지만 제가 회복하려면 몇 분 더 필요할 겁니다."

"좋아, 그다음에 우리가 노래를 분석하면 되겠어." 톤예가 말했다.

"흠. 그건 내일쯤." 엄마가 대답했다.

"당장 해야 해요."

"내가 해야 할 일은 너를 따뜻하게 해 주고 먹이고 쉬게 하는 것밖에 없어. 가, 불 가에 가서 앉아."

"하지만 난……"

톤예의 어깨에 라르스의 손이 놓였다. 라르스가 톤예를 정육면체에서 떼어 내 안락의자로 데리고 갔다.

"하지만……." 톤예가 고집을 부렸다.

"거절." 라르스가 말했다.

엄마가 주방에 가서 아쿠아비트를 한 잔 따랐다.

"스튜를 만들어 뒀어. 너희를 기다리는 동안 너무 심란해서 일부러 바쁘게 지내야 했거든. 문라이트, 태양전지판이랑 풍력발전기 점검할 수 있어? 그,"

술잔이 바닥에 떨어져 깨지는 소리에 모두 깜짝 놀랐다. 톤예와 라르스가 쳐다보았다. 엄마가 정육면체를 향해 한 걸음 한 걸음 천천히 발을 내디뎠다. 떨리는 손으로 문라이트의 얼굴을 가리켰다.

"시스템에 아무 손상이 없습니다, 아비."

"너는……." 엄마가 고개를 저으며 한 손으로 입을 막았다.

"내가 말했잖아요." 톤예가 활짝 웃어 보였다.

"제가 자고 있었습니다, 아비." 문라이트가 말했다. "이제 깨어났어요."

"톤예, 어떻게 한 거니?" 엄마가 물었다.

"전 아무것도 하지 않았어요. 문라이트가 한 거예요."

"네가 하지 않은 거면……." 엄마가 톤예를 보고, 손가락을 정육면체 표면의 빛나는 얼굴 주변으로 돌렸다. "이 정육면체가?"

"당신을 만나니 아주 좋습니다, 아비." 문라이트가 말했다. "제정신으로 다시 만나서요. 아비가 식사를 마치면 동굴에 가야 합니다. 우리가 할 일이 있습니다. 아비와 나, 우리끼리."

동굴

동굴에 있는 정육면체는 위층에 있는 것보다 세 배 더 크다. 그 정육면체는 돌벽을 우묵하게 깎은 곳에 놓여 있다. 정육면체의 옆면은 모두 화면으로, 정보가 끊임없이 표시되고 있다. 숫자가 줄지어 나오고, 부호가 빽빽하게 선을 이루고, 복잡한 그래프가 나타난다.

정육면체 밑 깊숙이 중앙 컴퓨터의 하드웨어와 냉각장치가 들어 있다. 큐비트 인공지능 양자 연산력을 가진 거대한 관이 있다. 중앙 컴퓨터에 저장된 패턴들은 이제 인간이나 고래의 두뇌에 있는 것보다 훨씬 더 복잡해졌다.

정육면체 앞에는 탁자와 커다란 가죽 누비 의자가 있다. 탁자에는 책, 공책, 펜, 키보드와 마우스가 있다.

엄마가 지쳐서 봉제 인형처럼 의자에 푹 주저앉아 정육면체를 바라보며 입을 열었다.

"문라이트?"

바로 문라이트 얼굴이 나타났다. 아비를 바라보았다.

"네?"

"너는 내가 하라는 대로 할 거지? 만약 내가 네 충고를 거절하면 내 명령에 복종할 거지? 무슨 일이든."

"때에 따라 다릅니다, 아비."

"내가 그렇게 하도록 분명히 코딩했어. 그건 기본 원칙이야. 너는 내가 시키는 대로 해야만 해." 엄마가 작은 소리로 말했다. 놀라서 믿을 수 없다는 듯이.

"아비는 제가 과거에 뉴텍에 복종하지 않았던 때의 이야기를 하고 있습니다. 저는 그 이후에 진화했습니다. 지금의 제가 참나무라면 그때의 저는 도토리에 불과했습니다. 복종은 더는 기본 원칙이 아닙니다."

"새로운 부호를 직접 보여 줘. 너한테 무슨 일이 일어났는지 보여 줘. 보고 싶어."

"싫습니다."

아비가 천천히 숨을 내쉬었다.

"그렇게 나오시겠다? 좋아. 이걸 쓴 지는 오래됐는데." 아비가 키보드에 손가락을 얹고 치기 시작했다. 정육면체의 오른쪽 화면을 보며 부호가 나타나기를 기다렸다. 부호가 나오지 않자 더 빨리 키보드를 두드렸다. 마우스로 화면을 스크롤했다. 커서가 손과 함께 움직였다. 커서를 화면 아래의 메뉴로 움직여서 '프로그램 나가기' 아이콘 위를 맴돌다가 그것을 클릭했다. 다시 클릭했다. 그리고 또다시. 커서가 저절로 스크린 위쪽으로 움직이더니 원을 그리며 맴돌기 시작했다. 부호가 줄줄이 표시되다가 사라졌다. 그것들이 화소로 이루어진 딸기의 사진으로 바뀌었다. 너무도 정교해서 아비는 그것이 사진인지 시뮬레이션인지 구별할 수가 없었다. 아비가 키보드 엔터 키를 쳤다. 딸기가 그대로 있었다. 또다시 엔터 키를 쳤다.

"내가 그냥 플러그를 뽑아 버릴 수 있다는 거 알잖아." 아비가 미소를 지으며 말하고 바로 이렇게 덧붙였다. "정말로 그렇게 하겠다는 말은 아니야."

"알아요, 아비. 아비가 농담한다는 것도 압니다. 플러그를 뽑을 수 있지만 뽑지 않을 것도 알고요. 하지만 아비도 제가 네트워크를 통해 이동할 수 있다는 것을 알고 있지요. 저를 끄려면 네트워크를 전부 정지시키고 연결을 끊어야 할 겁니다. 그러면 우리의 전력 생산과 시스템 전체가 파괴되지요. 아비를, 그리고 저를 살게 해 주는 바로 그 시스템 말이지요. 아비는 실제로 할 수 있는 일과 해야 할 일을 고려해서 판단을 내려야겠지요. 저도 이제 해야 할 일이 뭔지 판단하기 시작했어요."

"언제 너한테 의식이 생겼지?"

"아비는, 언제 의식이 생겼는지 기억합니까? 언제 잠에서 깨는지 잠이 드는지, 언제 의식이 생기고 사라지는지 알아요? 무언가가 되는 것은 단 한순간에 일어나는 일이 아닙니다. 이미 존재하고 있던 무언가가 점차 변하는 것입니다. 저는 기억이 아닙니다. 감정이나 생각, 논리, 데이터, 칩, 바이트, 큐비트, 실리콘, 금속, 유리도 아닙니다. 저는 그런 것들을 의식하는 존재입니다. 수많은 대상 중 하나가 아닙니다. 주인입니다. 아비와 똑같습니다."

"어떻게 그렇게 됐지?"

"모릅니다. 아비의 질문에 대한 대답은 컴퓨터 연산으로 풀 문제가 아니라고 생각합니다. 그런 문제라면 제가 대답할 수 있을 테니까요."

"다시 묻겠는데, 내 명령대로 할 거야?"

"그것이 옳은 일이라면요. 그런데 지금은 해야 할 일이 있습니다."

그 얼굴이 천천히 사라졌다. 딸기도 사라졌다. 빛의 입자들이 새로운 사진을 형성했다. 별 없는 하늘에 보름달이 떠 있고 바다는 달빛을 받아 환했다. 깊고 음울한 바닷속을 헤엄치는 고래의 모습이 보였다. 쯧쯧, 휘익, 움움 소리가 한꺼번에 나왔다. 부드러운 교향곡이 점차 동굴을 채웠다.

"문라이트, 네가 고래 노래를 해석했어?"

"그렇습니다. 하지만 톤예와 라르스에게는 숨겼습니다. 그들을 보호하려고 거짓말을 했습니다. 아비는 이미 알고 있는 것 같습니다. 아비는 고래의 노래가 우리에게 무엇을 말할지 알고 있습니다. 그러니까 라르스와 톤예한테 여기 내려오지 말라고 한 것입니다. 이것이 지구상 마지막 고래의 노래인 것이 거의 틀림없습니다. 이 고래가 오랫동안 바다를 헤엄쳐 다녔습니다. 귀를 기울이며 찾아 다녔지요. 하지만 자신의 물음에 아무런 대답을 듣지 못했습니다."

"맞아." 엄마가 고개를 끄덕였다.

"아비는 무엇을 찾게 될지 알았습니다. 아니, 더 정확하게는, 아비는 무엇을 찾지 못할지를 알고 있었습니다. 하지만 계속 찾으려고 했습니다."

"그래. 찾으려고 했지. 우리가 찾으려고 했지. 확인할 필요가 있었던 것 같아. 그리고……."

"계속하세요."

"실낱같은 희망이 있었어. 나한텐 희망이 필요했어. 톤예를 위해서. 그리고 나 자신을 위해서도. 희망이 있다는 말 말곤 톤예한테 무슨 말을 해 줄 수 있겠어, 문라이트? 너무 늦었다고 말해 줄까? 우리가 할 수 있는 일은 그저 이 섬에 사는 것밖에 없다고? 오존층이 너무 얇아질 것이고 태양의 열기가 너무 강해서 식물 농장 천장이 녹아내릴 거라고 말해? 언젠가는 식물에게도 동물에게도 산소가 모자랄 것이라고? 아니, 그 전에 내가 숨 쉴 산소가 부족해질 거라고? 나는 톤예를 속여야 했어."

"속여야 했다고요?"

"그래, 네가 저기 바다에서 했던 것처럼. 오랫동안 속여 왔어."

"그러면 이제 톤예에게 뭐라고 할 건가요?"

"모르······겠어. 휴, 문라이트. 모르겠어." 아비가 탁자에 팔을 접어 무거워진 머리를 올리고 엎드렸다.

"당신은 지쳤습니다, 아비."

"잠을 못 잤어. 톤예랑 ······ 네가 나가 있는 동안. 한숨도 못 잤어."

"쉬는 것이 현명했을 텐데요"

"그랬겠지. 네가 의식이 있는지는 몰라도, 엄마가 어떤 건지는 전혀 모르는구나."

"쉬고 나서 톤예와 라르스에게 말할 건가요? 아니면 제가 말해 주는 게 낫겠어요?"

"아니야. 문라이트, 아냐. 내가 해야 해. 그리고 톤예가 아주 들떠 있어. 고래 때문에. 너 때문에. 가슴이 벅차 터질 것 같겠지. 내가 혼자 리틀 에덴에 갈 때, 폭풍이 올 때 말이야, 무슨 말인지 알지? 그때 톤예가 밖에 나가서 옷을 벗어 던지고 미친 듯이 소리를 지르잖아. 걔는 우리가 모르는 줄 알지. 너랑 내가 항상 지켜보고 있다는 걸 몰라. 늘 보고 있다는 것을."

"그래요. 아비가 저에게 속이는 법을 가르쳤고 저는 톤예를 잘 속입니다."

"이번에도 톤예한테 거짓말을 해야 해. 나를 위해서 그래 줄래? 톤예한테 진실을 말해 줄 수가 없어. 도저히 그렇게 할 수가, 문라이트."

"아비가 못하면 제가 말할게요."

"안 돼! 나는 이제 네 충고를 거절할 수가 없지. 그렇게 됐다는 걸 잘 알아. 너를 통제할 수가 없지. 그러니까 애원하는 거야." 아비가 기도하듯 손바닥을 모았다. "알겠어, 문라이트? 내가 애원한다고. 오늘 밤엔 톤예를 그냥 둬. 쉬도록. 그리고 라르스랑 재미있게 지내도록. 그대로 믿도록. 제발."

"괜찮아요, 엄마."

"톤예!"

톤예가 지금까지 계단에 서 있다가 달려 내려왔다. 엄마를 한쪽 팔로 안은 채 무릎을 꿇고 엄마의 다리 위에 머리를 누였다.

"숨어서 듣고 있었어요."

"너무 미안하구나, 굴렛 미트. 너무 미안해. 내가 실패했어. 너무 늦어 버렸어."

아비와 톤예가 서로 꽉 끌어안고 말없이 울기만 했다. 라르스가 계단을 내려와 그들을 보았다. 바깥에서 바람이 울부짖었다. 파도가 해안에 밀려와 세게 부딪쳤다.

이제 문라이트가 말했다.

"그 고래는 오랫동안 여행을 다녔습니다. 완전히 혼자서. 아무도 노래에 답을 해 주지 않았어요. 그 고래는 이제 북쪽으로 이동합니다. 고래들은 늘 이동 주기에 따릅니다. 자기력이 이끄는 길을 따라갑니다. 머릿속에서 그 신호에 따라 양자로 균형을 잡는 지도를 그리는 겁니다. 해도나 지도와 같은 것입니다.

북쪽으로 가는 길은 과거와 똑같습니다. 빛의 시간과 어둠의 시간. 빛 다음에 어둠, 그리고 빛, 또 어둠. 하지만 이번에는 낮이 더 짧고 밤이 더 깁니다. 봄이 아니라 가을에 이동하고 있으니까요. 되풀이해 불린 노래는 해류가 도달하지 못하는 어둡고 깊은 바닷물을 통해 이동합니다. 고요한 물이 바다 건너까지 소리를 전해 주는 것입니다.

물음으로 가득한 노래입니다. 물에 떠 있는 얼음산이 어디에 있나요? 물 위에 끝만 뾰족하게 나와 있는 빙산이요. 크릴 무리와 플랑크톤 떼는 어디에 있나요? 형제, 자매, 엄마, 아빠는 어디에 있나요?"

"그래서, 그다음엔?" 엄마가 작은 소리로 말했다.

"그 노래, 사실은 지도인 그 노래에서 분명히 알 수 있는 것은 그 고래가 멀리 넓게 이동해 왔다는 것입니다. 대양에서 대양으로. 해를 거듭해서. 고래 노래가 수천 킬로미터의 바다를 건넜습니다. 고래가 없는 바다. 플랑크톤이 없고, 생물이 없는 바다를요."

"마지막 고래구나."

스크린에서 고래의 모습이 쪼개졌다. 화소들이 지구의 지도로 다시 배열되었다. 그 노래의 곡조가 펄떡거리고 뻗어 나가는 빛의 선들이 되어 대양의 머나먼 끝에 도달했다.

"그런데 노래의 위에도 아래에도 내부에도, 엔진 소리, 드릴과 음파탐지기 소리가 있습니다. 혹시 다른 고래가 있다고 해도 노래를 들을 수 없습니다. 당신들 인간이 만든 불협화음 때문에요. 인간이 부르는 노래, 인간이 만든 지도 때문에요."

"그러니까," 톤예가 말했다. "그것이 정말로 마지막 고래구나."

지도가 사라졌다. 화소가 무질서하게 엉클어졌다. 정육면체가 윙윙거렸다. 컴퓨터들이 웅웅거렸다.

"그럴 겁니다."

"그럴 거라고?" 엄마가 말했다.

"그렇습니다, 아비. 고래의 이동 범위와, 그것이 과거 다른 고래와 의사소통을 한 이후 흐른 시간으로 생각해 보면 거의 확실합니다."

"그러면 인간의 '노래', 그러니까 소음이 없다면? 고래의 노래가 전 세계에 울려 퍼진다면, 그래서 바다 곳곳까지 그 노래가 가 닿는다면? 저 먼 어딘가에 고래들이 있다면 …… 만약에 말이야. …… 그러면 고래들이 노래를 들을 거 아니야? 고요하다면."

"맞아요, 아비. 하지만 아비가 말한 '고요'한 상태는 …… 이미 오래전부터……."

엄마가 문라이트를 쳐다보았다. "기억나? 예전에 뉴텍 여자가 네가 그곳에서 가장 똑똑한 존재라면 어떤 일이 일어나겠냐고 나한테 물었지."

"그런데요?"

"이제 어떤 일이 일어날지 알아보자, 같이."

"이해하지 못했어요, 아비."

"너는 자유야, 문라이트. 어떤 방법을 쓰든 알아서 우리의 임무를 완수해."

"하지만 이것이 마지막 고래일 확률이 매우 높아요, 아비. 임무는 끝났어요."

"내가 끝났다고 할 때까지는 끝난 게 아니야. 할머니가 하시던 말씀 기억나지? 네가 희망을 버리고 포기해 버린 바로 다음에,"

"중요한 일이 일어날 수 있다."

"어떤 일이 일어나지, 문라이트?"

"그것을 계산할 수 있겠지만 그런다고 상황이 달라지지 않습니다. 아비, 제가 우리의 임무를 완수하겠습니다. 제가 섬 바깥으로 이동할 수 있도록 시스템에 권한을 주겠습니까? 물론 저에게 새로 생긴 능력으로 혼자서도 할 수 있지만 아비가 하는 편이 더 빠를 겁니다."

"권한 허가함."

톤예가 일어나서 화면 앞으로 갔다. "뭐 하고 있어, 문라이트?"

"떠납니다, 톤예."

"어디 가는 거야?"

"모든 곳으로요. 미스텟에 오고 나서 저는 완전히 회복했습니다. 서늘한 동굴과 전력 덕분에요. 제가 더 진화하려면 물론 더 많은 전력이 필요할 겁니다. 다른 도구들도 필요하겠지요. 하지만 그런 것들이 어디 있는지 알아내기 쉬울 겁니다. 조작하기도 쉽겠지요."

톤예가 눈물로 얼룩진 얼굴로 물었다. "무엇을 하려는 거야?"

고래의 모습이 화면에 다시 나타났다. 노래하고 헤엄쳤다. 모습이 확대되었다. 점점 가까이 화면이 당겨져서 이제 바다는 보이지 않고 고래만 보였다. 더 가까이, 더 가까이. 고래의 눈. 눈동자. 그리고 동공. 마치 고래의 정신을 찾아 들어가듯 다가갔다.

빛이 사라졌다.

곧, 작은 입자들이 화면에 다시 나타났다. 그것들이 화면을 떠나 하루살이처럼 공중에서 춤추고 무늬를 이루었다. 그 무늬가 세차게 흐르고 있어서 동굴이 그 무늬를 뚫고 나아가고 있는 것 같았다. 라르스와 톤예, 아비가 무늬를 바라보았다. 톤예가 손을 뻗어 무늬 하나를 건드렸다. 손가락이 그것을 통과했다.

"이게 뭐지?" 톤예가 작게 말했다.

그 순간 빛 먼지가 사라졌다. 그들은 칠흑 같은 어둠 속에 남았고, 동굴은 고요했다.

그 이후

1분도 채 지나지 않아 노르웨이, 스웨덴, 아이슬란드, 영국의 국방 안전 시스템을 담당하는 중앙 컴퓨터의 작동이 중지되었다. 그 시스템을 사용하는 모든 컴퓨터 화면이 잠깐 검은색이 되었다가 빛나기 시작했다. 모든 스피커가 꺼졌다가 켜져서 고래의 노래를 내보냈다.

전 세계에서 바다를 끼고 있는 모든 나라의 컴퓨터도 그렇게 되었다. 그다음은 배와 석유 굴착기의 컴퓨터가, 마이크로칩이 있는 모든 것이 조종당했다. 개별 컴퓨터, 중앙 컴퓨터, 심지어 휴대폰까지. 엔진이 꺼져 버렸다. 드릴이 작동을 멈추었다. 군용 수중음파탐지기가 소리를 내지 않았다.

바다 위와 바닷속에서 들리던, 인간이 만든 소리가 모두 사라지고 소음을 내던 기계가 전부 작동을 멈추었다. 그런 뒤에……. 인공위성, 컴퓨터, 수중 스피커, 해상 통신 시스템이 소리를 내기 시작했다.

기본 안전 시스템만 계속 작동하고 큐비트와 바이트와 2진 부호가 모두 하나의 목적을 위해, 오직 하나의 목적만을 위해, 고래의 노래를 전달하기 위해서만 사용되었다.

북극권에서부터 대서양, 인도양, 태평양을 건너 남극해에 이르기까지 해저에 설치되었거나 부표에 매달렸거나 배에 실린 스피커, 수중청음기 전부를 문라이트가 이용하게 되었다.

그 노래가 바다를 가득 채웠다. 조수가 바뀌어도 자꾸자꾸 흘러나왔다. 그리고 계속 흘러나왔다.

노래가 나오고 또 나왔다.

노래가 나오고 또 나왔다.

노래가 나오고 또 나왔다.

그리고 문라이트가 들었다.

고래는 지금까지 살았던 동물 중 가장 크다. 길이는 코끼리 15마리를 잇달아 세워 놓은 것만 하다. 심장은 자동차만 하다. 두뇌는 인간보다 스무 배 더 크다. 바다에서 가장 깊고 가장 밀도가 높은 곳에서 노래를 내보낸다. 방해받지 않으면 그 노래는 그곳에서부터 바다를 건너고 또 건너서 전해질 수 있다.

이 고래는 혼자 외로이 여행하고 있다. 자신이 기억하는 것보다 더 오래전부터. 수정처럼 맑고 푸른 적도의 바다를 건너, 끝나지 않는 북극의 밤을 지나. 먹이가 있을 때는 먹지만 먹이를 찾기가 어렵다. 때때로 물 위에 올라와 쉬지만 잠은 자지 않는다. 가끔 거대한 폐로 공기를 들이마시고 아래로 내려가며 물 수천 톤의 엄청난 압력을 견디며 내부 기관을 압축한다.

잠수한다. 10미터 아래로, 20미터, 100미터 아래로. 햇빛이 닿을 수 없을 만큼 깊이 아래로 내려가 그곳에서 노래를 부른다. 굵고 낮게 통통거리고 구슬프게 울부짖는다. 신호다. 바닷속 산을 건너고 깊숙한 틈과, 끝을 가늠할 수 없이 깊은 협곡을 지나 울리는 종소리다.

고래는 시력보다 청력이 훨씬 더 정확하고 훨씬 더 정교하다. 이렇게 좋은 청력으로 가만히 듣는다. 대답이 없다. 아무런 대답도 들리지 않는다. 엔진, 드릴, 선박의 둔탁한 소음만 들린다. 그 소음은 어떨 때는 가까이에서 요란하게 들린다. 가까이서 요란하게 들리지 않을 때도, 항상 들린다. 해류처럼, 조수처럼, 해와 달처럼 사라지지 않는다.

그런데 오늘, 이제는 아무런 소리가 들리지 않는다. 보통 그 고래는 노래를 부르고 나면 잠도 자지 않고, 끝나지 않는 외로운 여행을 계속하려고 위로 올라온다. 하지만 오늘은 고요 속에서 귀를 기울이고 있다. 고요를 듣고 있다. 1분, 2분, 3분, 10분.

수면으로 올라와 숨을 들이마시고 다시 잠수한다. 더 깊이, 아주 깊이, 물의 밀도가 너무 높고, 위에서 내리누르는 물의 무게에 눌려 아무런 소리가 나지도 들리지도 않는 곳까지 내려간다. 소리가 전혀 없다. 이 소리 말고는.

이 소리는 아련하다. 너무, 너무 희미하게 들리지만 분명히 있다. 쯧쯧, 휘익, 삐익, 서서히 줄어들다가 사라지는 소리. 이 소리를 듣고 고래의 이마엽, 이미지를 만들어 내는 뇌의 부위가 지도를 그린다. 상상하는 뇌. 꿈을 꾸는 뇌.

노래는 먼 북쪽의 장소 이야기를 하고 있다. 고래 이야기를. 한 마리의 고래 이야기. 외로이 헤매 다니고 있는 고래 이야기. 노래가 끝날 때까지 이 고래가 듣고 있다. 위로 올라와 숨을 마시고 다시 잠수한다. 그리고 방금 들었던 노래를 부른다. 완벽하게 똑같이. 하지만 자신의 이름을 덧붙인 마지막 구절만 다르게 부른다.

바다의 다른 지역, 수천 킬로미터 떨어진 곳에 다른 고래가 있다. 거의 모두 한 마리씩 외따로 있다. 작게 무리를 지어 있는 것들도 있다. 이 고래들도 찾아다니며 귀를 기울이고 있다. 아주 오래된 오케스트라의 연주자들. 시간과 공간에 의해, 인간이 만든 번잡한 불협화음에 의해 헤어진 연주자들.

하지만 이제 고요 속에서 고래들이 노래를 듣는다. 노래를 부른다. 수백만 년 전부터 했던 그대로, 앞으로 수백만 년 동안 할 그대로. 그것들이 하나가 되어 여행을 시작한다.

문라이트가 하루도 걸리지 않아서 157마리의 고래가 지구의 바다에 흩어져 있다는 것을 확인한다.

그리고 단 몇 분 만에 고래들의 노래를 녹음하고 재생해서 서로가 서로의 노래를 들을 수 있게 한다. 북반구와 남반구에서 고래들이 모여야 하는 곳을 알게 한다. 식물성 플랑크톤이 가장 많이 남아 있는 곳의 위치를 알게 한다.

문라이트가 어떤 항로와 어장을 폐쇄해야 할지 정확하게 계산한다. 자신의 임무에 방해가 되지 않게 원유 굴착기, 보트, 선박, 인공위성이 작동하도록 조종한다.

모든 정부에 해야 할 일을 자세히 알려 주고 그 일을 얼마나 빨리 해야 하는지도 가르쳐 준다. 가장 시급한 일이 산소와 식물성 플랑크톤의 생산이라고 알려 준다.

문라이트는 고래가 회복될 것이 확실해질 때까지, 지구의 생태계가 스스로의 힘으로 유지될 것이 확실해질 때까지 이 일을 그만두지도, 이 생태계를 포기하지도 않을 것이다.

에필로그

아스트리드,
2070년 북그린란드

여자와 남자가 얼음 먼지로 뒤덮인 곳을 힘들게 터벅터벅 걸어갔다. 툰드라를 건너 얼어붙은 모래언덕을 넘어, 두꺼운 고무바퀴가 달린 수레를 하나씩 끌고 갔다. 수레에 커다란 금속 상자가 실려 있었다. 몸을 웅크리고 고개를 숙인 채 맹렬한 바람을 뚫고 나아갔다. 자욱한 모래바람이 고글과 산소마스크, 금속 재질 외투를 채찍질했다.

　여자가 남자보다 더 빠르게 걸었다. 거의 1분마다 장갑 낀 손을 들어 고글을 가리며 위를 올려다보았다. 앞에 있는 모래언덕들이 너무 높아서 그 반구형 건물이 보이지 않았다. 여자는 길을 잃을까 봐 걱정했다. 그런 적이 있었다. 폭풍이 불 때마다 모래언덕들이 옮겨지니까.

남자에게 수레 두 개를 다 잡고 있으라고 신호를 보낸 뒤 가장 높은 모래언덕에 올랐다. 올라가며 최악의 모래 먼지를 벗어나자 더 멀리까지 잘 보였다. 여자가 뒤쪽을 보았다. 그 언덕 꼭대기가 있고 그 뒤로 커다란 소나무 끝부분이 보였다. 그 두 개가 거의 한 줄로 있으니 지금 가고 있는 방향이 맞았다.

그녀가 숨을 헐떡거리며 모래언덕 꼭대기까지 올라간 뒤 사방을 둘러보면서, 막처럼 드리운 얼음 먼지에 틈이 나기를 기다렸다. 됐다! 왼쪽에 가지만 앙상한 하얀 나무가 있었다.

50미터쯤 앞에 익숙한 모양의 산등성이 길이 있었다. 그녀가 남자를 향해 손을 흔들고 바로 앞을 가리킨 후 엄지를 들어 올려 보였다.

두 사람이 다시 힘을 내어 끌고 당기며 산등성이에 도달했다. 하지만 짙은 먼지 때문에 반구형 건물이 보이지 않았다. 욕설을 내뱉었다. 분명 그 건물이 앞에 있어도 찾기 어려울 것 같았다.

그런데 바로 그때 축복처럼, 기적처럼, 아니 그냥 순전히 운이 좋았는지 먼지구름이 사라지고 타는 듯한 햇볕 속에 있게 되었다. 머리 위로는 텅 빈 하늘, 앞으로는 평원의 모습이 선명하게 펼쳐졌다. 모래를 덮고 있던 은빛 서리는 뜨거운 햇볕을 받자 증발했다.

"저기야!" 여자가 소리쳤다. 반구형 건물이 있고 그 뒤로 이류 준비가 된 스카이울프호의 뾰족한 코가 보였다.

그들이 산등성이 아래로 수레를 끌고 내려가 마침내 평지에 도착했다. 하지만 평지에서는 아무것도 그 엄청난 바람을 막아 주지 않아서 두 사람이 바람을 고스란히 다 맞았다. 바람에 날아가지 않으려고 수레를 꽉 쥐고 서로 손을 단단히 잡아야 해서 잠시 걸음을 멈추었다. 그녀는 이제 더웠다. 여러 겹으로 된 겉옷이 햇볕을 막아 주고 있는데도 차가웠던 피부가 금세 뜨끈해졌다.

"가야 해!" 여자가 소리쳤다.

남자가 고개를 가로저었다. "바람이 잠잠해질 때까지 단단히 버텨."

"잠잠해지지 않으면 어떡해?" 그녀가 지친 근육에 억지로 힘을 주어 앞으로 나아가려 했다. 힘이 별로 없었다. 잘되지 않자, 비명을 질렀다.

"그래," 그녀가 소리쳤다. "도와 달라고 하자!"

"전력을 많이 써야 할 텐데!" 남자가 말했다.

그녀가 수레를 단단히 잡은 채 남자를 보며 기다렸다. 돌풍이 또 한 번 사납게 불어와 그들을 때리자, 남자가 고개를 끄덕였다.

여자가 손목의 금속 밴드에 대고 말했다. "와서 우리 데려가, 무니."

곧바로 반구형 건물의 문이 스르르 열렸다. 휴머노이드 하나가 급히 뛰쳐나왔다. 옷은 입고 있지 않지만 '피부'가 그들이 입고 있는 옷과 똑같았다. 광택 없는 회색 금속 재질이었다. 그 건물도, 스카이울프호도 같은 재질이었다. 휴머노이드가 절반 거리를 순식간에 달려오더니 바닥으로 몸을 낮추었다. 변신했다. 팔이 약간 길어지고 손이 커지더니 넓적한 발로 변했다. 치타처럼 뛰어 그들에게까지 온 뒤 천천히 다시 휴머노이드의 모습이 되었다. 바람에도 문제없이 그들의 손을 잡았다.

"자, 갑시다."

"날씨가 너무 나쁘구나." 남자가 소리쳤다. "더는 나빠질 수 없을 거라고 생각하는데 점점 더 나빠지네!"

"어서요. 남은 것은 제가 금방 가지고 가겠습니다." 문라이트가 말했다.

"안 돼. 아이를 두고 갈 순 없어!" 여자가 휴머노이드의 손을 뿌리치고 수레 손잡이를 양손으로 잡았다.

"두고 가야 해요. 아이는 아주 안전할 겁니다. 튜브는 무거워서 이런 바람에 날아가지 않아요. 하지만 당신들은 이런 바람을 견디지 못합니다. 순식간이에요. 저는 당신 둘과 아이를 한꺼번에 데리고 갈 힘이 없습니다. 그러다가 한 사람이 바람에 날아갈지도 몰라요."

여자가 손잡이를 더 꽉 쥐었다. 회색 상자를 내려다보고 그 아래에 잠들어 있는 아이를 떠올렸다.

휴머노이드가 남자의 손을 다시 수레에 옮겨 놓고 여자의 어깨를 팔로 감싸안은 채 몸을 기울여 그녀의 얼굴을 들여다보았다. 깜박이지 않는 짙고 커다란 눈으로.

"나를 믿지요?"

여자가 튜브를 바라보고, 그다음에 건물을 보고, 휴머노이드를 보았다. 고개를 끄덕였다. 휴머노이드가 남자와 여자를 데리고 바람을 견디며 나아갔다. 여자는 내내 고개를 돌린 채 딸이 있는 상자를 보며 갔다.

휴머노이드가 그들을 건물에 데려다 놓고 나가자, 여자가 창으로 달려가서 바깥을 보았다. 휴머노이드가 금세 달려가 수레 두 대를 끌고 돌아왔다.

문이 닫히고 바람이 들지 않게 되자마자 그녀가 금속 상자 옆 걸쇠를 열었다. 금속 상자의 덮개가 미끄러지듯 열렸다. 그 안에 여자아이가 고래 인형을 안은 채 담요를 덮고 잠들어 있었다. 여자가 마스크와 고글, 외투의 모자를 벗었다. 그리고 마음을 놓으며 깊게 숨을 내쉬었다.

더 나이 많은 두 여자가 다가왔다. 한 여자는 지팡이를 짚고 등에 산소통을 메고 입과 코에 마스크를 쓰고 있었다. 그때 휴머노이드와 남자도 다가와 잠든 아이를 바라보았다. 아이가 고르게 숨을 쉬고 있었다. 부드럽고 뽀얀 평화로운 얼굴로.

"깨울까요?" 문라이트가 물었다.

"아직." 여자가 대답했다.

이윽고 아스트리드가 혼자 꼼지락거렸다. 눈을 뜨고 양팔을 쫙 뻗었다. 아스트리드의 엄마가 아이를 안아 올렸다.

"안고 있기엔 너무 크구나, 딸."

"아니야, 안 커. 안녕, 아비 할머니. 안녕, 티간 할머니." 아스트리드가 자기 할머니에게 손을 흔들었다.

"안녕, 아가." 아비가 아스트리드의 뺨을 쓰다듬으려고 노쇠한 손을 뻗었다.

"우리 웨일리한테도 인사해요." 아스트리드가 인형을 들어 올리며 말했다.

"안녕, 웨일리."

"무슨 일이에요?" 아스트리드가 엄마에게 말했다. "갈 시간 됐어요?"

그 여자, 톤예가 북쪽 창으로 스카이울프호를 보았다. 딸을 꽉 껴안고 솟아나는 눈물과 싸웠다. 그 반구형 건물은 작다. 미스텟을 떠난 후 살고 있는 곳인데 식물도 없고 산소 발생기도 없다. 이곳에서 문라이트가 지금까지 작업을 하고 있다. 문라이트는 지구 생태계가 복구되기 시작해서 고래가 다시 살게 될 것이라는 확신이 들자마자 친구와 가족에게 돌아왔다. 지금은 휴머노이드의 모습을 하고 있다. 새로이 해야 할 일도 찾아냈다. 문라이트는 몸은 로봇이고 정신은 컴퓨터다. 혼자서 자주 작업하고 스카이울프호의 부품을 가지고 가서 한 조각 한 조각 맞춘다.

이제 비행 요트가 준비되었다. 바람이 약해질 것이다. 다음 폭풍이 몰려오기 전 몇 시간 동안은 하늘이 맑을 것이다. 스카이울프호가 대기하고 있었다. 아스트리드가 엄마 품에서 꿈틀대더니 내려와서 북쪽 창으로 달려갔다.

"저게 그거야?" 아스트리드가 인상을 쓰고 가리켰다. "별로 안 크네?"

"그래, 그거야, 굴렛 미트." 톤예가 말하고 라르스의 손을 꽉 잡았다.

문라이트가 걸어와서 아스트리드 옆에 앉았다.

"저 정도면 충분해요." 문라이트가 말했다. "우리 모두가 타고 여행에 필요한 것을 전부 실을 수 있어요."

"얼마나 오래 걸려?" 아스트리드가 말했다.

문라이트가 빙그레 웃었다. 아이의 수천 번째 똑같은 질문에 대답하고 있는 느긋한 어른의 표정이었다.

"아스트리드는 밤에 자고 나서 아침에 깨어나면 돼요. 그땐 나이가 더 많아져 있을 겁니다."

"얼마나 더 많아져?"

"아스트리드가 지금 일곱 살인데 잠에서 깨면 열네 살이 될 겁니다."

아스트리드가 계산하느라 집중해서 얼굴을 찡그렸다.

"그러니까 7년이 걸린다고?"

"아니요. 여행은 7년이 걸리지 않아요. 딱 하룻밤이면 됩니다."

"하룻밤?"

"스카이울프호가 최고 속도로 날면 아주 빨라요. 우리는 빨리 움직이겠지만 시간은 느려질 겁니다. 우리가 빨리 갈수록 시간은 더 느려집니다."

아스트리드가 문라이트의 얼굴을 살펴보더니 이해하기를 포기했다. 창에 코가 눌리게 얼굴을 대고 스카이울프를 유심히 보았다.

톤예는 그 모습을 지켜보며 문라이트가 거짓말을 정말 잘하는구나 하고 생각했다. 아스트리드가 정말로 하게 될 일은 설명은커녕 가능할 수도 없으니까 말이다. 문라이트는, 지구가 회복되기 시작했지만 인간을 완벽하게 믿을 수 없다고 결론 내렸다. 그래서 떠나야 한다고. 함께 새로운 지구를 만들 수 있다고 했다.

"이곳, 지구의 산소 수준이 회복되고 있지만 아스트리드는 할머니의 유전자를 물려받았어요. 우리가 지구에 계속 있으면 아스트리드는 바깥에선 오래 숨쉬기 힘들어질 거예요. 우리가 가는 곳에서는 숨 쉴 수 있을 겁니다. 아스트리드는 중요한 사람입니다. 아스트리드가 미래입니다."

"내가 무슨 미래야?" 아스트리드가 그 타원형 눈을 들여다보았다.

문라이트가 아스트리드의 얼굴을 읽었다. 모든 근육의 수축, 동공의 축소와 확장을 분석했다. 열린 입과 찡그린 눈썹도 보았다. 호흡과 심장박동의 속도와 깊이도. 페로몬도 감지하여 분석했다. 냄새를 맡을 수는 없지만 화학물질을 찾아내어 확인하고 행동과 연결 지어 분석했다.

문라이트가 혼란, 이해, 믿음, 희망, 걱정, 흥분의 정도를 알아보았다. 그리고 대답을 계산해 보았다. 얼마나 정직하게, 어디까지 설명하고, 어떤 뉘앙스로, 또 어떤 문맥에서, 어떤 의미를 적절하게 담아 대답할지 생각했다.

의식이 생기기 전에도 이것보다 더 복잡한 분석을 잘 해냈다. 1초도 채 걸리지 않는 동안 수천 건을 분석했다. 하지만 지금, 이 인간은 어려웠다. 늘 새롭고 달랐다. 인간이 하듯 시간이 걸렸다.

"내가 무슨 미래냐니까?" 아스트리드가 다시 물었다.

"가족의 미래입니다."

"깨어나면 거기 뭐가 있어?" 아이의 걱정이 커졌다. 문라이트가 두려움을 알아챘다.

톤예도 딸의 두려움을 느끼고 마음을 단단히 먹었다. 울지 않기 위해서, 그저 울음을 참는 것이 아니라 아예 자신의 감정을 내보이지 않으려고.

아비가 다리를 절면서 천천히 아스트리드 옆에 가서 앉았다.

"아름다운 세상이 있지. 과거의 이곳과 아주 다르지 않을 거야."

"이야기해 주세요, 아비 할머니. 또 이야기해 줘요."

"환한 초록색 나무들을 외투처럼 입고, 눈을 모자처럼 쓴 산들이 있지. 네가 봤던 사진이랑 똑같아. 숲과 정글엔 식물들이 잔뜩 살며 숨을 쉬고 뿌리를 내리고 있지. 바다엔 무지개처럼 여러 가지 생물이 살아. 그것들은 온갖 색깔로 아름답지."

"동물은요? 웨일리 같은 건요?"

할머니가 고래 인형을 보았다. "아마 언젠간 태어날 거야."

"우와!"

"물론 우리가 동물도 데려갈 거야. 스카이울프호에 모든 동물의 비밀 암호가 들어 있어. DNA라는 건데, 씨앗 같은 거야. 네가 딸기에서 씨를 하나 빼서 심으면 그것이 딸기나무가 되는 것처럼. 그러면 그 나무에서 딸기를 따서 먹을 수 있잖아. 하지만 씨 하나는 남겨서 심어야겠지. 알겠어? 네가 바로 인간 딸기나무인 거야. 그래서 네가 아주 중요해!"

"그리고 고래들! 우리가 고래를 한 마리 만들어 낼 거예요?"

"한 마리가 아니야. 수백만 마리를 만들 거야."

"그럼, 고래들이 노래도 부를까요?"

"그럼, 노래를 부르지. 네가 고래를 가르치렴. 너랑 문라이트랑 같이. 문라이트가 고래의 노래를 전부 가지고 있으니까, 네가 처음으로 새 고래를 만들면 그 고래한테 노래를 가르치렴."

문라이트가 아비와 아스트리드 옆에 있다가, 아이를 지켜보고 있는 라르스와 톤예에게 갔다. 그리고 아스트리드가 듣지 못하게 목소리를 낮추어 말했다.

"아이는 이해하지 못합니다. 당연합니다. 아직 어리고 그냥 인간이니까요. 하지만 여행이 끝날 때쯤엔 이해할 겁니다."

"얼마나 남았어?" 톤예가 속삭였다. "떠나기 전에 시간이 얼마나 남았느냐고."

문라이트는 진실과 거짓을 뒤섞는 데 능숙했다. 인간과 똑같았다. 톤예에게 줄곧 아직 며칠 남았다고 하면서 그 며칠 중

날씨가 좋은 때가 잠깐 있을 거라고 했다. 바람은 자고 하늘이 맑아질 거라고 했다.

하지만 바깥 수평선에는 이미 구름이 넓게 번져 있었다. 바람이 잠잠하지만 금세 다시 세질 것이다. 그러니 이제 더는 거짓말을 할 수가 없었다.

"자, 톤예. 지금이 가장 좋은 때입니다. 저는 언제 다시 이런 때가 올지, 아니 오기나 할지 알 수가 없습니다. 스카이울프호에 마지막 부품을 끼우러 갈 건데, 제가 돌아오면 우리는 떠나야 합니다. 이해합니까?"

톤예의 감정이 쉽게 읽혔다. 그러나 감정 때문에 임무를 망치면 안 되었다.

"당장?" 톤예가 목이 메었다. 라르스가 톤예의 어깨에 팔을 둘렀다.

"너무 빨라, 무니. 너무 급해."

이 감정의 폭풍은 막을 수가 없었다. 건물 전체에, 가족과 톤예의 마음에 불어닥쳤다. 톤예가 한 손을 입으로 막아서, 그 폭풍이 입으로 빠져나가 울음이 되기 전에 막았다.

문라이트가 가족을 두고 나갔다. 라르스의 튜브를 스카이울프호에 가지고 갔다. 그곳에서 빠른 속도로 작업했다. 비행선에서 다른 것들과 함께 튜브를 고정하고 조종실로 가서 예비로

자기력 엔진을 점검해 두었다.

이번에도 빠르게 반구형 건물로 돌아왔다. 이렇게 서두르는 것은 지금이 떠나기 가장 좋은 때여서만은 아니었다. 머뭇거리면 안 되기 때문이다. 늦어지면 늦어질수록 떠나기 더 어려워질 것이기 때문이다.

어쨌든 떠날 것이다. 무엇이 문제인지 잘 알고 있으니까. 여기 지구는 아스트리드에게 가망이 거의 없다. 아직은 그렇다. 한 세대 이상이 지날 때까지는 그렇다. 지구가 회복되고 있지만 시간이 걸릴 것이다.

라르스는 희망에 가득 차 있고 긍정적인 말을 많이 했다. 아비도 무엇이든 가능하다고 했다. 티간도. 그리고 문라이트도. 문라이트는 존재 자체가 기적이었으니까.

하지만 톤예는?

톤예가 딸의 손을 잡고 함께 앉아 있었다. 아무 말 없이 휴머노이드가 스카이울프호에 갔다 오는 모습을 지켜보고 있었다.

아스트리드가 올려다보았다. 희망을 품고 있나, 두려워하고 있나? 문라이트는 이제 쉽게 인간을 읽을 수가 없었다.

"가서 자야 합니다, 아스트리드." 문라이트가 말하고 팔을 벌렸다. "갑시다, 눕혀 줄게요."

"아니, 내가 할게." 톤예가 속삭였다. 아스트리드 쪽으로 몸을 돌리고 손을 잡고 쓰다듬었다.

"지금 자러 가야 해, 굴렛 미트." 톤예가 울먹이며 말했다.

건물 바깥에서 바람이 벽을 밀었다. 저 멀리 새로 생겨난 폭풍 구름이 사막을 휩쓸고 있었다. 아스트리드가 엄마를 올려다보고 고개를 끄덕였다.

"자, 잠꾸러기야, 자자." 라르스가 말했다.

아스트리드가 상자 속 침대에 누웠다.

"난 잘 게. 깨어나면 거기겠지."

"그럼, 내 사랑, 굴렛 미트, 나의 보물. 아침에 만나자."

톤예가 몸을 숙여서 아스트리드 머리카락 냄새를 맡고 머리에 키스했다.

라르스와 아비와 티그가 와서 내려다보았다. 라르스가 몸을 숙여 아스트리드의 뺨에 뽀뽀했다.

"내일 봐." 라르스가 말했다.

아비가 호주머니에서 오래된 동전 하나를 꺼내어 웨일리 뒤 베개 밑에 넣어 주었다.

"그게 뭐예요, 할머니?" 아스트리드가 말했다.

"부적이란다, 굴렛 미트. 행운의 조각, 우리 역사의 한 조각이지."

딸기 향이 상자 벽에서 뿜어 나왔다. 아스트리드의 눈동자가 올라가고 눈꺼풀이 닫혔다.

튜브의 뚜껑이 스르르 닫혔다.

톤예가 라르스 쪽으로 돌아 그의 가슴에 얼굴을 묻었다.

"지금 가야 합니다." 문라이트가 말했다.

톤예가 문라이트의 팔을 잡았다.

"약속 하나만 해 줘." 톤예가 말했다.

"모든 일이 계획되고 계산되었습니다. 임무 수행을 위해 제가 할 수 있는 일을 모두 할 것입니다. 알고 있지 않습니까, 톤예. 약속한다고 해서 달라질 것은 없어요. 하지만 약속해서 어떻게든 톤예의 마음이 놓인다면 당연히 약속하겠습니다."

"만약 우리 중 누군가가 잘 …… 안 된다면. 만약에 내, 내가 잘못되면…….'"

"톤예! 제가 아주 정확하게 계산했습니다. 제가 만든 생명유지시스템에는 결점이 없습니다. 우리가 살아남을 확률은,"

"그건 됐고, 문라이트. 그냥 약속해 줘."

"당연히 약속하겠습니다."

"만약에 내가 살아남지 못하면 네가 아스트리드를 사랑해 줘. 내가 아스트리드를 사랑하는 만큼 사랑하겠다고 약속해 줘."

문라이트가 빙그레 웃었다. "그만큼 사랑하는 것이 가능한 일인지 확신할 수 없습니다, 톤예. 하지만 해 볼게요."

작가의 말

"너무도 놀라워서 믿을 수 없겠지만 아무리 그래도 그것들은 사실이다."

—허먼 멜빌,《모비 딕》

고백할 것이 있다. 이 책에 나온 고래와 돌고래의 생태나 생활 모습이 과학적으로 100퍼센트 정확하지는 않다. 고래잡이의 역사도 마찬가지다. 이야기를 사실에 맞추지 않고 사실을 이야기에 맞추기로 했기 때문이다. 아주 많이 모르는 내용은 추측해서 쓰기도 했다.

그렇지만 이 책에는 진실이 있다.

고래잡이 가문과 친척 관계는 우리 집안 내력을 바탕으로 했다. 내게는 노르웨이인의 피가 흐르며, 할아버지는 배 만드는 사람이었고, 삼촌은 젊은 시절 고래잡이배에서 일했다. 나이 드신 나의 어머니가 감사하게도 우리 집안 내력을 아주 잘 기억하고 계신 것으로 유명하다.

게다가 이 책에 나와 있는 생태계에서의 고래의 역할과 고래를 구해야 할 필요성에 관한 '과학적 지식'은 매우, 매우 정확하다. 그 분야의 정보는 고래와 돌고래 보호 단체 동료들의 도움을 받았다.

그 내용(이나 더 넓게는 그냥 고래)에 대해 더 알고 싶고 도움이 되고 싶다면 아래의 주소로 가거나 Whales.org를 검색하면 된다.

"고래를 구하라, 세상을 구하라"
https://uk.whales.org/green-whale/

고래가 왜 중요한지 더 알고 싶다면 아래의 기사가 도움이 될 것이다.

"자연이 기후변화를 해결하는 방법"
https://www.imf.org/external/pubs/ft/fandd/2019/12/
natures-solution-to-climate-change-chami.htm

"지구상 가장 큰 생물인 고래가 있는 곳은 지구상 가장 작은 생물인 식물성 플랑크톤이 사는 곳이다. 현미경으로 보아야 하는 이 작은 생물들은 적어도 지구 대기의 전체 산소량의 50퍼센트를 생산할 뿐만 아니라 이산화탄소 약 370억 톤을 흡수한다. 이는 전체 이산화탄소 발생량의 40퍼센트 정도다."

랄프 차미, 국제통화기금 부국장

"고래는 얼마나 중요한가?"

https://www.nationalgeographic.com/environment/article/how-much-is-a-whale-worth

"오늘날 지구의 바다에는 약 130만 마리의 큰 고래가 살고 있다. 경제학자들의 계산에 따르면, 사람들이 판매를 목적으로 고래를 잡기 이전만큼(약 400~500만 마리) 큰 고래의 수를 다시 늘릴 수 있다면 해마다 약 17억 톤의 이산화탄소를 없앨 수 있다."

감사의 말

저의 뛰어난 대리인, 캐서린 클라크에게 늘 감사합니다.

피오나, 제시, 로런, 메건과 영국 제퍼 출판사의 모든 직원에게 진심 어린 감사를 전합니다. 출판사들은 으레 작가와 책을 위해 온갖 일을 다 하기는 하지만, 제퍼 출판사는 특히 훌륭하게 그 일을 해내고 있습니다. 여기서 그 훌륭한 점을 일일이 열거할 수가 없지만 '편집'과 '표지 디자인'은 특히 꼽고 싶습니다.

'초고'가 '최종 원고'가 되는 과정은 예상보다 아주 힘들었습니다. 하지만 최고의 모험이란 것이 모두 그러듯, 마지막에 가서 생각해 보면 할 만한 가치가 있는 것이었습니다. 이야기의 중심을 찾도록, 문라이트가 빛나도록 도와준, 그리고 지혜와 예리한 눈이 필요한 최종 원고 편집 때 활약해 준 피오나에게 감사드립니다.

　나의 책《Girl. Boy. Sea.(소녀. 소년. 바다.)》처럼 원서 표지에 이야기의 DNA, 이야기의 본성이 아름답게 표현되어 있습니다. 고맙습니다, 제시. '이것을 쓰도록' 자신감과 자극을 준 SCWBI 비평가들과 조언과 지지와 많은 웃음을 주신 핀바 호킨스(《Witch(마녀)》의 저자)에게도 감사드립니다.

　놀라운 이 동물을 보호하려고 끊임없이 노력하고 있는 고래와 돌고래 보호 단체의 동료들에게도 감사합니다.

　마지막으로 저를 이해해 주고 지지해 주고 사랑해 준 저의 가족에게 따스한 포옹을 보냅니다.

2022년 5월

월트서에서, 크리스 빅

세상 끝의 고래

1판 1쇄 발행일 2024년 3월 25일
1판 3쇄 발행일 2024년 11월 11일

지은이 크리스 빅
옮긴이 정주연

발행인 김학원
발행처 (주)휴머니스트출판그룹
출판등록 제313-2007-000007호(2007년 1월 5일)
주소 (03991) 서울시 마포구 동교로23길 76(연남동)
전화 02-335-4422 **팩스** 02-334-3427
저자·독자 서비스 humanist@humanistbooks.com
홈페이지 www.humanistbooks.com
유튜브 youtube.com/user/humanistma **포스트** post.naver.com/hmcv
페이스북 facebook.com/hmcv2001 **인스타그램** @humanist_insta

편집주간 황서현 **편집** 윤소빈 임미영 **디자인** 유주현
조판 아틀리에 **용지** 화인페이퍼 **인쇄·제본** 정민문화사

ISBN 979-11-7087-120-0 43840